rowohlt

Denis Johnson

Fiskadoro

Roman

Deutsch von Ute Spengler,
durchgesehen von
Bettina Abarbanell

Rowohlt

Erste Auflage Juli 2003

Die Originalausgabe erschien 1985 unter dem Titel
«Fiskadoro» bei Alfred A. Knopf, New York

Satz aus der Foundry Wilson PostScript, PageMaker
bei Pinkuin Satz und Datentechnik, Berlin
Druck und Bindung Clausen & Bosse, Leck
Printed in Germany
ISBN 3 498 03217 8

Die Schreibweise entspricht
den Regeln der neuen Rechtschreibung.

Für Morgan Johnson

Wesentliche Anregungen zu diesem Buch stammen aus den Werken von Ernest Becker, Bruno Bettelheim, Joseph Campbell, Marcel Griaule, Alfred Metraux, Oliver Sacks und Victor W. Turner. Das Buch erhebt keinen Anspruch darauf, als Darstellung ihres Denkens zu gelten, doch weiß ich mich diesen Schülern und Lehrern der Menschheit dankbar verpflichtet.

Dem *National Endowment for the Arts* und dem *Massachusetts Arts Council* danke ich für Stipendien, die das Zustandekommen des Buchs ermöglicht haben, Bill und Nancy Webb für das Gastrecht an einem Ort der Stille.

pescador, ra, *n*	Fischer/in
fisgador, ra, *n*	Harpunenwerfer …

(Appleton's New Cuyas Dictionary)

Eins

Hier bei uns und auch weiter im Süden sind die Strände hellgelb, doch entlang den Florida Keys gleicht der Sand zersplittertem Elfenbein. Über dem Weiß dieses Sandes wird das Wasser an flachen Stellen zu einem so vollkommenen Meerblau, dass man tot zu sein meint, wenn man hineinblickt, und die Reisfelder sind, je nach Jahreszeit, dunkelgrün wie Smaragd. Die Menschen, die diese Farben bewohnen, haben, Dank sei der Barmherzigkeit und Gnade Allahs, wenig Grund zur Sorge. Sicher, nicht weit von ihnen, im Norden, da nimmt es noch immer kein Ende mit den Toten, und der Herr hat die Berge zermalmt, wie es geweissagt war. Aber es fällt schwer zu glauben, dass so etwas in demselben Universum, das die Keys erhält, jemals geschehen konnte. Es übersteigt alle Vorstellungskraft, dass dies der Ort sein soll, an den sie zurückzukehren versprachen, der Gott Quetzalcoatl, der Gott Bob Marley und der Gott Jesus, um ihre Königreiche zu errichten: Auf jeder einzelnen Insel scheint, außer den Zuckerrohrfeldern, die im Wind knacken, alles zu schlafen.

Heutzutage wird auf den Keys hauptsächlich Zuckerrohr angebaut. Zu Fiskadoros Zeiten jedoch, damals während der Quarantäne, wurden ganze Inseln für Reiskulturen genutzt, und Zuckerrohr blieb das Erzeugnis geduldiger Kleingärtner von der Art des Herrn Cheung.

An dem Tag, als die beiden sich zum ersten Mal trafen, arbeitete Herr Cheung im Garten. Nur mit Hemd und Unterhose bekleidet, kniete er hinter seinem Haus auf der körnigen Erde, die sich ihm schmerzhaft in die bloße Haut bohrte, und pflanzte entlang der Hauswand zwei Reihen Zuckerrohr. Er versuchte, die Füße unter sich zu stellen und in der Hocke weiterzuarbeiten, doch sein Bauch war in letzter Zeit so füllig geworden, dass er seinen Knien in die Quere kam und ihn aus dem Gleichgewicht brachte. Großmutter Wright saß in ihrem schweren – er selbst hatte ihn hinausgetragen – rot gepolsterten Schaukelstuhl und gab Laute von sich, die tief aus ihrer Kehle kamen. Früher hatte sie gern geredet, aber jetzt war sie einhundert Jahre alt. Sie versuchte, die Hitze des Tages einzusaugen, das eisige Mark zu lösen. Wie konnte man an einem so heißen Tag wie heute, vollständig bekleidet und in einen Schal gehüllt, in der Sonne sitzen? Als Herr Cheung sich mit dem staubigen Baumwoll-Samensäckchen übers Gesicht fuhr, wurde der Schweiß auf seiner Stirn zu Schlamm.

Herr Cheung hielt es für ratsam, beim Pflanzen des Zuckerrohrs stets die Hilfe der Nachbarskinder in Anspruch zu nehmen. Alle, die gerade auf der Straße spielten, kamen, wenn seine Tochter Fidelia sie zum Pflanzen rief. Aber Fidelia mochte nicht helfen. Sie saß auf Großmutters Schoß und lutschte an den zwei Mittelfingern ihrer linken Hand.

«Wir machen zwei Extrafurchen», sagte Herr Cheung zu den Kindern. «Seht ihr das Zauberband hier?» Er zeigte ihnen ein kleines Stück Band von unwirklich leuchtendem Rosa. «Um zwei Furchen legen wir einen Zaun aus Zauberband. Seht ihr hier? Zwei Furchen habe ich schon ausgescharrt. Jetzt graben wir noch zwei. Wisst ihr, was das Zauberband bewirkt?»

Sie stießen sich an und lächelten sprachlos.

«Es vertreibt die kleinen Diebe.»

Verwirrt wichen sie seinen Blicken aus. Ein Junge verkroch sich hinter dem kleineren Bruder, hielt den Blick am

Ohr des Bruders vorbei auf Großmutter Wright gerichtet und schielte aus den Augenwinkeln nach Herrn Cheung, der die Pflanzreihen mit Bambusstäben absteckte und mit Schnur einfasste, die er in kurzen Abständen mit Knoten aus dem rosa Band markierte.

«Zauberband. Sehr kostbar, sehr schwer zu finden. Alles, was außerhalb dieses Bandes wächst, kann gestohlen werden, weil der Zauber es nicht vor kleinen Dieben schützt.»

Er begann eine dritte Furche zu graben, dann eine vierte, für die Diebe aus der Nachbarschaft. «Ich nenne keine Namen», sagte er.

«Wie lange wachsen die?»

«Sechs Monate vielleicht.»

«Wie lange is sechs Monate? Zehn Jahre?»

«Bis nach dem Regen.»

«Komm im Regen auch Hurrikane?»

«Nein.»

«Auch nich ein?»

«Na gut, einer. Der legt das Rohr flach und fegt das Wasser von den Reisfeldern.»

«Nich das mit dem Zauberband», sagten sie. Und standen da und boten der Welt ungeniert die Nabel in ihren runden Bäuchen dar, unter denen wie zufällig ihre kleinen Penisse und Vaginas hervorschauten, und ihre Augen glänzten vor Gier. Fünf waren es, zwei Mädchen und drei Knaben, alle aus der Nachbarschaft, außer einem Jungen, der aussah wie zwölf oder dreizehn, jedenfalls war er groß genug, Hosen zu tragen.

Am verblichenen Militärgrün der kurzen Hose erkannte Herr Cheung, dass der Junge aus dem Dorf mit den fast zerstörten Baracken kam, einer nur wenige Kilometer weiter östlich gelegenen, dem völligen Verfall entgegengehenden Siedlung, die früher einmal Seeleute, dann Marinesoldaten beherbergt hatte und jetzt hauptsächlich von deren Enkeln und Urenkeln bewohnt wurde. Sie war allgemein als die «Army» bekannt. «Wir pflanzen Zuckerrohr», sagte Herr Cheung zu dem Jungen. Wie fast alle in der Army hatte auch der Junge lockiges, rostfarbenes Haar und schwarze Augen. Trotz der Hitze schien er zu frösteln.

«Weißt du, was Zuckerrohr ist?»

Der Junge öffnete den Mund, aber er sagte kein Wort, sondern stand nur da.

«Ein Paradies für Fliegen.» Herr Cheung machte eine Bewegung mit der Hand, als wollte er dem Jungen den Finger in den offenen Mund stecken. «Vom Zuckerrohr kommt der Zucker. Verstehst du mich? Bist du Amerikaner? Vom Zuckerrohr kommt der Zucker.»

«Zucker es por los Drops», sagte der Junge.

«Wie heißt du denn, Army-Bursche? Du kommst doch aus der Army?»

«Ich heiß Fiskadoro», sagte der Junge. «Von da drüben aus die Army. Mi padre is Jimmy Hidalgo.»

«Pescadero? Der Fischer?»

«Fiskadoro. Fiskadoro is ich kein Fischmann. Fiskadoro is ich nur mich.»

«Helfen Sie uns ein bisschen Zuckerrohr pflanzen, Herr Fiskadoro Hidalgo, und Zauberband gegen die Diebe auslegen.»

Doch der Knabe Fiskadoro wippte nur auf den Fußballen und schlug sich nervös auf die Hüften, als würde seine Scheu ihn gleich davonfliegen lassen.

Herr Cheung ging mit dem Samen von einem Kind zum anderen, griff in den Beutel und ließ die winzigen Funken, aus denen einmal die Zuckerrohrstauden sprießen würden, jedem von ihnen aus der geschlossenen Hand heraus auf den Kopf fallen. «Passt auf, sonst holt sie der Wind», sagte er, und sie legten die Hände über den Kopf, damit die Samen nicht davonwehten. «Jetzt lauft. Die Füße je auf einer Seite der Furche – hier, wo ich gegraben habe. Sät ihn aus den Haaren.» Und er bewegte den Kopf hin und her, um ihnen zu zeigen, was er meinte.

Sie machten vorsichtige Schritte, alle fünf, die Hände über dem Kopf.

Als sie über den Furchen standen und den Samen aus ihrem Haar in die Erde schüttelten, sagte Herr Cheung: «Passt auf, sonst holt der Wind euer Zuckerrohr!»

Er half ihnen, eine Schutzschicht aus Erde über die Samen zu streuen, dann blieb er noch eine Weile stehen und sah zu, wie der Sand über den Parkplatz trieb, der sich an seinen Hinterhof anschloss. Eines Tages würde der Sand steigen, würde die einstige Highschool zudecken und dann die langsam verrottende alte Baptisten-Kirche Vom heiligen Feuer gleich daneben. Auch die Kinder standen noch bei ihm und warteten hungrig darauf, dass ihre Samen zu hohen Zuckerrohrstauden aufsprießen würden.

«Irgendwann kommen kleine Diebe und holen sich das Zuckerrohr», sagte Herr Cheung zu ihnen, «aber das macht nichts. Was hinter dem Zauberband ist, das lassen sie stehen.»

«Wie lange, bis das wächst?»

«Ich hab's euch doch gesagt: sechs Monate vielleicht.»

«Noch sechs?» Ihre Gesichter verrieten, dass sie vom Zählen und Messen der Dinge wieder einmal zum Narren gehalten worden waren.

Eine Minute später waren die Kinder verschwunden, und noch eine Minute später, das spürte Herr Cheung, würde alles vergessen sein, was sie soeben erlebt hatten. Fidelia kletterte etwas zu wild vom Schoß der Großmutter, die sich beklagte, ohne ein Wort herauszubringen. Luftspiegelungen hatten den Parkplatz hinter dem Haus unter Wasser gesetzt;

an seinem jenseitigen Ufer schwamm und verschwamm die alte Baptisten-Kirche Vom heiligen Feuer. Und Fiskadoro, der Army-Junge, war immer noch da.

«Jetzt Geschäft», sagte der Junge zu Herrn Cheung.

«Wer Geschäft?»

«Ich mach Geschäft mit dir.»

«Geschäft mit mir?», fragte Herr Cheung.

«Immer sagst du so, wie ich sag. Sag mal, was *du* sagst!»

«Entschuldige», antwortete Herr Cheung. «Ich habe Folgendes zu sagen: Wovon zum Teufel redest du eigentlich?»

«Los, gehn wir, komm jetz mal da, la Haustür. Ich mach Geschäft mit dir, Manager.»

Vermutlich wurden Geschäfte in der Army auf den Türstufen abgewickelt, dachte Herr Cheung bei sich. «Ist gut», sagte er. «Ich komme.» Aus einer Tonne neben der Küchentür goss er sich eine Hand voll Regenwasser übers Gesicht. «Ich bin für eine Minute vorm Haus, Großmutter.»

Großmutter Wright bewegte ein Wort auf den Lippen und blickte finster in die vor ihr liegenden Weiten. Herr Cheung ging mit Fiskadoro nach vorn zur Haustür.

Herr Cheung erfreute sich der Achtung seiner Nachbarn, doch als wohlhabend konnte er ebenso wenig gelten wie die übrigen Bewohner der Keys. Sein Haus, eines der neueren Bauwerke hier in Twicetown, war errichtet worden, als vor einigen Jahren die so genannte Handelsvereinigung während ihrer kurzen Blütezeit Frachtgut abgesetzt und ein Stück des Industriegebietes im Norden der großen Schreckensstadt wieder belebt hatte.

Das Haus stand auf einem Fußboden aus Tischplatten, die von der Cafeteria der Schule stammten, und hatte keine Fundamente. Anstelle eines betonierten Vorplatzes bedeckten feuchte Bretter aus Treibholzbeständen die nackte Erde. An der Tür war in Glanzbuchstaben zu lesen: MIAMI

SINFONIEORCHESTER, darunter sein Name, A. T. CHEUNG, und ganz unten auf einem Schild aus Plastikholz: MANAGER.

Herr Cheung beugte sich über einen alten Aktenkoffer mit dem Aufdruck «Samsonite», der auf einem der Bretter stand. Er hatte einen Metallbügel und ein Schloss, aber keinen Griff.

Fiskadoro streckte die Arme aus und nahm den Koffer mit beiden Händen hoch. Als er ihn bewegte, klapperte es darin.

Der Leiter des Miami Sinfonieorchesters wusste augenblicklich, was der Koffer enthielt. «Was hast du da?», fragte er den Jungen. Sein Mund war trocken, und er spürte, dass seine Augen sich mit Tränen füllten.

Fiskadoro stellte das Köfferchen ab, kauerte sich davor und hantierte an dem Verschluss herum.

«Komm, das mache ich», sagte Herr Cheung. Aber das Kind zog abwehrend die Schultern hoch und schaffte es schließlich, anscheinend mit bloßer Gewalt, den Bügel aufspringen zu lassen. Er hob den Deckel, und Herr Cheung sah vor sich, was er erwartet hatte: die fünf Teile einer auseinander genommenen Klarinette.

«Woher hast du die?», fragte Herr Cheung, ohne sich von der Stelle zu rühren. «Ich wusste, dass es eine war. Ich kenne das Geräusch.»

«Gehört mi padre Jimmy Hidalgo. Schon lange her ...» Fiskadoro zeigte mit der Hand über seine Schulter. «Großvater, Großvater, Großvater – so.»

«Darf ich mir die Klarinette mal ansehen?»

«Erst Geschäft», sagte der Junge.

«Willst du die Klarinette verkaufen?»

«Is nich, nee, nix und nimmer», sagte Fiskadoro. «Ich will ne Stunde von dir kaufen.»

«Ich soll dir Unterricht geben?»

«Ich *zahl* auch.»

«Wie viel?»

«Zehn Millionen.»

«Zehn Millionen?», wiederholte Herr Cheung.

«Zehn Millionen, sag ich doch eben.»

«Das hab ich gehört, Herr Hidalgo. Zehn Millionen was?»

«Zehn *Millionen*. Zehn Millionen *Dollar*.»

Ein breites Lächeln des Verstehens ging über Herrn Cheungs Gesicht. «Papier!»

«Klar Papier! Kann ich zehn Millionen Kleingeld hier rüber aquí nach Twicetown tragen, Manager Cheung?»

«Hättest du zehn Millionen in Kleingeld, selbst wenn du es tragen könntest?»

«Heut noch nich», antwortete Fiskadoro.

Herr Cheung sah die Klarinette an und verspürte so etwas wie Durst. «Ich mache dir ein Gegenangebot, Señor Fiskadoro Hidalgo. Ich gebe dir Gratisstunden – kein Geld, du bezahlst nichts – Gratisstunden, wenn du die Klarinette bei mir lässt, hier im Haus, wo sie sicher ist.»

«Is nich, nee, nix und nimmer», sagte Fiskadoro. «Kanns vergessen.»

«Das war klar und deutlich», sagte Herr Cheung.

Der Junge schloss den Koffer und hielt ihn an seine Brust gepresst.

«Zehn Millionen also?», fragte Herr Cheung.

«Zahl ich aber nich heut», sagte Fiskadoro. «Später mal, vielleicht morgen.»

«Einverstanden», sagte Herr Cheung, ohne zu zögern.

Als der Junge fort war, ging Herr Cheung zurück zu seinen Samen und seiner Großmutter hinter dem Haus, wo der Boden noch immer die Hitze des Tages festhielt. Er zog die weißen Boxershorts aus und bespritzte sich von oben bis unten mit dem Wasser aus der Tonne.

Großmutter Wright rutschte mit einer kraftlosen Geschäftigkeit, die ihm ans Herz griff, auf ihrem Stuhl herum. Er erinnerte sich an die Zeit, als sie noch rüstig gewesen war und ungeduldig und scharfzüngig im Umgang mit kleinen Kindern. Ich möchte sein, wo du bist, dachte er, und sehen, was du siehst. Ich wollte, ich hätte deine Erinnerungen.

Herr Cheung glaubte, dass es wichtig war, sich zu erinnern. Er konnte die Texte einiger bedeutender Reden und Dokumente – wenn nicht genau erklären, so doch auswendig hersagen. Er pflegte sein Repertoire mit Hilfe verschiedener mnemotechnischer Tricks. So widmete er zum Beispiel täglich eine kurze Zeit der Erinnerung an seine erste Liebe – ein Mädchen, das ihm nichts mehr bedeutete und das er nie mehr wieder sehen würde –, indem er sie sich als «Die fünfzig Bundesstaaten in alphabetischer Reihenfolge» dachte und sich, ihre verschwommenen Züge vor Augen, sagte: *Hab Erbarmen* mit mir. *Alles kann* doch nicht vorbei sein! Und dann sah er sich vor ihr auf die Knie fallen, sah im Geist ihre Fußspuren vor sich, die von ihm fort zum *Horizont* führten, in ein anderes Gebiet, einem *Arkadien* ähnlich – und auf diese Weise erinnerte Herr Cheung sich an *vier* Staaten in alphabetischer Reihenfolge: Alabama, Alaska, Arizona, Arkansas. Gehen wir ins Café *da vorne* (Kalifornien), sie war eine Farbige gewesen, *a colored woman* (Colorado), und sie *konnte* so *nett* sein (Connecticut) ... Metallisch glänzende Weizenfelder, fette, stumpfsinnige Kühe, Städte, eckig und schmierig wie Riesenmaschinen – er hatte

Bilder von solchen Orten gesehen, wie sie früher einmal über alle Landkarten marschiert waren. Großmutter Wright war in ihnen aufgewachsen ... Delaware; sein eigener Staat Florida; Georgia, Hawaii, Idaho, Illinois, Indiana, Iowa, Kansas, Kentucky, Louisiana, Maine, Maryland, Massachusetts, Michigan, Minnesota, Mississippi, Missouri, Montana, Nebraska, Nevada – New-Hampshire-New-Jersey-New-Mexico-New-York – North Carolina, North Dakota, Ohio, Oklahoma, Oregon, Pennsylvania, Rhode Island, South Carolina, South Dakota, Tennessee, Texas, Utah, Vermont, Virginia ... allesamt in seinem Gedächtnis an eine Reihe von Vorstellungsbildern geknüpft und jedes Bild mit dem nächsten verbunden in einer Kette erinnerter Szenen und Klänge, die bis zum Gesicht seiner ersten Liebe zurückreichten – jenem Mädchen, das er sich als «Die fünfzig Staaten in alphabetischer Reihenfolge» dachte, nur damit das Dämmerlicht der Erinnerung über die Kette glitt – Name für Name ... Washington, West Virginia, Wisconsin, Wyoming ... Wie fast alle, die überlebt hatten, was man damals das «Ende der Welt» nannte, hatte auch Großmutter Wright nie viel darüber geredet. Herr Cheung glaubte, dass diese Menschen noch lebten, weil sie der großen Vernichtung zu fern gewesen waren, um sie zu bezeugen.

Jetzt, da er selber mittleren Alters war und spürte, dass auch er mehr Vergangenheit als Zukunft besaß, wünschte er, er hätte sie damals, als sie noch sprechen konnte, gebeten, ihm alles zu erzählen, was sie über dieses andere Zeitalter wusste. Von ein paar Dingen, die es damals gab, hatte Großmutter Wright ihm erzählt – von Riesenrädern, Aufzügen, Boxkämpfen, Bergbauunternehmen –, doch das waren nur *Dinge*. Jetzt wollte er von den Menschen und Orten hören, die seine Großmutter gekannt hatte, aber es war zu spät: Am nächsten kam sie dem Sprechen noch, wenn ihre

Lippen verschiedene Arten des Schweigens formten. Eines Nachts war sie in einem billigen Hotel in Key West eingeschlafen und am Morgen in einer Welt erwacht, die zu Ende gegangen war, und von da an hatte sie ihr Leben in der südlichsten Zone der Quarantäne verbracht, in einer Zeit zwischen zwei Zivilisationen und an einem Ort, den das Gesetz sich selbst überließ.

In den meisten unserer Dramen und Theaterstücke scheint es immer wieder um den Ort zu gehen, in dem sie erwachte, um die Welt nördlich des zweiundvierzigsten Breitengrades während der Quarantäne, die sechzig Jahre lang von uns abgeschnitten war. Das tut uns nicht unbedingt gut. Der Vergangenheit nachzuhängen trägt nichts zum Gelingen der Gegenwart bei; ja, sich allzu sehr mit der Vergangenheit zu beschäftigen ist sogar eine Sünde, zieht es doch unseren Geist von dem realen Segen ab, der aus der Gnade und Barmherzigkeit und Fülle Allahs täglich, mit jedem Herzschlag, auf uns niederregnet. Aber wir sind nur Menschen. Was können wir dafür, wenn es uns manchmal drängt, Geschichten zu erzählen, deren heiligster Sinn darin liegt, uns mit Bildern von Chaos und Gefahr zu erregen? – die zahllosen Geschichten über Anthony Terrence Cheung, der wirklich gelebt hat, und über seine Großmutter, die der älteste Mensch auf Erden wurde, und über den jungen Fiskadoro natürlich, den wir alle am besten kennen, den Einzigen, der bereit war, als wir kamen.

Völlig euphorisch machte sich Fiskadoro an diesem Tag seines Übereinkommens mit Herrn Cheung auf den Heimweg und umklammerte seinen Koffer mit dem Gefühl, er sende Feuerstrahlen aus, die alle seine Freunde und Verwandten blenden müssten. Bald würde er Mitglied des

Miami Sinfonieorchesters sein. Noch steckte diese Organisation in den Kinderschuhen. Das Orchester trat nie öffentlich auf und kam nicht einmal zu Proben besonders oft zusammen. Es war auch nicht sehr bekannt. Fiskadoro selbst hatte erst vor kurzem von ihm gehört. Trotzdem würde er jedem im Dorf davon erzählen, und dann war es berühmt.

Bis zur Army waren es einige Kilometer, und Fiskadoro schlief im Gehen, als er sein Dorf erreichte. Jetzt verdrängte die Tatsache, dass er heimkam, jene andere Tatsache, dass er fort gewesen war, aus seinen Gedanken, und er vergaß seine neue Würde.

Die Boote waren zurück. Als er in den Schatten der Kokosnuss- und Dattelpalmen trat und das Schweigen um die Wellblechhütten spürte, wusste er, dass sie zurück waren und dass alle, selbst die Katzen und Hunde, unten am Wasser sein würden. Er hörte ihre Schreie.

Als er ans Ufer kam, sah er, dass die Netze schon eingeholt waren. Die *Business* und die *El Tigre* und die *Generalísimo* lagen zwanzig Meter vor der Küste im Golf draußen, die Netze, um die sich die Dorfbewohner drängten, waren über den Strand gebreitet, und von den Makrelenbergen stieg ein feiner Dunst auf. Dort war das Boot seines Vaters, die *Los Desechados,* mit schwerem Fang. Alle waren zufrieden. Er rannte auf die Netze zu, und der salzige Sprühnebel von den Fischen brannte ihm in den Augen. Er war fast dreizehn, wuchs mit jedem Tag und hatte doch das Gefühl, der Kleinste von allen zu sein.

In olivgrünen, bespritzten Lumpen, die jüngeren Frauen in weißen, triefnassen Hemden, die durchscheinend an den braunen Körpern klebten, und bunten Tüchern ums Haar, die schwerfälligen älteren Frauen ohne Blusen über den oliv- oder khakigrünen Röcken, sodass ihre Brüste schaukelten, wenn sie über den Fischen standen und schwatzten und lachten oder mit offenem Mund und stumpfem Blick nach dem mühsamen Einzug der Netze verschnauften – so gingen die Leute aus seinem Dorf, die sechs Sippen der Hidalgo, Delacorte, Chicago, Wilson, Sanchez, Revere, ohne irgendeinen Gedanken in den Köpfen ihrem Tagewerk nach.

Weiße Fischhändler aus Twicetown und Marathon patrouillierten an den Rändern der offenen Netze entlang und hielten mit drohenden Worten und Gesten die Army-Kinder in Schach, die ihrerseits Hunde und Katzen piesackten, von denen das Ufer wimmelte.

Drake, Fiskadoros jüngerer Bruder, hatte den Älteren entdeckt, pflanzte sich atemlos dicht vor ihm auf und streckte die Hand nach dem Koffer namens Samsonite aus. «Bis wieder da von Twicetown», sagte er.

«Bueno. Schlauer Junge.» Fiskadoro hielt den Koffer außerhalb von Drakes Reichweite.

«Hat ers dir gelernt, Fiskadoro? Spiels jetz auf dem Ding?»

«Morgen, morgen spiel ich», belehrte ihn Fiskadoro, «heut noch nich.»

Zwei von Billy Chicagos Jungen stellten sich rechts und links neben Drake und legten ihm die Arme um die Schultern. «Hat er die Musik jetz, Drake? Der Fischmann, hat er die Musik?»

«Morgen», sagte Drake. «Morgen da spielt er» – er fing an zu singen: *«Nutzt die Zeit, kommt schon, nutzet die Zeit»,* und bald sangen Scharen von Kindern die alte Hymne. Sie hatten sie erst kürzlich von den schwarzen Israeliten gelernt, die eines Tages aus dem Nirgendwo mit ihrem Schiff auf den Keys gelandet waren, die Hälfte von ihnen tot.

Nutzt die Zeit, kommt schon,
nutzet die Zeit,

lasst es büßen, das System,
für seine Ungerechtigkeit ...

Fiskadoro sah, dass er zu spät gekommen war. Für alle anderen hatte die ganze Fröhlichkeit zu welken begonnen. Die Sonne sank, die Händler mussten zur Straße zurück, und die Dorfleute waren erschöpft. Die Kinder versuchten die Party in Gang zu halten und trommelten mit professionellem Geschick auf den metallenen Dieselölfässern herum, die in den Maultierkarren der Händler standen, bis Simpson Delacorte von der *Business* sie vertrieb. Er führte die Verhandlungen für das Dorf. «Wir wollen alle fünf Fässer óleo. Und morgen nochmal fünf – *voll bis oben.* Plus noch zehn Millionen Dollar», sagte er zu den weißen Händlern.

Als der Handel getätigt war, stolzierten die Männer am Ufer herum, dicke Bündel Banknoten in ihren Messergurten, aus denen sie hie und da Scheine hervorzogen und an die kleinen Kinder verteilten. Die Frauen schaufelten den Fisch in die Karren, die Händlerfamilien spannten ihre Esel an. Minuten später setzten sich die zweirädrigen Gefährte in Bewegung, um auf die Army-Pfade und die jenseits gelegene Straße zu gelangen, im Sand die Spuren ihrer riesigen Autoreifen zurücklassend.

Eine Menge Fische waren übrig, viele davon zuckten und zappelten noch in den Netzen. Die Leute vom Dorf hatten nach Hause geschafft, was sie kochen konnten, und ihre Tiere saßen am Ufer und hatten Fische zwischen den Zähnen.

Drake und Fiskadoro stießen auf Pressy, den jüngsten Bruder ihrer Mutter, und folgten ihm, bis er Halt machte und sich unter einen Baum setzte. Pressy war ein kleiner gut aussehender Mann, viel dunkler als seine Schwester Belinda, die wegen seiner Dunkelhäutigkeit und allgemeinen Hohlköpfigkeit gern behauptete, er hätte mehr kubanisches Blut abbekommen als sie. Drake und Fiskadoro begleiteten Pressy gern hierhin und dorthin, denn Pressy sprach mit ihnen über Sex, nicht über den Sex zwischen Männern und Frauen, sondern über den zwischen Hunden und Hunden. Pressy hatte sich überlegt, eine Rasse von Hunden zu züchten, mit denen man Fische fangen konnte. Wenn er tote Makrelen ins Wasser warf, holte sein Hund Sarge sie heraus, aber mit seiner Idee, lebende Fische zu apportieren, war Pressy nie zu Sarge durchgedrungen. «Der Hund hat nich viel im Kopp», erläuterte er seinen beiden Neffen. «Kanns nich einfach hinsitzen und dem was von Fisch erklären. Brauchs ein'n, wo schon *selber* weiß. Dann bring ich Pescadoro-Hund zum Sichvermehren auf andern Hund. Und der wirft sechs Junge raus – drei Pescadoro-Junge und drei Nur-Hunde-Junge.» Er hob drei Finger der rechten und drei Finger der linken Hand. «Und jetzt, comprende, comprende – wenn ich dreimal Fisch-Hunde züchte mit dreimal Nur-Hunde, gibt's *immer mehr* und *immer mehr* Fisch-Hunde.» Verwirrt und begeistert von der Mathematik des Züchtens, zog er mit dem Finger zahllose Linien in den Staub. «Der óleo is morgen ausgetrocknet auf den Keys hier», sagte er, «und wenn die Motoren nich mehr laufen, kanns Boote vergessen. Red mir nich von Booten. Nach extra Maß gezüchtete *Hunde* holen dann die Fische rein.»

In Wirklichkeit waren Pressys Zuchtversuche nicht viel mehr als eine Art Dienstleistung für die einsamen Herzen unter den Promenadenmischungen, und weniger duldsame Gemüter, zu denen auch seine Schwester Belinda gehörte, nannten ihn einen dussligen Stenz. Drake und Fiskadoro aber waren fasziniert, denn Pressy war im Besitz gewisser Informationen darüber, wie die Talente eines Hundes in einen anderen Hund und dann in ihre Jungen gelangten, was mit Sperma, Genkügelchen, Desechado-Molekülen und Kontamination zu tun hatte. «Alles, wo ich euch von erzähl, is so klein, kann man gar nich sehen», teilte er ihnen mit, «aber ich weiß Bescheid – glaubt mir!»

Heute, als die Sonne unterging und ein paar Familien sich zusammensetzten und vor ihren Baracken rauchende Feuer entzündeten, um die Dunkelheit fern zu halten und ein Fischfestmahl zu kochen, warteten Drake und Fiskadoro darauf, dass Pressy von diesen mikroskopisch kleinen Dingen erzählen würde. Er wusste, worauf sie warteten, schwieg aber und schien traurig. «Ich hol dir Fisch, Pressy», sagte Fiskadoro, doch Pressy wollte sie glauben machen, dass er taub geworden sei. Fiskadoro stieß Drake in die Seite: «Hol drei Fische, gut gebraten», und Drake wich seinen Händen aus und tanzte im Kreis herum und sang: *«Kämpfer, Kämpfer.»* Er wirkte wie in Trance.

«Ich sag Belinda, Drake is müde», sagte Fiskadoro.

«Stimmt nich nee, nix und nimmer und morgen auch nich, Scheißkerl-Junge», sagte Drake.

«Warum hols dann keine drei Fische?», fragte Fiskadoro, und Drake ging hinüber in Nancy Hidalgos Hof und bekam drei Fische, die auf ein Palmenblatt gespießt waren.

Pressy würdigte den Fisch keines Blickes.

«Has kein Hunger, Pressy? Ich ess den Kopf. Mit Augen. Hunger.» Auch Drake machte sich über seine Portion her, mit demselben starren Gesicht wie früher an Belindas Brust.

Doch Pressy errichtete um seine Schultern ein grollendes Schweigen. Schließlich sagte er: «Ich will mit kein Fisch was reden. Die lassen mich nich mit rausfahrn, und davon geh ich tot. Ich geh unter im Unter-Wasser», verkündete er.

«Has kein Hunger?», fragte Fiskadoro.

«Das is meine Familie, und ich gehör auf die *Los Desecha-*

dos», sagte Pressy. «Aber die lassen mich einfach nich mit raus, und darum geh ich tot jetz – der Mann, wo die Fisch-Hunde erfindet, die die Army retten tun.»

Mike schlief; Fiskadoro und Drake streiften durch die Siedlung, und Jimmy Hidalgo saß mit seiner Frau Belinda auf den Stufen zum Eingang ihrer Hütte, schob eine Hand unter ihre Wade, hob ihr Bein und drückte die Lippen auf ihren Oberschenkel.

«Schlechter Kerl», sagte Belinda.

Im Zimmer hinter ihnen zuckten die Kerzenflammen, als eine Brise vom Golf herüberwehte. Ihre Hütte stand dicht am Wasser und bekam keinen Schatten, doch sie hatten das Meer und seine einsame Gesellschaft und keinen Ärger mit Kokosnüssen, die das Dach durchschlugen. Zu beiden Seiten des leeren Türrahmens, vor dem sich ihre Silhouetten abzeichneten, hingen je drei Autoblinker, die wie wild flackerten.

«Is ich, glaub ich, mal höchste Zeit fürn bisschen Ärger machen», sagte Jimmy und schob die Hand unter ihr Hemd.

«Zeit fürn bisschen Babys machen, meinste, du schlechter Kerl. Dann hab ich den ganzen Ärger und du gehs fischen. War doch so bei Mikey, oder?» Mike, ihr Jüngster, war zwei Jahre alt. Aber sie legte ihren Kopf an Jimmys Schulter und öffnete ihm ihre Schenkel.

Sie küssten sich, und nach einer Weile hörten sie die beiden Jungen zurückkommen, offenbar im Streit. «Aha, da sind die Herrn Radar und Vize-Radar», sagte Jimmy betrübt.

«Ma!» Fiskadoro hatte das Gefühl, dass womöglich alles, was er sagen könnte, nicht wichtig genug wäre. Gebieterisch fasste er den Bruder an der Schulter und sagte: «Drake is müde, Ma.»

«Ach, lass mich in Ruh mit Drake», antwortete Belinda.

Jimmy packte Fiskadoro im Nacken und schüttelte ihn, dass sein Kopf nach vorn sprang. «Na, kommt das Hirn hier immer noch den Maschinen da drin ins Gehege?» Er setzte sich die zwei Jungen auf den Schoß, einen auf jedes Knie. «Kriegs wieder nen Mondrappel heut Nacht, wenn wir schlafen?»

Fiskadoro war jetzt schon so groß, dass seine Füße den Boden berührten, wenn er auf dem Knie des Vaters saß und er sich leicht machen konnte. Im Schein der roten Blinker, die das Mondlicht an- und ausknipsten, betrachtete Fiskadoro die schwachen spiraligen Muster getrockneten Salzes auf Jimmys Wangen und Schultern. Schon immer waren dort diese vagen Schriftzüge des Golfs zu erkennen gewesen. So schmerzhaft, wie sein Magen sich zusammenzog, wusste Fiskadoro, dass er nie zur See gehen würde.

Als der Vater ihn freiließ, ging er ins Haus zum Radio. «Was gibt's heut?» Er trieb die Skala durch das statische Rauschen und rüttelte mit beiden Händen an der Autobatterie, an die es angeschlossen war.

«Du weiß doch, das Radio is nix als Lügen. Cada palabra de la voz del radio es una mentira», sagte Belinda, wie sie es ihm immer wieder sagte – jedes Wort der Radiostimme ist eine Lüge.

Er wachte auf, und der Mond raste auf ihn zu. Der Mondrappel, da war er wieder mit seinen paar Monstern, seinen paar Geistern, seinen *rrrrrr* winzig kleinen Schizzoflitzern. Er hörte sie schreien und heulen. «O ja, das is schön, das is schön. Jimmy! Jimmy!» Es war die Stimme seiner Mutter. Draußen vorm Fenster hatte der Mond ein Seil quer übers Wasser bis ans Ufer gelegt. Der Golf war schwarz wie

Schmieröl, und der Strand war nicht weiß; er war auch nicht ganz blau; auch nicht grau. Der Mondrappel. Fiskadoro stand in der Tür zum Zimmer seiner Eltern, und etwas war in ihrem Bett, ein Tier mit vier Beinen im Mondlicht. Aber er wusste, was es war, es war nichts Verrücktes, nur Jimmy und Belinda. *Rrrrrrr* schossen hinter ihm die winzigen Schizzoflitzer quer durch die Luft ins Haus hinein, und sein Vater gab einen Laut von sich, als würde ihm ein böser Splitter rausgezogen. *Rrrrrrr* bumm bumm bwa!, machten die wahnsinnigen Miniflitzer, bumm bumm bwa! Mitten durch ihn hindurch. Aber es war nicht das Heulen kleiner Motoren, es war das Radio auf der Fensterbank. Das Radio spielte Jimi Hendrix.

Er zitterte, als er das Radio um Mitternacht spielen hörte, was es sonst nie spielte. *«Purpa haze all through my* BRAIN*»* – Fiskadoro hatte es auf den Sound-Shows in Twicetown Dutzende Male gehört. Jimi Hendrix auf *Radio Cuba* – seine Mutter mit Männerstimme, Fische, die auf zwei Beinen tanzten – Jimi Hendrix auf *Radio Cuba.* Er wollte mitspielen, auf seiner Klarinette, aber er hatte keine Ahnung, wie. Im Dunkeln nahm er den Koffer aus dem Schrank, setzte die Stücke zusammen, so gut er konnte, und brummte hinein, dicht ans Radio gelehnt, und er hörte das Rauschen des Gerätes und das Zischen des Golfs durchs Fenster und Belindas Schrei: «Auuauuuauu!» Kurz darauf stand der Schatten seines Vaters in der Tür und sagte: «Herrgott nochma, trompetet der Radar-Kopp hier mitten inner Nacht auf seiner Musik-Tröte rum. Den hat ja wohl der Mondrappel gepackt.» Fiskadoro spürte das Erstaunen des Schattens neben sich, als Hendrix' Gitarre erklang. «Es Hendrix, kommt heut von *Radio Cuba*», sagte Fiskadoro stolz zu seinem Vater.

Belinda kam herüber und stellte sich hinter ihren Mann. Jetzt, da seine Eltern besorgt schienen, fühlte Fiskadoro sich elend. Er hockte am Fenster und hörte, auf seine Klarinette gestützt, zusammen mit den Eltern «Purple Haze».

Im Radio knackte es, und Jimi Hendrix sagte immer wieder dasselbe: «Scuse me – scuse me – scuse me ...»

«Scuse *me*!», sagte das Radio. «Wisst ihr was, das hier ist gar nicht das übliche Programm, wie ihr vielleicht gedacht habt; hier ist Stabsfeldwebel Bud Harmon aus Nawtha Nawlins, Texas, und ich und Danny und Rick Ames und der Schweinepriester höchstselbst, Korporal George Wills, sind in den Taifun geraten und mit circa dreizehnhundert Stunden auf den Felsen da unten abgeschrammt, ich seh sie vom Fenster aus, und *euch* seh ich *auch,* ihr Schweinehunde, und hab noch *jede Menge Munition.*»

Fiskadoro legte die falsch zusammengesetzte Klarinette weg.

«Ich versteh die ganze Radio-Show da nich.» Er schüttelte den Kasten. «Spiel wieder die Musik.»

«Nawtha Nawlings?», fragte Belinda.

«Keine Ahnung», sagte Jimmy.

«– bla bla», sagte die weiße Stimme, «et cetera» – nichts, was Sinn gab. «Und sechs von ihnen haben wir umgelegt, und sie drei von uns, und ich hab diese Radiostation erwischt und *ich liebe Jimi Hendrix*! Also ruft an und sagt, was ihr hören wollt, nur dass das Telefon hier keine Nummer hat, also leckt mich am Arsch. Ich bin sechsunddreißig und *I'll rock all night*! Mein Vater war Stabsfeldwebel, und aus mir hat er auch einen gemacht, und er *liebte* Hendrix, und *sein* Vater liebte Hendrix, und *ich* liebe Hendrix – und niemand hat mir je gesagt, dass ich mal in Kuba sterbe, aber das is mir auch scheißegal, wenns so is, dann isses eben so. Denn wenn die andern Jungs alle ins Gras beißen und du bist allein, und jetzt isses nur noch dein Bier, dann denkst du dir, was solls. Ich will nur noch nach Haus. Aber ich komm nich nach Haus. Ich hab die Radiostation hier, und ich hab Munition. Mensch, hab ich noch Massen davon – zwei bildschöne blitzblanke rostfreie Ladestreifen à dreißig Schuss, und ich liebe Hendrix und *I am going to rock till I die*! Scheiß auf Kuba!»

«Qué pasa?», fragte Belinda.

«Hört sich an, wie wenn er mit den Kubanern kämpft», sagte Jimmy. «Wie wenn er heut Nacht *Radio Cuba* gestohlen hat. Keine Ahnung.»

Belinda, Jimmy und Fiskadoro hörten zu, während der Mann zwei weitere Hendrix-Songs auflegte und in voller Länge abspielte: erst «Red House», den kannte Fiskadoro, und dann einen anderen; das sei der letzte, sagte der Mann, den er spielen würde, bevor er sterbe, «The Star-Spangled Banner», den kannte Fiskadoro von anderen Platten bei den Sound-Shows, hatte ihn aber nie von Jimi Hendrix gehört. Und der Mann bat Jimmy und Belinda und Fiskadoro, seinen Namen in Erinnerung zu behalten, den sie schon vergessen hatten, und er bat sie, ihn als den Mann in Erinnerung zu behalten, der Kuba angegriffen hatte.

Dann verstummte *Radio Cuba*.

Jimmy schwieg, sog nur die Luft durch die Zähne ein. Fiskadoro fragte: «Was is, Ma? Wieso das hier Radio kommt das jetz nachts?»

«Ach, lass mich in Ruh mit dem hier Radio», sagte Belinda. «Du weiß doch, das Radio is nix als Lügen. Cada palabra de la voz del radio es una mentira», sagte sie.

Zwei

Zuckerrohr sprießt nach der Ernte neu aus den eigenen Stoppeln. Herr Cheung brauchte also nicht ein zweites Mal auszusäen, wenn er eine weitere Ernte wollte; doch er legte zweimal im Jahr ein paar neue Furchen an, holte dafür ein paar Nachbarskinder herbei und ließ sich von ihnen beim Ausstreuen des Samens helfen.

Fiskadoro war jetzt seit sechs Monaten sein Schüler, und Mr. Cheung begann allmählich, sich damit abzufinden, dass der Junge kein Talent besaß. Er hatte ein Gefühl für Musik, erwartete aber, dass die Töne aus der Klarinette kamen wie aus dem Radio: einschalten, ausschalten. Der Leiter des Orchesters hatte außerdem versucht, ihm das Lesen beizubringen, doch der Junge hatte nicht mehr gelernt, als mit äußerster Mühe ein paar Wörter zusammenzusetzen. Herr Cheung verlor dennoch nicht die Geduld. Man wusste ja nie. Vielleicht wuchsen im Geiste des Jungen zwei Drähte aufeinander zu, die sich einmal berühren und einen Kraftstrom auslösen würden, und viel anderes war ohnehin nicht zu tun.

Während Fiskadoro bei Herrn Cheung war oder die eine Seite der Insel hinauf- und die andere wieder hinunterwanderte, blieb seine Mutter Belinda in der Army zurück und verbrachte ihre Zeit mit jedem, der zufällig vorbeikam, sogar mit Leuten, von denen sie nicht allzu viel hielt, wie Lisabeth Sanchez.

Bevor das Boot ihres Mannes auf See blieb, hatte jeder sie Lizzie genannt, seither hieß sie Lisabeth. Damals war sie ruhig und scheu gewesen, jetzt lachte sie zu laut und hatte Fett angesetzt, und es hieß, sie gebe sich mit undurchsichtigen Typen ab. Sie machte fast jeden Morgen einen Besuch in Belindas Haus. Belinda war es müde.

Lisabeth hatte ein rundes Gesicht und einen schläfrigen Blick, aber ein nervöses Temperament; sie schaukelte unentwegt auf dem Ford-Fairmont-Sitz, Belindas bestem Stück, hin und her und hielt die Füße mit den groben Knöcheln keinen Augenblick still. Heute Morgen aß sie geröstete Erdnüsse, immer eine aufs Mal, spuckte die nassen Schalen auf die Handfläche und warf sie aus dem Fenster. «Hübsch is es bei dir.»

«Ach, das Haus is doch der reinste Saustall», sagte Belinda bescheiden.

«O nein, Belinda, die ganze Dekoration und so. Is wirklich hübsch bei dir.»

«Mit n bisschen mehr Mühe könnts vielleicht hübsch sein», sagte Belinda. «Aber grad heute – n furchtbarer *Saustall.*»

«Dónde Fiskadoro? Is was für dich besorgen?»

Belinda sprang plötzlich auf und ging zur Tür. «Drake?», rief sie, den Perlenvorhang teilend. «Pass auf, dass Mikey im Hof bleibt mit dir.» Als sie wieder saß, hatte sie Lisabeths Frage vergessen.

Lisabeth aber hatte nicht nur die Frage, sondern auch die Antwort parat. «Ich hoff, du weißt, Fiskadoro, der is überall unterwegs da auf die unteren Keys», berichtete sie Belinda, «ganz schmierig glatt von Stinksaft und sieht so aus, wie wenn er ma groß rauskommen will, seit er da auf seim Negerhorn spielt.»

«Is mir egal», sagte Belinda. «Er is in n großes Orchester.»

«Ich glaub nich, dass da n Orchester draußen am Weststrand is, Belinda. Zu windig», sagte Lisabeth.

«Zu windig?»

«Ich mein Fiskadoro, der is zu windig. Ich mein, er macht la große vente.» Lisabeth ahmte für ihre Gastgeberin einen Sturm nach, wedelte mit den Händen, pustete Luft aus den fetten Wangen und ließ aus Versehen ein paar Erdnüsse fallen.

«Fiskadoro is in ein Orchester. Große Band mit lektrische Generatoren.»

«Mitten inner Nacht? Mitten inner Nacht, Belinda? Inner großen Band mit lektrische Generatoren mitten inner Nacht?»

«Miami Sinfonieorchester», sagte Belinda mit wachsendem Unbehagen.

Lisabeth streckte die Zunge heraus und pickte ein Stück Schale von der Spitze. Seit dem Tod ihres Mannes traten die Adern um ihre Augen immer stärker hervor.

Belinda sah, dass Lisabeths Wut schuld war, wenn sie dauernd Erdnüsse aß und fett wurde. Sie würde auch vor dem Abendessen noch einmal vorbeikommen und einen Happen essen, das wusste Belinda. Es war Monate her, seit Lisabeths Mann verschwunden war, aber bei Anbruch der Nacht würden sie laut zusammen weinen, während die späte Sonne Flächen von violettem Licht über den Strand breitete.

«Gibt bald n paar große Probleme da unten am Weststrand», verkündete Lisabeth.

«Ach, ja?»

«Is jetz schon so. Einer von diese Jungs ausm Sumpf is am Strand bei Marathon aufgetaucht.»

«Ach, nee. Und wegen was?»

«Wegen dem, dass er ertrunken war. Wegen dem, dass er aufgeschwollen war wie n Riesenhai.»

Belinda beugte sich zur Fensterbank hinüber, blinzelte, um die Zahlen auf dem Radio zu entziffern, und drehte langsam an der Skala herum. Aber es war noch zu früh. «Sie sind ers am andern Tag nah rangegangen. Die ganzen Leute da, alle ham sie gedacht, is bloß n Hai da draußen.»

Belinda reckte den Hals, um nach Drake und Mike zu sehen.

Sie legte kess die Hände auf die Knie und lächelte. «Weißt noch», fragte sie Lisabeth, «wo da mal all die ganzen Seehunde ankamen? Am Meerufer?»

Einen Augenblick lang sah Lisabeth wütend aus. Dann ließ sie den glatten Schleier des Anstands über ihr Gesicht fallen. «Du machst mich krank», sagte sie.

«Was bis denn so rot um die Augen?»

«Weil du anner Radiokiste rumfummelst und von Seehunde redst, wenn ich was Wichtiges erzähl.»

Das Wetter war sonderbar heute, und von ihren Plätzen auf den ausrangierten Autositzen in Belindas Wohnraum aus wirkte der Himmel wie ein schweres, flaches Ding, das sich vors Küchenfenster geschoben hatte. Belinda atmete noch mühsamer als sonst. «Ich komm nur grad auf Seehunde, weil du von Hai redst.»

«Ich red nix von Hai, ich hab gesagt *wie* n Hai.»

«Ach so.»

«Ich hab gesagt n toter Junge.»

«Ja, weiß ich, Lisabeth. Toter Junge, hab ich gehört, has mir direkt ins verdammte Gesicht gesagt.»

«Und wer is *jetz* rot um die Augen?»

«Ich», antwortete Belinda.

«Dieser Junge», sagte Lisabeth, «war einer von denen ganz Schwarzen ausm Sumpf. Hatte sein ...» Lisabeth zeigte nach unten, «sein Johannes aufgeschlitzt, wie die da alle haben.»

Belindas toter Vater und tote Mutter, all die Toten ihres

Blutes und ihre Tiere rückten enger im Raum zusammen. «Ja», sagte sie. «Ja.» Es überlief sie kalt.

Lisabeth verließ Belinda heute viel früher als sonst; einer der Männer vom alten Sanchez-Boot wollte sie besuchen. Belinda stand am Küchenfenster, sie sah sich in seinem Rahmen eingeschlossen wie in einer Falle, das Mädchen, das sie gewesen war, und die Alte, die sie sein würde in den Fenstern rechts und links von ihr. Sie konnte jederzeit durch die Siedlung wandern und die Belinda von einst unter den hochnäsigen Mädchen sehen, die ihre Hinterchen wie Zuckerzeug durch den Schatten der staubigen Pfade trugen, die Gesichter leer wie kleine Vollmonde, die Lider geweißt, die Wimpern mit Kiwi-Schuhcreme geschwärzt; und sie sah auch die sonnenverbrannte und breitärschige Belinda von morgen zwischen den hoffnungslosen Fischweibern am Brunnen, die, den Wasserkrug auf die auswärts gedrehte Hüfte gestemmt, dummes, unwichtiges Zeug schwatzten, den Krug abstellten, um weiterzuschwatzen, das Fett an ihren Unterarmen schwabbeln ließen, wenn sie gestikulierten, den Krug aufnahmen und ihn hielten und schwatzten und schwatzten und schwatzten.

Belinda war dreiunddreißig. Sie hatte drei Kinder gestillt und einen Bruder an den Golf verloren, aber noch immer hielt sie mit jugendlichem Schamgefühl daran fest, wie eine Jungfrau ihre Brüste zu bedecken.

Sie schnitt Fisch auf, und das Blut lief in den Ausguss. Der Ausguss entleerte sich draußen vor ihrer Hütte. Von Zeit zu Zeit warfen die Jungen Sand über den Dreck. Belindas Leben bestand darin, die Fische, die Mann und Söhne ihr brachten, zu waschen und sie auf dem Holzherd zu garen und die Fische zu essen und die Fische zu waschen und zu garen. Die meisten Familien hatten während der heißen Jahreszeit ihre Feuerstelle außerhalb der Hütte, doch Belinda hielt es wie in alten Zeiten. Sie hatte stets ein Feuer im offenen Küchenherd brennen, schürte die Glut und warf zweimal täglich Stücke von Zypressenwurzeln nach. Dann und wann gab sie Mike sein Essen oder einen Klaps.

Die übrige Zeit hockte sie gewöhnlich auf flachen Sohlen vor der Tür, auf der morschen Treppe, zog sich Kokosnussstücke über die unteren Schneidezähne, kaute das beinfarbene Fleisch und sah zu, wie das Meer tat, was es immer zu tun schien, nämlich wieder und wieder mit seinen zahllosen gekrümmten Fingern über das Land zu fahren und jedes Mal etwas davon fortzutragen. Und dort draußen waren die Männer und durchkämmten das Meer nach Fischen. Und einige von ihnen behielt das Meer.

Seit zwölf Uhr am vorigen Tag hatte sie Fiskadoro nicht mehr gesehen. Um die Frühstückszeit war er wieder da, und sie bemerkte ihn erst, als er schon mitten im Zimmer stand. «Un wo komms jetz her? Stehs da mit deim Lügengesicht und denks, deine Mutter macht dir Frühstück?»

«Ich hab Fisch für dich.»

«Seh keinen.»

«Is draußen.»

«Dann bring ihn doch rein. Einmal lässt dein Kopp noch irgendwo.»

«Ich hab so n Durst», sagte er. «Ich hab n Gefühl wie Sand hier im Hals drin, bitte.»

Belinda setzte ihn an den Tisch. Sie nahm den Wasserkrug und eine Muschel und maß ihm ein paar wenige Schlucke ab. «Dann bis hier aber nich richtig.»

In der kleinen Hütte war es heiß und dampfig, weil das Feuer ständig brannte. Fiskadoro ließ das Wasser seine Lippen benetzen, er wollte langsam trinken, schluckte dann aber in einer Mischung aus Lust und Verzweiflung alles auf einmal. Während er den Nachgeschmack auskostete, nahm er die Gerüche wahr, die früher für ihn immer Mutter und Zuhause bedeutet hatten, jetzt aber etwas anderes auszudrücken schienen – Entbehrung und Hilflosigkeit, ein Gefühl leiser Scham. Schweißgeruch und der Rauch des Feuers hatten sich überall festgefressen, dazu der Gestank nach faulendem Obst und Babykotze. Seine eigenen Hände rochen widerwärtig nach Fisch.

Und die Gegenstände, die seine Mutter sich in ihrem Leben angeschafft und zu behalten beschlossen hatte, erschienen ihm auf einmal sinnlos – halbherzig und dumm. Um ihn herum hingen, zur Verschönerung ihres Hauses, Zubehörteile der Automobile des vergangenen Jahrhunderts – unaufhörlich blinkende Notleuchten, das Radio, das sein stetiges gedämpftes Rauschen von sich gab, all diese Dinge mit Kabeln an eine Autobatterie angeschlossen, die auf der Fensterbank stand und dazu diente, das Fenster geöffnet zu halten. Belinda hatte eine besondere Vorliebe für Steuerräder, und gleich mehrere davon waren an die fleckigen Wände genagelt, die ihm seit kurzem keinen Raum mehr zu lassen schienen.

«Wills hören, was Lisabeth mir erzählt hat von toten Jungen?»

«Fettes Mädchen», sagte Fiskadoro. «Is ne Vierteltonne minnestens.»

«Ein Junge ausm Sumpf is am Ufer angespült gekommen, tot und ertrunken, unten bei Marathon.»

«Weiß ich schon, dick wie n Wal kam der angespült.» Fiskadoro verdrehte die Augen und tanzte in der Küche herum. «Die Leute treffen sich da auf la Strand und schreien: ‹He, hallo, na so was – is das Lisabeth da? Lisabeth, aufstehn!› *Radio Cuba!*» Er tanzte, aber er wusste, dass sie die dunklen Ringe unter seinen Augen sah.

Mit starrem Gesicht lief Belinda in ihrem schmutzigen weißen Hemd hierhin und dorthin. Fiskadoro lutschte eine Orange aus und sah ihr zu, wie sie die Fische hereinholte, die er draußen gelassen hatte, und dann zum Ausguss ging, um sie zu waschen, jeden einzelnen so müde ins Becken werfend, als wäre er ihr gemartertes Herz. Eine Weile saß er vor dem Haus, sah seinen Brüdern beim Spielen zu, hörte, wie die Brise den Sand leise tickend gegen den Hofschuppen trieb und durch die Blätter des Strandhafers seufzte, die sich tagein, tagaus im Wind drehten und um sich herum zirkelscharfe Kreise in den Sand zogen, und machte sich dann ohne ein Wort des Abschieds auf den Weg nach Twicetown zu seiner Klarinettenstunde.

Herr Cheung bemerkte die Anwesenheit seines Schülers immer schon, bevor Fiskadoro in den seltenen Genuss kam, an eine richtige Haustür zu klopfen. Auch heute empfing er den Jungen wie üblich mit würdigem Schweigen, ihn nur mit den Augen willkommen heißend, die asiatischen Züge eine Maske der Ehrerbietung, doch nicht ohne einen Ausdruck von Wohlgelauntheit; das schwarze Haar klebte ihm klatschnass am Schädel wie einem Ertrunkenen, den man soeben aus dem Meer gefischt hat. Wie immer während der wärmsten Jahreszeit trug er sehr edle neue Boxershorts und ein weißes Unterhemd, dazu hellblaue Socken, die er bis über die Waden zog, und Lackschuhe in glänzendem, ja glühendem Schwarz. Er war ein zierlicher Mann, abgesehen von seinem Bauch, einem umfangreichen, runzligen Etwas von der Farbe und Textur einer Kiwi, den er vor sich hertrug wie einen besonders kostbaren Besitz.

«Deine Stunde wäre eigentlich vormittags», sagte er.

Fiskadoro war erschrocken und verlegen. Welche fremden Gesetzmäßigkeiten von Raum und Zeit hatten bewirkt, dass er erst nachmittags hier eintraf?

«Zufällig bin ich trotzdem frei», sagte Herr Cheung. Er trat schwungvoll zurück, um seinen einzigen Schüler einzulassen, den einzigen Menschen südlich von Marathon außer ihm selbst, der eine Klarinette besaß.

Im vorderen Zimmer des Hauses, das der Ausübung musikalischer Künste vorbehalten war, gab es kein weiteres Mobiliar als ein schwarzes Klavier und eine Bank – eine schwere hölzerne Kirchenbank – sowie einen roten Schalensitz, der aus einem riesigen Thunderbird-Wagen stammte, mit hölzernen Kufen versehen und zum ausschließlichen Gebrauch der Großmutter bestimmt war.

Jetzt saß Herr Cheung auf seiner Kirchenbank, kerzengerade und krummbeinig, den Bauch vorgereckt, die Hände flach auf den weit gespreizten Knien; er nickte seinem Protegé zu, damit er neben ihm Platz nahm. Zwischen ihnen auf dem stumpfen Holz der Bank lagen die Notenhefte, der zusammengeklappte Notenständer und seine eigene Klarinette, in einem richtigen Klarinettenkasten mit Futter aus braunem Samt und Einbuchtungen für jedes einzelne Teil.

Im Zusammensein mit seinem Lehrer entdeckte Fiskadoro in sich selber Quellen der Disziplin und Geduld, von denen er sonst am heißen Strand, im dahinvegetierenden Twicetown oder in der verschlafenen Army nichts bemerkte. Hier im Zimmer stand noch die feuchte Kühle des

Abends. Nach Westen waren die Fenster mit Teerpappe verhängt, nach Osten mit weißen Laken, die sich in den seltenen Luftzügen sacht bewegten, während die darauf liegenden Schatten eines Poinsettia-Strauchs und eines kleinen rautenförmigen Talismans zum Schutz gegen Radioaktivität an Ort und Stelle blieben. Es war gerade noch hell genug in Herrn A. T. Cheungs guter Stube, um zu lesen. Der Lehrer stellte den Notenständer vor sie beide hin und schlug den Text auf, an dem sie gerade arbeiteten, *Sydney Bechets Klarinettenlehre.* Und er schaffte es, den ganzen Raum mit Frieden und Feierlichkeit zu erfüllen, nur indem er – Begrüßung, Ermunterung und Ritual – das Schweigen vor Beginn des Unterrichts brach und wie immer ein wenig scheu die ersten Worte sprach: «Buch Nummer eins.»

Sie setzten ihre Klarinetten zusammen, und Herr Cheung wählte eine Seite des Textes aus. Schweigend studierten beide die Übung, während sie im Mund die Rohrblätter anfeuchteten. Dann begannen sie zu spielen.

Der karg möblierte Raum ließ die Melodie der zwei Klarinetten kräftig widerhallen, sodass selbst die kleinen Fehler, die Fiskadoros Fingern unterliefen, eine gewisse Autorität erhielten. Auf der Mitte der Seite hörte Herr Cheung auf zu spielen, bedeutete dem Schüler fortzufahren und lauschte mit nachdenklich zur Seite geneigtem Kopf. Dann unterbrach er Fiskadoro, ließ sich das Blatt des Jungen geben und rieb den empfindlichen Bambus zart mit Sandpapier. Als er ihm weich genug schien, gab er Fiskadoro das Blatt zurück. Sie nahmen ihr Spiel wieder auf.

Obwohl Fiskadoro gelernt hatte, die zweistimmigen Übungen in *Sydney Bechets Klarinettenlehre* als Melodien zu hören, waren es eigentlich keine Lieder – nichts regte sich in ihm, wenn er sie mit Herrn Cheung zusammen spielte. Sie hatten kaum die Hälfte der ersten hinter sich, als Fiskadoro sich bereits fragte, auf wie vielen dieser mechanischen Übungen Herr Cheung wohl heute bestehen würde; ungeduldig wartete er auf den zweiten Teil der Stunde, die Zeit des Improvisierens und Melodientauschens, die für ihn den eigentlichen Unterricht ausmachte. Aber er musste die *Sydney-Bechet*-Übungen spielen, um den Anforderungen einer Ausbildung gerecht zu werden, die für seine Zukunft als Klarinettist des Miami Sinfonieorchesters notwendig war. Also spielte er zusammen mit seinem Lehrer, während der Nachmittag draußen heiß und heißer wurde und die stehende Luft zu kochen begann und ihnen der Schweiß von den Oberlippen und Stirnen tropfte, und versuchte in seiner Seele, seinem Geschlecht oder seinen Eingeweiden, wo immer er auch lag, diesen Schmelzbutter-Ton freizubohren, den Herr Cheung mit der eigenen Klarinette aus sich herausholte.

Heute war einer jener Tage, an denen Herrn Cheungs Großmutter, wie sie es häufig tat, in den Dampf kochender Palmherzen und undefinierbarer Gewürze gehüllt, aus der Küche kam, sich durchs vordere Zimmer schleppte und in ihrem roten kunstledernen Schaukelstuhl Platz nahm, vermutlich, dachte Fiskadoro, um ihrem Klarinettenspiel zuzuhören, wenn sie denn nicht vollends taub war. Langsam und würdevoll ging sie ein wenig in die Knie, überließ sich dann jedoch plötzlich, wie immer, der Schwerkraft und fiel die letzten fünfzehn Zentimeter hintenüber in den Stuhl, einen Arm unter sich ausgestreckt in dem kläglichen Versuch, die Wucht ihres Aufpralls abzufangen.

Aus Respekt vor ihr unterbrach Herr Cheung das Spiel so lange, bis sie es sich in ihrem Sitz, soweit dies möglich war, bequem gemacht hatte. Dann begannen Herr Cheung und Fiskadoro ihr Stück, die zweistimmige *Sydney-Bechet*-Übung, noch einmal von vorn.

Fiskadoro hatte nichts gegen die Großmutter, nur rauchte sie, solange sie da saß, jedes Mal einen langen Zigarillo falsch herum, mit dem angezündeten Ende im Mund, während ihr tropfender Speichel das andere Ende, an dem sie eigentlich hätte ziehen sollen, dunkel färbte. Vielleicht hatte man ja damals, in den alten Zeiten, die Zigaretten auf diese Weise geraucht, doch Fiskadoro wurde ganz schwach, wenn er sah, wie sie sich das Feuer so dicht an die Zunge hielt, das alte lederne Äffchengesicht tief in geheime Überlegungen versunken, der Kiefer schlaff, der rauchige Atem in der Stille zwischen den *Sydney-Bechet*-Übungen deutlich hörbar und die schwarzen Augen so vollkommen undurchdringlich, dass er nicht wusste, ob sie blicklos waren oder tot oder mit kaltem Feuer brannten. Von Zeit zu Zeit sagte Herr Cheung ein paar leise Worte zu ihr, auf Chinesisch oder was es sonst war, und Fiskadoro fragte sich, was ihr zerrüttetes Gehirn wohl damit anfangen mochte.

Sie war nicht ihre einzige Zuhörerin. Manchmal kamen auch Kinder dazu, Fiskadoro schien, als wären es nie zweimal dieselben. Sie standen in der Küchentür, wenn er von den Noten aufsah, zwei oder drei sehr kleine Kinder mit schwarzen Augen und langen glatten Haaren, und starrten ihn an, als erwarteten sie etwas Unerhörtes von ihm. Ob es Jungen oder Mädchen waren, ließ sich nicht sagen, denn alle trugen sie schmutzige weiße Hemden, die ihnen bis zu den Knien reichten: seinen Kindern etwas anzuziehen war ein Statuszeichen, wie es dem Leiter des Miami Sinfonieorchesters anstand.

Aber heute kamen keine Kinder, nur die Großmutter schaukelte langsam in ihrem Stuhl, während sie spielten. Sie hatte gerade Zeit gehabt, ihren schwarzen Stumpen zu rauchen und die nasse Kippe aus dem Mund zu ziehen, die sie nun abwesend in der Hand hielt, so als vergäße sie alles, sobald es geschehen war – da brach Herr Cheung die Klarinettenstunde ab.

Für Fiskadoro war die Zeit lang genug gewesen. Seine Unterlippe brannte von den Vibrationen des Blattes, und er wusste, dass er eine Menge Fehler gemacht hatte.

«Du bist müde», sagte Herr Cheung. «Auf deiner Stirn ist ein Rauchfleck.» Er löste das Blatt aus der Zwinge, die es an das weiße Plastikmundstück heftete, und hielt es in einen Lichtstrahl, der durch die brüchige Teerpappe ins Zimmer fiel; den Kopf in der Lichtbahn, untersuchte er mit zusammengekniffenen Augen das hauchdünne Stückchen Bambus auf Risse oder abgenutzte Stellen. «Du warst letzte Nacht unten bei den Feuern.» Noch ehe Fiskadoro die Wahrheit leugnen, sich eine Erklärung ausdenken oder eine halbherzige Rechtfertigung aus den Fingern saugen konnte, setzte sein Lehrer hinzu: «Wie alle jungen Männer. Aber es macht dich müde. Vor dem Unterricht braucht man Ruhe, Herr Fiskadoro, denn der Geist, das innere Zentrum, ist immer das Erste, was einschläft, wenn man müde ist.»

Fiskadoro warf den Kopf von einer Seite zur anderen und wusste nicht, was er antworten sollte.

«Aber dein Comandante da unten», Herr Cheung wies mit einer Klarinettenhälfte zwischen die Beine des Jungen, «der ist die ganze Nacht wach.» Unvermittelt ließ der Lehrer ein lautes Lachen hören, aber gleich darauf wurde sein Gesicht wieder zu der gewohnten alten Maske. «Ist wach und plant seine Kriege und Schlachten.»

Fiskadoro hatte nichts dazu zu sagen. Er hielt die Augen gesenkt und blickte auf die Illustrationen eines Notenheftes, das neben ihm auf der Bank lag. Es war die skizzenhafte Darstellung einer Gruppe von Musikern, zwei Dutzend bestimmt, die vor ihren Notenständern saßen. Die Noten stammten aus der *Teaman Music Company, Silver Spring, Md.,* und so mussten die Musiker in der *Teaman Music Co.* ausgesehen haben, adrette jugendliche Herren in den alten, sehr unpraktischen Anzügen, die man in jenen unvorstellbaren Zeiten getragen hatte, glatt zurückgekämmtes Haar wie Herr Cheung, doch viel kürzer geschnitten. Alles an ihnen war dünn und wirkte zerbrechlich – die seltsam unwirklichen Hände und ausdruckslosen Gesichter, die gute Haltung, sogar die Eckigkeit ihrer vielen Instrumente. Sah man von ihrer Kleidung und der Tatsache ab, dass keiner von ihnen einen Bauch hatte, unterschieden sie sich gar nicht besonders von Herrn Cheung – was nicht weiter verwunderlich war, da Herr Cheung sein Bestes tat, um als Teil der Zivilisation betrachtet zu werden, wobei sein Verständnis von Zivilisation auf dem beruhte, was das vergangene Jahrhundert ihm überliefert hatte –, doch dass diese Männer von der *Teaman Music Co.* irgendeinem der übrigen Mitglieder des Miami Sinfonieorchesters auch nur im Entferntesten ähnelten, ließ sich beim besten Willen und mit der alleräußersten Großzügigkeit nicht behaupten.

Fiskadoros Lehrer verstand es, aus der schwarzen Klarinette mit dem elfenbeinweißen Plastikmundstück nicht nur Töne, sondern eine ganze Persönlichkeit – Andeutungen, Hysterie, Leugnung, Gelächter, Schluchzen – herauszuholen, und bei den Musikern des Miami Sinfonieorchesters galt er als Spieler mit «Inspiration», als der Künstler unter ihnen, ein großer Künstler vielleicht unter allen Klarinettisten, die jemals existiert hatten. Fiskadoro aber, in seiner Jugend und seinem Ungestüm, bewunderte am meisten einen Mann, der sich Hendrix Is nannte, den schmierigen, ganz und gar weißblütigen Tonmischer, der für die kostbare Elektronik des Orchesters zuständig war. Hendrix Is gehörten der Generator und die Batterien, die für die Beleuchtung sorgten, und er war es, der die Kraft des Lebens – er sprach von *Saft*, ein Wort, das er auch in vielen anderen Bereichen verwendete – in die Verstärker jagte, heute für Little Sudan, die kleine israelitische Sängerin, die, als Herr Cheung und Fiskadoro in die Orchesterzentrale kamen, zwischen blinkenden Kraftfahrzeugleuchten im Leopardenfell rauchig und sexy auf der Bühne schimmerte, die Wildkatzenimitation in der Mitte geschlitzt und unter dem Bauch zusammengebunden, das Haar, wie es ihr Glaube verlangte, zu Zöpfen geflochten:

Cutthroat – cutthroat – cutthroat –
you know cain't nobody else ...,

sang sie, begleitet vom Bass und zwei Gitarristen, zwei Israeliten in Dreadlocks, die generell mit niemandem sprachen, außer miteinander, und auch das nur während der Songs, sodass ihre leisen Stimmen wie Schotter unter dem strömenden Fluss der Orchesterklänge waren.

Die Bemühungen des Augenblicks fielen rund um sie her in sich zusammen, als der Musikalische Direktor, William Park-Smith, den Leiter des Orchesters mit seinem Schüler erblickte und seinen dicken Stock auf die Bretter knallen ließ. In der relativen Stille draußen vor dem Gelände, einem ehemaligen Flugzeughangar, hörte man das Stampfen von Hendrix Is' benzingespeistem Generator.

Hendrix Is stellte das Pandämonium der Bühnenbeleuchtung ab und schaltete den Deckenscheinwerfer ein. Auf seinen breiten Schenkeln hielt er den Schaltkasten und ein Gespinst aus Drähten – der stolze Herrscher über Licht und Dunkel.

Das gesamte Orchester war anwesend, eine achtzehnköpfige Gruppe, aber einige davon waren nur «politische» Besetzungen, Spieler einfacher Schlaginstrumente wie der Maracas oder des Tamburins. Jetzt fielen sie aus der Konzentration in einen entspannten Zustand des Hitzedösens, während der Musikalische Direktor sich beeilte, Herrn Cheung zu begrüßen, als Zeichen höflicher Distanzierung vom Rest der Anwesenden die Nase rümpfte und entschuldigend-hilflos sagte: «Blues – wir müssen Blues spielen, und wir müssen Voodoo machen.»

Park-Smith war ein kleiner Farbiger, der sein Haar rotblond färbte und sich als Australier bezeichnete. Er trug einen neu aussehenden Fliegeranzug, der in der Hitze sehr unbequem sein musste, und dazu blank gewichste Kampfstiefel. Um den Anhängern der leichteren Muse seinen guten Willen zu beweisen, begann er, in einem ungelenken Tanz beflissener Jovialität, dem Tanz des Alters zur Unterhaltung der Jugend, seine Stiefel über den Boden zu schieben, während Little Sudan, begleitet von den zwei Gitarristen, mit halber Stimme einen Teil des Liedes durchging und der Rhythmusgitarre mit einer hackenden Bewegung der rechten Hand den Takt angab:

I love you, I love you
I love you one hunnut dollar fine ...

Fiskadoro trug seine Klarinette in dem Köfferchen namens Samsonite bei sich, erwartete aber nicht, sie in absehbarer Zeit auch spielen zu können. Herr Cheung hatte ihn, wie schon einige Male zuvor, zum Mitkommen bewogen, einfach um dem Jungen eine Kostprobe, einen Eindruck vom Leben zu geben.

Der Musikalische Direktor und der Manager unterhielten sich in gedämpftem Ton und, da war er sicher, völlig geistlos miteinander, nichts bewirkend, als ein bisschen Zeit zu schinden. Fiskadoro atmete das Opiat der erhitzten Luft ein und wünschte sich nur einen Platz zum Schlafen. Er kannte das Spiel. Jeder wollte dem andern beweisen, dass er nicht nutzlos war.

«Ich hab gehört, da ist ein Mord passiert», verkündete der Musikalische Direktor. Ein Schweigen breitete sich aus, das wie erzwungen wirkte.

Little Sudan hatte aufgehört zu singen. Einer der Musiker intonierte auf der Bassgitarre «By the rivers of Babylon», eine alte israelitische Hymne. Der Musikalische Direktor breitete mit erhobenen Händen die Arme aus, den Raum wie zur Stützung einer unausgesprochenen Behauptung auf sich selbst verweisend.

«Du – dein Gesicht», sagte Fiskadoro, «du siehst aus wie ein *Gorilla.*»

«Das ist ein Erwachsener», warnte ihn Herr Cheung, «und Erwachsene hast du zu respektieren. Er ist unser Musikalischer Direktor.»

«Du warst dabei?», fragte Park-Smith. «Das sind deine Freunde? Leute ohne Beherrschung. Dieb ... Mord ...»

Fiskadoro wandte sich ab, sein Kopf schwebte durch ein Bild von all den Gestalten um sie herum – Little Sudan, die israelitischen Gitarristen, die ewig gut gelaunte, fette, reiche Mrs. Castanette, die die Kastagnetten spielte, der ernsthafte Cellist David King Rat im Turban, die Übrigen vor seinen Augen verschwimmend –, und er versuchte langsam hinauszugehen, hatte aber das Gefühl, als ob er renne und dabei seinen Stolz verlöre.

«Die jungen Leute von heute verstehen die Situation nicht mehr», versuchte Herr Cheung Park-Smith zu erklären.

«Weißt du, woher das Kerosin kommt?», rief Park-Smith Fiskadoro nach. «Gift ist das! Besser flott gelebt, was? Und jung gestorben! Was?»

Als er hinaustrat, prallte Fiskadoro auf eine Sturzflut silbernen Lichts, dort, wo das alte Flugfeld unter dem Tuch eines sonnenlosen Himmels begraben lag, das die Hitze abgab wie Zinn. Park-Smiths Standpauke verfolgte ihn: «Ihr atmet den Tod ein, wenn ihr diese Feuer legt.»

Fiskadoro wandte dem Flugfeld den Rücken zu und versuchte eine Antwort zu finden. Er und seine Freunde verbrannten das Kerosin, damit man besser sehen konnte. Es richtete keinen Schaden an.

Blind in das grelle Tageslicht lächelnd, war Mrs. Castanette in der Tür erschienen und hatte sie ihm vor der Nase zugemacht. Im Hintergrund sang Little Sudan ohne Lautsprecher, doch deutlich hörbar: *«Alte Regel is nicht mehr Regel ...»*

«Ruhe!», brüllte Park-Smith. «Das Gift ist immer noch Gift! Das Gift ist für einhundert Jahre Gift!»

«Alte Regel is nicht mehr Regel», sang Little Sudan, als hätte kein Vertreter der älteren Generation sie je angebrüllt.

Gift is nicht mehr Gift
Ich sehn große Angst
Ich sehn Generatorlicht
Ich sehn Öllicht
Alte Regel is nicht mehr Regel
Gift is nicht mehr Gift

Fiskadoro nahm den schnelleren Weg zurück in die Army, über die staubige Straße statt den sandigen Strand. Sein Nacken juckte vor Schweiß, Wolken von Mücken belagerten seine Augen und Ohren, und er spürte, wie ihm der Staub an den feuchten Sohlen klebte.

Vor ihm wanderten Bettler die Straße entlang auf die sich senkende Dämmerung zu, Armlose, Trupps von Stumpfsinnigen, von ihren indolenten Vettern angeführt, verkrümmte Gestalten, Taube und Blinde und Geschöpfe, die das Gesicht mit halb zerfallenem Sackleinen oder eingegrautem Musselin bedecken mussten, um zu verbergen, was für grauenvolle Bilder die Gene zu zeichnen imstande waren. Nur die Unbeweglichen, die Krüppel ohne Beine, waren in der Stadt geduldet, die anderen mussten draußen auf dem Land leben. Er fühlte sich wie einer von ihnen, tief nach vorn gebeugt und durch eine unsichtbare Missbildung gezwungen, seitwärts zu laufen.

Fiskadoro stolperte plötzlich auf der Straße. Er ging an den Rand, legte sich unter einen Baum und schlief.

Als er in die Siedlung zurückkam, waren die Boote schon wieder da. Die Netze waren leer geblieben, die Händler hatten den Strand verlassen. Die Männer tranken.

Er setzte sich zu der Mannschaft der *Los Desechados* hinter dem Haus von Kapitän Leon und nippte, wenn Jimmy nicht hinsah, am Reisschnaps des Ersten Maats, der noch jung war und nichts dagegen hatte, ihm etwas abzugeben. Als sein Vater gegangen war, trank Fiskadoro zu viel und fühlte sich verloren und wie gelähmt.

Auf Leons Hof tanzte ein Mann einen albernen Tanz, er warf die Fersen in die Luft und trat sich dabei fast selber in den Hintern. Fiskadoro kannte ihn nicht und wünschte, der Mann würde sich verletzen oder irgendetwas tun, womit er sich vollends lächerlich machte. Vielleicht gehörte er zu einem der Boote, aber er wirkte isoliert. Seinen Namen verriet der Mann niemandem. Stattdessen fing er mit demselben Humbug an wie in letzter Zeit alle in Twicetown, verrenkte das Kinn und sagte: «Jake Barnes, Schnüffler!» Fiskadoro hätte diesem Jake Barnes gern geraten, den Hof, der dem Kapitän seines Vaters gehörte, zu verlassen, aber der Mann hatte einen roten Kopf und tanzte auf eine fast gewalttätige Weise.

Der Maat von Jimmys Boot, der auf den Spitznamen Skin hörte, war derselben Meinung über den Eindringling Jake Barnes. «Jake Barnes», sagte Skin ziemlich laut zu seinem Kapitän Leon Sanchez, «über den weiß ich Bescheid, is vielleicht bloß nich derselbe Jake Barnes, der wo im Frauenhemd rumlief und da draußen vor la Flaschenfábrica aufn Bänken saß.»

«Ah!», meinte Leon.

«Kann schon sein, is vielleicht derselbe Jake Barnes, weiß ich aber nich.»

Leon machte «Hm!», sagte aber nichts, was man als Wort hätte bezeichnen können. Sagte «Hm!» und «Ha!» und ging keinerlei Bündnis ein.

«Und trägt diese Schwarze-Augenschatten wie n Mädchen», sagte Skin.

Der Eindringling hatte seinen Tanz abgebrochen und blickte, die Arme über der Brust gekreuzt, aufs Meer hinaus.

«Wenn der dann seine Füße oben auf ner Bank legt», erzählte Skin weiter, «ich mein so in seim Frauenhemd, dann hängt dem sein Ding unten raus, und die Leute kommen aus la Flaschenfábrica und lachen sich tot. Zeigt der allen sein Ding.»

Skin hockte sich auf den Boden und sah erst Jake Barnes an, dann Kapitän Leon. Aber Leon hatte den Blick in die Ferne gerichtet und schien plötzlich an etwas Wichtigeres zu denken. Die andern kratzten sich, räusperten sich, tranken aus der Flasche.

«Also, das is jetz schon ganz lange her», setzte Skin vorsichtshalber hinzu. «Nich letzte Mal, wo la fábrica noch ging. Das Mal davor. Schon ziemlich lange her.»

«Du has mich grade total persönlich angegriffen und beleidigt», sagte Jake Barnes.

Skin hüpfte vom Boden hoch wie eine Fliege, als Jake Barnes nach einem Fischhaken griff, den jemand neben das Haus geworfen hatte. «Ich glaub, dass du mich da bestimmt, also, äh, einfach nich richtig verstehn tus», sagte er. Der Haken war fast einen Meter lang.

«Is jetz zu spät», erwiderte Jake Barnes und wog den Haken in der Hand. Die Haut um seine Augen zog sich fest zusammen.

Skin sah in die Runde seiner Bootsgenossen. «He! Qué pasa?»

Von den andern schien keiner eine Antwort parat zu haben. Leon, Leons Sohn Harvard, Fiskadoro, Beer Wilson – alle warteten ab, wie Jake Barnes' endgültiges Urteil über die Dinge ausfallen würde.

Jake Barnes wog den Haken in der Hand.

Die Augen auf die Spitze des Hakens geheftet, rief Skin hysterisch: «Ich krieg das einfach nich auf die Reihe. Attende, attende, ganz ruhig! Mach doch keinen punto aus *überhaupt nix.*»

«*Is* aber ein punto», sagte Jake Barnes. «Da is jetz gar nix dran zu ändern.» Doch die Bösartigkeit auf seinem Gesicht wich allmählich blanker Verwirrung.

Er holte ordentlich aus, und die Spitze des Hakens knallte auf den Boden. Der Maat sagte: «Doch, doch, doch. Is was zu machen, Jake Barnes.»

«Was denn?» Der Schwung seines Schlags hatte Jake

Barnes herumgewirbelt, und es schien ihm peinlich zu sein, dass er ins Stolpern gekommen war.

«Was is zu machen?»

«Weiß ich nich, weiß ich nich. Geht aber bestimmt», sagte der Maat.

Wieder schwang Jake Barnes den Haken, doch diesmal war es eher ein Experiment als ein wirklicher Angriff. Dann hielt er sich die Spitze des Hakens vor die Nase und schien sie auf Schadstellen zu untersuchen.

«Der Stecher da is, glaub ich, nich das Wahre, Jake Barnes», sagte Skin. «Is nix wert.»

Jake Barnes schaute immer noch auf den Haken. «Stimmt», sagte er, «seh ich auch, wenn ich ganz genau hingucke.»

«Na bitte», sagte der Maat. «Meins nich, wenn ich *gewollt* hätt, dich persönlich beleidigen und so, dann würd der Stock da richtig fliegen?»

«Has nich gewollt, nee?»

«Sag ich und sag ich doch andauernd.»

Jake Barnes schwieg und dachte nach.

Skin hockte sich wieder auf den Boden, wippte ein bisschen auf und nieder und schlang die Arme um die Schienbeine. Auch die anderen Männer nahmen wieder ihre gewohnte Haltung ein. Es würde nichts passieren. Einige bekundeten ihre Enttäuschung durch ein Stirnrunzeln, andere, indem sie lächelten.

Fiskadoro war erschöpft und beschämt. Die Männer vom Boot seines Vaters waren die Schwächsten und Kränksten in der Army. Es war, als ob der Name des Bootes, *Los Desechados*, die Ausgestoßenen, diesen Typus geradezu anzöge.

Der Parkplatz hinter dem Haus von Herrn Cheung, fünfzig Meter breit und mindestens doppelt so lang, war die vielleicht größte unbeschädigte Teerdecke südlich von Marathon. Ihre Erhaltung verdankte sie dem ruhelosen weißen Sand, welcher über diese Seite der südlichsten Key-Insel wehte und alles unablässig zudeckte und wieder bloßlegte. Heute waren große Flecken Asphalt frei von Sand, und der Parkplatz wirkte weitflächiger als sonst. Als er ihn im harten Licht des Nachmittags in seiner Breite überquerte, hatte Herr Cheung das Gefühl, eine Gestalt von unerklärlicher Bewegungslosigkeit zu sein. Seit drei Tagen war der Himmel wolkenlos. Die Gummisohlen seiner Strohschuhe, aus Reifenprofil zurechtgeschnitten, klebten am aufgeweichten Teer und machten ihm das Gehen noch schwerer. Interessant. Früher, als die ganze Welt asphaltiert war, musste das Gehen wohl immer so gewesen sein.

Der Gedanke an das andere Zeitalter lag nahe, denn Herr Cheung befand sich auf dem Weg über asphaltiertes Ödland zu seinem Geschichtsunterricht.

Um sein Klassenzimmer zu erreichen, brauchte er nicht vorsichtig über tückische Korridore zu wandern; er musste lediglich durch ein großes Loch in der Hohlziegelmauer der Mittelschule von Key West und einen verwahrlosten Heizungsraum gehen. Als er an den riesigen Maschinen vorbeikam, zog er den Kopf ein – ein Akt des unterwürfigen Gebets und der Demut, wie er für einen Menschen, der knapp einen Meter sechzig misst, sonst kaum je vonnöten ist – und richtete sich wieder auf, als er das daneben liegende Schulzimmer betrat.

Herr Cheung begrüßte Maxwell, der ein brennendes Streichholz an eine Kerze auf einem Holzregal neben der Tür hielt. Um ihr Licht zu verdoppeln, stellte Maxwell einen Spiegel dahinter. Trotz einer Fensterreihe hoch oben an der gegenüberliegenden Wand, durch die man den Himmel und die zersprungenen grünen Kupferbuchstaben an der dachlosen Fassade der Kirche Vom heiligen Feuer sah, war der Raum düster. Als die Mitglieder der «Gesellschaft» ihn seinem Verfall entrissen, hatten sie die sechs verbliebenen Schultische sowie Wände und Boden mit Meerwasser geschrubbt, das nie ganz getrocknet war. Jetzt bildete es eine modrig-feuchte Brutstätte für jede Art von Insekten und Spinnen.

Mit Herrn Cheungs Erscheinen war die fünfköpfige «Gesellschaft» vollzählig versammelt. Frau Calvino, das einzige weibliche Mitglied, kam hauptsächlich, um ihren Mann, Bobby Calvino, im Auge zu behalten, der seine Nachmittage gern in der Brennerei der Familie Banks zubrachte, den Reiswein verkostete und die Herstellung des Kartoffelschnapses mit guten Ratschlägen begleitete. Bobby saß an einem Pult, hochgradig nervös und gelangweilt zugleich wirkend, und klopfte trauermarschähnliche Rhythmen auf die Tischplatte. Sein Gesicht schien aufgedunsen, und seine Augen waren blutunterlaufen.

Frau Calvino redete auf William Park-Smith ein, der der «Gesellschaft» präsidierte und bei jedem Treffen den Vorsitz führte; sie rieb sich das Gesicht mit einem viereckigen Stück Frottee, das aus einem Handtuch herausgeschnitten war, und ignorierte ihren Alkohol ausdünstenden Ehemann auf eine Weise, die ihre volle Konzentration erforderte.

Herr Cheung und Maxwell nahmen gleichzeitig ihre Plätze ein. Der Geschichtsunterricht konnte beginnen. William Park-Smith, der vorn stand, setzte eine Brille auf, hinter deren dicken Gläsern er so gut wie blind war, und begrüßte die Klasse mit einem schüchternen Winken. Er trug noch immer den Fliegeranzug, der jetzt mit Staub gemasert und mit Benzin-, Reiswein- und Suppenflecken übersät war. Neben dem Reißverschluss über seinem Herzen prangte eine strahlenempfindliche Plakette, was so viel hieß wie: «Ich glaube an den Rationalismus und die Wissenschaft». Herr Cheung sah, dass die Plakette gefälscht war. Selbst diejenigen, die an die Strahlung glaubten und sie fürchteten, machten keinen Unterschied mehr zwischen den Originalen und den Imitationen. Mittlerweile diente die weiße Pappe mit dem roten Zellophan mehr der Identifizierung als dem Schutz. «Die Gesellschaft für die Wissenschaften tagt – ich bitte um Ihre Aufmerksamkeit», verkündete Park-Smith und zeigte die sonnenscheingelben Zähne.

«Heute», sagte er, «hoffe ich, beginnen wir mit einem einfachen Buch. Einem kurzen Buch.» Er hielt sich einen grünlichen Band mit der verblassten Zeichnung eines Comic-Tiers vor die Brust. Herr Cheung beugte sich vor, um den Titel am unteren Rand zu entziffern: *Alles über den Dinosaurier*. «Diese Tiere haben in tropischen Gebieten wie unseren gelebt. Aber heute sind sie ausgelöscht, und es gibt sie nicht mehr.»

«Ausgestorben», sagte Frau Calvino genüsslich.

«Einen Moment, bitte. Ich möchte, dass wir *Fiesta* weiterlesen.» Maxwell klang gekränkt und beunruhigt.

«Ernest Hemingway», erinnerte sich Frau Calvino.

Park-Smith schenkte Maxwell ein steinernes Lächeln. «Mit diesem Buch sind wir letzte Woche fertig geworden. Warum waren Sie nicht hier?»

«Aber ich glaube, wenn man alles richtig verstehen will, ist es wichtig ...»

«Warum sind Sie nicht gekommen? Sie waren nicht hier!»

«Die Dinosaurier sind ausgestorben», sagte Maxwell und blickte in die Runde, «das heißt tot. Aber heute ist ...»

«Ausgestorben! Wollen Sie der Gesellschaft für die Wissenschaften vielleicht erzählen, dass *Paris* noch existiert?»

«Heute ist ganz Twicetown voll von Jake Barnes ...»

«Also gut! Also gut! Paris existiert noch», sagte Park-Smith, «gehn wir nach Paris.»

Wider Willen musste Maxwell lachen. «Nur weil unsere *Kultur diesen Namen* angenommen hat, hab ich ...»

«Gut, dann gehn wir jetzt nach Paris, gehn wir nach Paris», und als sei er bereit, ihn nach Paris zu begleiten, bot Park-Smith Maxwell seinen Arm.

Was Maxwell so frustrierte, war die Tatsache, dass er als Einziger der fünf Anwesenden nicht lesen konnte. Er erniedrigte sich so weit zu sagen: «Wenn wir mit dem Buch fertig sind, dann erfahre ich ja nie, wie es ausgeht.» Park-Smith lächelte und tätschelte sich wie ein Jungstar die elastische gelbe Haartolle. «Wir sind fertig und zu Ende mit dem Ernest Hemingway.»

«Dann finde ich also nie heraus, wie es ausgeht.» Maxwell warf die Arme in die Luft.

«Ist das nicht ein schöner Gedanke?»* Park-Smith lachte, und es klang beinahe, als würde ein Bulle geprügelt. Die anderen waren leicht verlegen.

Herr Cheung griff ein. «Kommen Sie mit dem Buch zu mir nach Hause, Maxwell», sagte er. «Dann lesen wir den Schluss zusammen.»

Maxwell salutierte, streckte die Arme vor und umfasste die äußere Tischkante, bereit, William Park-Smith seine volle Aufmerksamkeit zu schenken, in der Hoffnung, mehr über die ausgestorbene Rasse der Dinosaurier zu erfahren.

Sie ließen das Buch herumgehen, und jeder las laut daraus vor; nur Maxwell beschränkte sich aufs Zuhören.

* Mit diesem Satz endet «Fiesta».

Unter dem Ansturm von Bobby Calvinos Stimme – freudlos, kiesig-rau vom Alkohol – wurde Herr Cheung durstig; er fühlte sich vollkommen ausgetrocknet, als hätte *er* den Kater und nicht Bobby. Zweihundert Millionen, sechzig Millionen, siebentausend – «Einhundertvierzig Millionen Jahre sind eine lange Zeit, und es fanden viele Veränderungen statt», trug Bobby mit großer Anstrengung vor. Jäh sah Herr Cheung sein eigenes unausweichliches Sterben vor sich, und ein leichter Schwindel erfasste ihn. Sie waren Geister in einem verrotteten Raum.

Als Bobby ihm das Buch reichte, fiel es ihm aus der Hand, und während er die richtige Stelle suchte, betrachtete er ein paar von den Abbildungen. «Ich glaube, Seite dreizehn, ich glaube, Seite dreizehn», sagte Park-Smith. Doch auf Seite einundvierzig fand Herr Cheung das Bild eines Chinesen, der ein langes scharfes Entermesser in der Hand hielt: *«Die Expedition musste ständig vor Banditen auf der Hut sein.»* Als er umblätterte, sah er drei Männer vor zwei riesigen Knochen auf dem Urgrund der Welt stehen. Hinter ihnen schwebten die luftigen Geister einiger Dinosaurier in den Wolken.

«Ich bitte um Entschuldigung, meine Augen», sagte er und gab das Buch an Park-Smith weiter.

«Die Entdeckung der Dinosaurier», las Park-Smith. Die Sicherheit und Selbstzufriedenheit in seiner Stimme gaben Herrn Cheung das Gefühl, sein eigenes Gehirn werde zu Sandpapier. «East Windsor, Connecticut ...», las Park-Smith.

«... achtzehn-achtzehn ...»

«... Niemand wusste, von welchem Geschöpf die Knochen stammten ...»

Herr Cheung wischte sich den Schweiß von der Oberlippe. Heute war einer von den Tagen, an denen er sich nicht konzentrieren konnte. Wie sollte er für Maxwell den Hemingway beschaffen? Alle Bücher kamen aus der öffentlichen Bibliothek von Marathon, die gar nicht öffentlich war. Alles kam aus Marathon. Ihre eigene «Gesellschaft für die Wissenschaften» war eine Splittergruppe von Intellektuellen, der neiderfüllte Rivale der «Marathoner Wissensgesellschaft». Er sah dunkle Flecken an seinen Fingerspitzen. *Alles über die Dinosaurier* war nicht grün, wie er angenommen hatte, sondern leicht mit Schimmel überzogen. Jetzt las Frau Calvino. Sie hatte die Angewohnheit, immer dann, wenn sie ein Wort nicht lesen konnte, vor dem betreffenden Satz zu zögern, in der Hoffnung, dass die anderen erraten würden, bei welchem Wort sie Hilfe brauchte. Während er darüber nachsann, dass auch seine Freunde hier alle geisterhaft waren, dass auch sie eines Tages nicht mehr da sein würden, hörte er überrascht Frau Calvino sagen: «Die Felsen, die ihre Skelette enthalten, liegen vermutlich am Meer.»

Die Spuren der Dinosaurier in England verliefen laut dem Buch sämtlich von Westen nach Osten. In welchem Licht ließ sich diese Tatsache als «Wissen» bezeichnen? War sie nicht einfach nur eines der vielen unerklärbaren Dinge, an denen sie herumrätselten, und verminderte ihr Wissen, statt es zu ergänzen? Die Sabotage von Wissen durch die Flut der Tatsachen – sie waren keine Gelehrten, sondern Guerilleros.

Er wusste schon von diesen Dinosauriern. Sie waren mit Alligatoren und Schildkröten verwandt und trotz ihres monströsen Wuchses auch mit den winzigen bleichen Echsen, die sich an den Wänden der Gebäude sonnten. Wenn man die Echsen gegen die Sonne hielt, sah man das Licht durch ihre Knochen scheinen. Packte man eine von ihnen am Schwanz, rannte sie davon, und man stand da, den seltsam zuckenden Schwanz noch in der Hand ... Das Zimmer um ihn herum schien sich auszudehnen, wurde gelb und hohl. Es war Nachmittag geworden, eine Zeit, da die Sonne mit ihrem forschenden Blick den Raum entblößte, ihn für drei, vier Minuten auf die Fünf richtete, bevor sie hinter der Baptistenkirche versank und kühle blaue Schatten an ihre Stelle traten. Er erkannte das altvertraute Gefühl wieder. Seine Mundhöhle schien so groß wie das Zimmer. Die Stimmen um ihn herum gackerten mechanisch. Das Gefühl war wieder da.

Ohne Entschuldigung stand er auf und watete durch ein Meer aus Melasse und Äther hindurch vorsichtig aus dem Klassenzimmer.

Der lange Korridor führte ins Freie, doch ein verriegeltes Eisentor versperrte den Ausgang. Er wollte darauf zugehen, die Riegel packen, tief Luft holen und in den Tag hinausblicken, aber ein Windstoß ergriff ihn, wirbelte ihn herum und stieß ihn in einen Staubtunnel, der auf den kleinen weißen Punkt zulief. Die Strömung der Winde spielte mit seinen Schritten – es war, als versuche er, die gewölbte Wand eines Fasses zu erklettern. Unvermittelt und sanft fiel er hin. Die tiefe Vertrautheit des Vorgangs war Ekel erregend. Vollkommen lautlos raste ihm der weiße Punkt direkt in die Pupillen und explodierte mit unvorstellbarer Leuchtkraft, das reinste Weiß, das ewige Weiß, das vollkommene Weiß des Kerns, die Atombombe.

Er erwachte mit einem Feuerreif um die Augen und Paraffingeschmack im Mund und blickte in Park-Smiths Gesicht, das auf einem Kissen aus Spinnweben lag.

Blinzelnd brachte er die Welt ins Lot. Park-Smith blickte auf ihn herab. «Ich glaube, an Ihrem Hinterkopf ist Blut.» Herr Cheung lag auf dem Betonboden des Schulkorridors. Park-Smith hatte ihm eine weiße Kerze in den Mund gesteckt, um die Zunge unten zu halten. Die anderen brachen gerade auf, gingen nacheinander an Herrn Cheung vorbei und schauten entschuldigend, mit höflicher, abwehrender Zuneigung auf ihn hinab.

Mit Park-Smiths Hilfe richtete Herr Cheung sich auf, setzte sich an eins der Pulte und hielt sich Frau Calvinos Frotteetuch an den Hinterkopf. Seine hängenden Schultern drückten Verwirrung, Niederlage und Schuldbewusstsein aus. «Ich muss wohl ein Desechado sein», sagte er bedrückt.

«Wir sind alle Desechados», erwiderte sein Freund. «Es gibt solche und solche Desechados.»

«Trotzdem ...», sagte Herr Cheung. Aber noch während er sprach, fiel ihm ein, dass diesen rätselhaften Episoden stets eine tiefe Schwermut folgte. Was nicht weiter verwunderlich war.

«Ich hab Wachs in den Zähnen», sagte er zu Park-Smith.

Park-Smiths Miene hellte sich auf. «Hoffentlich kauen Sie nicht zu viel von Ihrem Zuckerrohr», sagte er genüsslich, wie jemand, der sich an einer wunderbar geistreichen Bemerkung ergötzt. «Sonst müssen wir Wachs schmelzen und die Löcher in Ihren Zähnen füllen!»

Selbst wenn er mit ihm allein war, fand Herr Cheung Park-Smiths Vorstellung von Humor quälend. Sanft schloss er die Augen vor der Welt.

«Es geht Ihnen schlecht.»

«Ja.»

«Mir auch. Haben Sie von dem Jungen gehört, der in Marathon angeschwemmt worden ist? Ich sag Ihnen, das beunruhigt mich.»

«Warum?» Herr Cheung machte die Augen auf.

«Weil, diese Sumpfleute da, Tony, das sind keine von uns. Die aus unsern Sümpfen, die haben nicht ...» Sein Finger wies auf seine Genitalien.

«Die Subinzision.»

«Ja, genau. Diese grässliche Sache. Ich hatte vorher noch nie davon gehört. Aber alle wissen irgendwie Bescheid darüber.»

«Es hat was mit Magie und Kräften zu tun.»

«Mit Voodoo? Mit Voodoo? Ich hab ja *gesagt*, Voodoo ist die Pest.»

«Es ist nicht dasselbe. Nicht Voodoo ...» Mutlosigkeit. Er zuckte seine braunen Schultern in dem weißen Unterhemd.

«Woher wissen Sie so was? Steht das in einem Buch?», fragte Park-Smith.

«Soll ich Ihnen sagen, wer mir davon erzählt hat? Ich glaube, es war Martin – Martin weiß alles. Er sollte ein Buch schreiben: *Alles über alles, was Sie wissen wollen.*»

«Martin! Soso! Apropos Martin, apropos Martin – wer ist wohl gerade auf dem Weg hierher? Die ganzen Inseln runter?»

«Wer?»

«Unser Halbbruder!»

«Martin? Qué pasa?» Unfähig, den Blick fest auf irgendetwas gerichtet zu halten, schloss Herr Cheung erneut die Augen.

«Tatsache! Tatsache! In Marathon sagen sie, er ist weg für immer aus North Deerfield!» Park-Smith zog den Reißverschluss einer der Taschen seines silbernen Anzugs auf. «Gesehen hab ich ihn nicht. Aber er hat Geschenke bei mir zu Hause abgegeben.» Er holte eine Viertelliterflasche Kikkoman-Soja-Sauce aus der Tasche. «Ungeöffnet.» Er stellte sie zwischen Cheungs blasse Hände auf den Tisch.

«Und wie nennt er sich im Augenblick?»

«Cassius Clay Sugar Ray!» Begeistert sprach Park-Smith den neuen Namen seines Halbbruders aus, der auch Herrn Cheungs Halbbruder war. Die asiatisch-kaukasische Hälfte war Bruder von Cheung, der Negeranteil Bruder von Park-Smith.

Erneut ließ Park-Smith seinem Enthusiasmus für die eigene Intelligenz allzu freien Lauf: «Er ist selbst so was wie ein Desechado geworden. Mächtige Magie macht ihm mächtig Probleme.»

Der Mann, der jetzt auf den Namen Cassius Clay Sugar Ray hörte, hatte für Herrn Cheung seine Faszination seit langem verloren. Er schloss wieder die Augen. Der weiße Punkt ... «Ich habe wieder die Atombombe gesehen.»

Solche Reden machten Park-Smith nervös. «Können Sie jetzt gehen? Kommen Sie, los, los – ich bring Sie nach Haus.»

Während der Schwarze ihm über den sandigen Parkplatz half, dachte Cheung: Ich komme aus dem anderen Zeitalter – ein früheres Leben –, darum erinnere ich mich an die Atombombe ... Er hatte von einer Krankheit namens Epilepsie gelesen und fürchtete, dass sie eine Folge der Verstrahlung war. Vielleicht, dachte er, ist es aber auch die Erinnerung eines Geistes, die dieser Geist sich über meinen Kopf vorspielen lässt, so wie über *Radio Cuba* die Platten laufen.

Cheung bemerkte, dass sie zu der Straße gingen, die hinter seinem Haus entlangführte. «Warum gehn wir aquí?»

«Der Hund, Herr Manager», sagte Park-Smith, «er will uns ins Bein beißen.» Am Rande des Parkplatzes wischte ein halb verhungerter schwarzer Hund mit seiner Nase über den Boden, nichts anderes wahrnehmend als den Geruch, den er dort aufspürte.

Park-Smith stand mitten auf der Straße neben einer Pumpe und befeuchtete das Frotteetuch mit Wasser aus dem Gemeinschaftsbrunnen. Sie waren jetzt schräg gegenüber dem Hinterhof der Familie Cheung und seinen paar kümmerlichen Reihen Zuckerrohr angekommen, und Herr Cheung, die Hand auf der Schulter seines Freundes, legte eine Verschnaufpause ein. Vor ihnen ragte die vordere Hälfte eines Gebäudes empor; ein Schild über der Tür trug die Aufschrift: VEREIN ZUR ERHALTUNG DES AMERIKANISCHEN WALDES. «Der Hund ist jetzt weg, Herr Direktor.»

Herr Cheung presste das Tuch an den Kopf, und das Wasser lief ihm in feurigen Schnüren hinter den Ohren hinab und den Nacken hinunter – seine Haut schien unter Strom zu stehen. «Verein zur Erhaltung des amerikanischen Waldes», sagte er zu Park-Smith. Herr Cheung hatte ein besonderes Faible für diese hölzerne Mitteilung, denn sie war tatsächlich gut erhalten.

Der Musikalische Direktor brachte Herrn Cheung zur Hintertür seines Hauses und führte ihn, an den schrillen Fragen seiner Kinder und den sorgenvollen Mutmaßungen seiner Frau vorbei, zur Kirchenbank im Vorderzimmer. Eileen Cheung, eine hagere Frau, der von der dampfigen Schwüle der Küche das schwarze Haar im Nacken klebte, tupfte mit dem Tuch so lange an der Stirn ihres Mannes herum, bis er sie hinausschickte. All seine Nervenenden vibrierten noch.

Mit seiner Klarinette bewegte sich Herr Cheung über den kühlen Bretterboden seines Vorderzimmers und präsentierte sich einer eingebildeten Zuhörermenge: Wähler! Ich spreche zu euch. Ich flehe euch an. Schlangen! Ich beschwöre euch. Und er hob das elfenbeinweiße Mundstück an die Lippen und blies ein paar Takte aus *Hindustan*. Es war dieselbe Menge, vor der er einige Jahre zuvor bei seiner Bewerbung um das Amt des Bürgermeisters von Twicetown gesprochen hatte.

Er dachte, seine Großmutter würde kommen, um zuzuhören, doch stattdessen gesellte sich Eileen zu ihm, die bisweilen heftig sein konnte, jetzt jedoch aus Rücksicht auf seinen Zustand sanfter als gewöhnlich war.

«Großmutter ist heute Nachmittag nicht aufgestanden.»

Eins kam zum anderen an diesem Tag der Schwermut.

«Sie war in allen großen Städten der anderen Zeit», rechtfertigte er Großmutter Wright vor ihrem Schöpfer, ergriffen von der Schönheit der Schwermut.

«Sind wieder die Beine. Das mit der Gicht oder wie das heißt.»

«Halte sie hochgelagert», sagte er. «Hat sie Appetit? Isst sie etwas?»

«Isst immer noch, lacht immer noch. Grad isst sie Gemüsesuppe.»

«Großmutter lebt und lebt und lebt», sagte er stolz. «Allein durch ihr Überleben ist sie zum bedeutendsten Menschen der Welt geworden.»

Plötzlich presste er die Hände an den Kopf und sagte: «Irgendwann werden die Kubaner kommen und allem ein Ende bereiten. Die Kubaner haben als Kommunisten, als ein Staat mit Regierung überlebt, das scheint niemand zu begreifen, Eileen. Eines Tages ist die Quarantäne vorbei. Wir sind nicht für immer ansteckend und giftig ...»

Das war die geringfügig abgewandelte Version der Rede, die er vor einigen Jahren so sorgfältig entworfen hatte, als er für das Bürgermeisteramt kandidierte. Die Leute sollten in der Lage sein, sich ein Bild von der Zukunft zu machen, die sie erwartete, aber auch von Teilen der Vergangenheit. Die meisten von ihnen wussten nicht einmal, dass Twicetown in jener anderen Zeit Key West geheißen hatte. Die Blindgänger, die dort nicht nur einmal, sondern zweimal niedergegangen waren, hatten der Stadt ihren neuen Namen gegeben. Die Geschosse lagen jetzt noch dort, wo sie aufgeschlagen waren, und viele seiner Mitbürger wussten nicht einmal, was sie zu bedeuten hatten.

Er hatte seine Wahlreden immer mit den folgenden Worten begonnen: «Ich bin eine kulturelle Wesenheit. Das ist nichts Außergewöhnliches. Außergewöhnlich bin ich nur, weil ich es weiß.» Sein Stil war an den Leidenschaften und Anschauungen der Zeit vorbeigegangen ...

Aber auch die Kubaner würden vermutlich alle sterben, dort unten im Herzen der Zivilisation. Piraten – der Mann etwa, der sich jetzt Cassius Clay Sugar Ray nannte – trugen die Verstrahlung überallhin, die ganze Karibische Inselkette hinauf und herunter. Niemand störte sich daran. Niemand war sich im Klaren darüber, dass das Gift mit der Zeit jedes physische Dasein unmöglich machen würde. «Niemand weiß, was mit uns geschehen ist», sagte Herr Cheung zu seiner Frau.

Eileen ging wieder zur Großmutter, und Herr Cheung suchte unter der Bank nach einem Holzkästchen, das er selbst angefertigt hatte, um seinen Marihuanavorrat darin aufzubewahren. Doch als er den Kasten und seine geliebte Meerschaumpfeife schließlich in der Hand hielt, war er in einem solchen Gefühlsrausch, dass es ihn nach nichts als seiner Klarinette verlangte.

Herr Cheung spielte Blues, den echten Blues aus dem Europa des achtzehnten Jahrhunderts, als die Menschen es noch verstanden, leidenschaftlich traurig zu sein statt hysterisch frustriert und kindisch – er spielte Corellis *Concerto Grosso*. Noten gab es dafür nicht. Er hatte es als Junge gehört, damals, als solche Dinge wie Kassettenrecorder noch funktionierten, und für sich arrangiert. Seine Zuhörer blieben, wenn er dieses Stück spielte, stets zurückhaltend, es war ja auch nicht zu erwarten, dass sie sich davon rühren und bewegen ließen. Schließlich hörten sie nur ein einziges Instrument, während er selbst noch genau im Ohr hatte, wie die Stimmen der Streicher und Bläser sich verwoben und in einem Schwall von Tränen entluden, ja wie die Geigen einander in einen Wald des Mitleids hineinfolgten und sich verloren.

Er wollte sie zurückholen, die andere Zeit, und sei es nur, um sie sich anzusehen, die große Zivilisation der Helikopter und Schnellboote und Tanzpartys auf dem Dach fünfhundert Meter hoher Gebäude, aber er konnte nichts tun, als jene Epoche vorübergehen zu lassen, wie sie in der Tat schon vorübergegangen war, und, die Klarinette im Schoß, aus der kühlen Meerschaumpfeife sein Marihuana zu rauchen, bis die Sonne sank und Schwermut ihn überkam.

Herr Cheung bezog sein Marihuana von Flying Man, einem der Israeliten, die in ihren abgetakelten Booten nördlich von Twicetown am Meer lebten. Flying Man kam nie auf Verabredung, sondern tauchte in seinem wilden Aufzug einfach vor Herrn Cheungs Haustür auf, einen Gürtel aus Federn und Talismanen um die Hüften, die langen dünnen Zöpfe seiner Dreadlocks in der Mitte geteilt, sodass seine Gesichtszüge zu sehen waren, deren Ausdruck zwischen Heiterkeit und Wahnsinn schwankte und in keinerlei Beziehung zu seinen Gefühlen stand. Gewöhnlich warf er eine Hand voll trockener grüner Knospen auf den Tisch – er kam als Gast, als ein Musikliebhaber, und verlangte keine Bezahlung –, schlich befangen durch Herrn Cheungs Vorderzimmer, steckte den Kopf durch die Küchentür und setzte sich stocksteif auf die Kirchenbank, um mit dem Klarinettisten die Meerschaumpfeife, die er ehrfürchtig bewunderte, zu rauchen, entspannte sich dann, rotäugig und zuweilen stark berauscht, und hörte dem Leiter des Miami Sinfonieorchesters beim Üben zu.

Herr Cheung fühlte sich jedes Mal verpflichtet, mit Fingern wie Gummiblasen durch ein paar Nummern für ihn zu stolpern, während seine Beine sich vom Körper zu lösen und durchs Zimmer zu wandern schienen, denn Flying Man brachte ihn immer dazu, viel zu viel zu rauchen.

Als Flying Man heute auftauchte, war es genauso, doch statt sich wie gewöhnlich nach einem kurzen Besuch zu verabschieden, lehnte er sich vor, umfasste seine bloßen Knie mit je einer seiner Pranken und trat wie durch einen Trick deutlicher in Erscheinung. «Orcksär sche-piel, hörs jetz ma-komm. Sche-piel Abeschi.» Er leckte sich die Lippen, und Herr Cheung erwartete, dass er sich jetzt etwas deutlicher artikulieren würde. Doch Flying Man kratzte sich nur den schütteren Bart.

«Wollen Sie etwas sagen?», fragte Herr Cheung.

«Hab ich nicht grad? Is ich nix, was ich eben sag? Ich sag Orcksär sche-piel Abeschi, Jahwe-Mann.» Flying Man mobilisierte seine verborgene Energie, um mehr Marihuana in den Pfeifenkopf zu stopfen.

«Mister Flying Man. Ich bitte um zweierlei. Für mich bitte sehr kein Marihuana mehr, das ist wichtig, weil ich das Gefühl hab, ich schwebe.»

Nach ein paar Sekunden fragte der Israelit: «Numm zwei?»

«Was für eine Nummer zwei?»

In Herrn Cheungs Augen driftete das Gespräch jetzt ins Nebulöse und Ungewisse. Darüber möchte ich nicht mit dir sprechen, weil du aus Porzellan zu sein scheinst. Er war im Begriff, diese Gefühle in Worte zu kleiden, da rührte ihn die Entdeckung von Flying Mans atmender Gegenwart, das Gewicht des Daseins, das den Raum füllte. Einander unvermittelt als verwandte Wesenheiten erkennend, die zusammen im selben Universum saßen, brachen sie in Gelächter aus.

«Kosmisches Gelächter», bemerkte Herr Cheung. «Ein großartiges Erlebnis.»

Flying Man sah eine Minute lang verzweifelt aus, dann in blitzschneller Abfolge gekränkt, nachdenklich und erschüttert. Dann heiter und entzückt.

Das Treiben auf seinem Gesicht zu verfolgen war kein Kinderspiel. Herr Cheung konnte nicht umhin, mit einer entsprechenden Skala von Empfindungen zu reagieren.

«Ich mein, Orcksär sche-piel Abeschi, später Jahwe komm bald bald, spät spät – Jahwe komm, ich mein, wenn ruhs bei Jahwe.»

«Sie müssen», Herr Cheung machte es ihm vor, «sehr, sehr, ganz, ganz langsam sprechen.»

Flying Man schien zuerst voller Angst, dann jedoch plötzlich mehr als froh, dies zu tun. «Orcke-sär», sagte er.

Herr Cheung schüttelte den Kopf.

«Mensch, koomm, dein Band, Band, koomm!»

«Band?»

«Band, Musik, Orcksär.»

«Orchester!», sagte Herr Cheung.

«Komm-sch-e-piel-A-be-schi.»

«Das Orchester spielt», bestätigte Herr Cheung.

«Gut, gut.» Flying Man war sichtlich zufrieden. Er erhob sich, grüßte zum Abschied, indem er die Hände über dem Kopf faltete wie zum Gebet, und wandte sich zum Gehen. «Dank dir. Dank Jahwe.»

Herr Cheung winkte fröhlich, als Flying Man das Haus verließ; es sah aus, als wüssten seine Schultern nichts von seinen Füßen. «Natürlich», versicherte er Flying Man.

Wenig später, allein mit sich in dem heißen Zimmer und ohne einen Tropfen Schweiß am Körper, blies Herr Cheung den Atem des Lebens durch seine Klarinette. Er fühlte sich erhaben und vergeistigt. Nicht die Musik zählte, sondern der *Klang*. Ah, dass er Ohren hatte, all dies in sein Gehirn aufzunehmen! Was wäre furchtbarer – Angst schnürte ihm die Brust zusammen –, wenn man wählen müsste, wenn man wählen müsste: blind zu sein oder taub? «Nur einen Moment, bitte», sagte er laut.

«Einen Moment.» Konnte es hier zu einem Missverständnis gekommen sein?

Hatte er nicht gerade etwas versprochen? Hatte er nicht gerade versprochen, das Orchester würde spielen? Hatte er gerade versprochen, das Orchester würde bei einem «Abeschi» spielen?

Drei

Jimmys Boot war mit der Morgendämmerung eingelaufen, mit dem ersten Licht, das von Osten, vom Horizont her durch den Kanal übers Wasser kam, statt durch die Luft von der Sonne herunterzufallen. Um diese Tageszeit hätten sie zwei bis drei Kilometer weit draußen auf See sein müssen.

Oder sie hätten spätnachmittags einlaufen müssen, die Sonne im Rücken, Netze mit Fischen im Schlepptau. Aber die Netze waren ausgeworfen und, als der Tumult begann, fast sogleich wieder eingeholt worden. Jetzt lagen sie in nassen Haufen leer im Bug, und niemand war da, um zuzusehen, wie die *Los Desechados* hereinkam, auf einem Meer, das beinahe so grau war wie der Himmel.

Niemand brauchte die Nachricht durchs Dorf zu tragen. Die Männer, abzüglich Jimmy, kletterten vom Boot, Leon Sanchez ging nach Hause, den Maat aus Twicetown an seiner Seite, und Beer Wilson ging nach Hause und ebenso die anderen, auch Harvard Sanchez, der eben noch großartig mit den Netzen gekämpft und es dann aufgegeben hatte, sie ohne Hilfe auszulegen. Das plötzliche Erscheinen der Männer vor den Türen der Häuser erschreckte die Frauen, Lampen gingen an und Stimmen wurden laut; beunruhigte Nachbarn kamen und fragten, was los sei; so wanderte sie von Haus zu Haus durch das Hüttendorf, die Nachricht von Jimmy Hidalgos Tod.

Als Frau des Kapitäns hatte Towanda Sanchez die Aufgabe, sie der Witwe zu überbringen.

Wie Papierfetzen trieben Belinda Hidalgos Schreie auf

den Strömen der Seeluft über die Kokosnuss- und Dattelpalmen, als Towanda ihr Haus betreten hatte; und eine Minute später fingen ihre zwei jüngeren Söhne an zu brüllen.

Der Älteste, dessen Pflicht es gewesen wäre, seine Mutter zu trösten, war nicht daheim.

Fiskadoro ging am Oststrand entlang. Er hatte zurück sein wollen, bevor es dämmerte, doch jetzt war die Sonne schon da. Ihre Hitze kam mit voller Kraft übers Wasser und wärmte seine linke Körperhälfte. Er traf einen Mann. «Dein Vater ist tot.»

In der Nähe der Grube, wo Sand und Fliegen über den Abfällen herumwirbelten, kamen zwei alte Männer, nackt bis auf Hüftgürtel aus Lumpen, im Gegenwind auf ihn zu, den heimlichen, bösen Kummer des Alters auf den Gesichtern. Sie sagten zu ihm: «Dein Vater ist tot.»

Was hatte er getan? Er ging schneller. Im dunklen Schatten der Army, unter den riesigen Palmen, rannte er über die Pfade zwischen den Hüttenreihen. Eine fette Frau mit enormen hängenden Brüsten und einem Gesicht, aus dem alle Fröhlichkeit getilgt war, hockte vor ihrem Haus. Sie wischte sich mit dem zusammengeknüllten Saum ihres Rockes über den Mund, und als er vorbeilief, rief sie ihm zu: «Dein Vater ist tot», und jeder, auf den er traf, außer den ganz kleinen Kindern, die dicht über dem Boden unbekümmert ihren Abenteuern nachkrochen, hatte dieselbe Nachricht für ihn. Er lief ein langes Stück, so schnell er konnte, und hörte nur seinen Atem schluchzen und seine Füße auf den Sand klatschen. Er sah Mädchen aus dem Schatten in das Licht zwischen den Bäumen treten, sah ihre Hemden weiß und wieder grau werden. Er sah drei junge Männer, die er gut kannte; sie sagten etwas, und dann waren ihre Gesichter eine Wand, die ihn ausschloss. Er sah niemanden mehr an, während er weinend unter den Bäumen auf seine Hütte zurannte. All die plötzlich so fremden Leute, an denen er vorbeikam, sagten zu ihm: «Dein Vater ist tot.» Während die Sonne ihre Farbe in die schmale Spur vor ihm rinnen ließ, trug der Junge seine Angst zur Wellblechhütte. Sein Bruder Drake saß auf den Stufen und senkte den Kopf, wie er es sonst immer tat, wenn er bestraft werden sollte. Als er Fiskadoro sah, sprang er auf und rannte hinters Haus. Fiskadoro teilte die Vorhangschnüre und ging hinein. Drei Frauen standen bei seiner weinenden Mutter am Spülbecken. Auf dem Boden zwischen ihren Füßen saß sein kleiner Bruder Mike, glänzende Tränen auf den Wangen und den weichen Lippen, und starrte die Mutter und jetzt den großen Bruder an, der die ganze Nacht fort gewesen war.

«Richtige Leben!», weinte Belinda, als sie ihn sah. «Da has du jetz!»

Er wusste nicht, was er anderes tun sollte, als sie in die Arme zu nehmen. «Da has du jetz!», sang sie wehklagend. «Richtige Leben! Da has du jetz!»

Er hielt es aus, solange sie nicht genau sagte, was es war. Sie durfte es nur nicht genau sagen.

«Jimmy is von Boot runter ertrunken! Die welche Strömung, die ...» Von der Seite sah sie Towanda Sanchez an. «Was war noch mit Strömung? Ich versteh nix, was damit war.»

«Die welche corriente, hat ihn irgendwie gekriegt», sagte Towanda zu Fiskadoro. «Nix zu machen, bis er weg war.»

Fiskadoro setzte sich an den Küchentisch und weinte, als habe eine Hand in seinen Hals gegriffen und stülpe sein Inneres nach außen.

Als er sich weit genug beruhigt hatte, um sich zu erinnern, dass sein Vater tot war, da war es, als höre er die Nachricht wieder zum ersten Mal.

Drake war hereingekommen und stand neben ihm. Fiskadoro tat das Herz weh – er war doch erst neun. Sie umarmten sich unbeholfen, Fiskadoro auf seinem Stuhl sitzend, Drake im Stehen. Belinda beugte sich über sie und schlang die Arme um sie beide.

Towanda Sanchez war noch da, auch ihre Nichte Lisabeth, die zu Beginn der heißen Jahreszeit selber Witwe geworden war. Eine andere Nachbarin, Anna Wilson, stand hinter Belinda und knetete ihre Schultermuskeln. Weitere Frauen aus der Nachbarschaft saßen auf den ausrangierten Autositzen im Wohnzimmer. Fiskadoro begriff, dass dies für sie alle ein großes Ereignis war, weil sie alle wussten, was zu tun war – es passierte ja nicht *ihnen*, es zerriss nicht *ihnen* das Herz. Er war zu erschöpft, um weiter über sie nachzudenken. Aber vielleicht zerriss es ihnen doch das Herz, denn jetzt weinten die anderen Frauen auch.

Mitten im Wahnsinn ihres Schmerzes schoss ein Lächeln aus Belindas Gesicht hervor, während sie weinte, dann schnappte ihr Gesicht wieder zu. «Die Pinne kippt ihn über Bord», sagte Belinda. «War doch die Pinne, nich?», fragte sie Towanda. «Die Pinne, die Pinne –»

Lisabeth nahm ihre beiden Hände. «Belinda, du brauchs nur das eine verstehn, nur das eine», sagte sie. «Er kommt nich mehr zurück. Nie mehr!» Wehgeschrei füllte das Haus.

Mit zwei Sätzen sprang Fiskadoro ins Freie auf den morschen Bretterboden der Veranda. Das Dorf war hinter ihm, und vor ihm lag der Golf, von dem – das wusste er sicher, ganz sicher – sein Vater irgendwie zurückkehren würde.

Drei Männer vom Boot tauchten zwischen den Bäumen auf, Towandas Mann Leon und ihr Sohn und vermutlich der Maat Skin; Fiskadoro konnte wegen der Tränen nicht klar sehen.

Als Kapitän seines Vaters kam Leon, um ihm, dem neuen

Mann des Hauses, seine Aufwartung zu machen. Er brachte den Maat mit, der in Twicetown drüben daheim war und sich nicht gern allein in der Army herumtrieb. Auch Leons Sohn Harvard war dabei – nicht dass Harvard groß jemand gewesen wäre, aber es wurde wohl Zeit, dass er mal etwas von der bösen Seite des Lebens auf dem Meer erfuhr.

Leon Sanchez trug zu diesem besonderen Anlass ein Hemd, dessen kräftige Farben ein wenig matt wirkten, weil er es verkehrt herum anhatte, um das Etikett zu zeigen. «Jimmy war n guter Mann. Aber die Pinne dreht aus und kickt ihn rüber. Dreht einfach aus, por nada. Kein Grund. Vielleicht», sagte er, «n Geist. Weiß auch nicht, was.» Sein Hemd war offen, und er wischte sich unaufhörlich die Hände an der Haut seines Bauches ab.

Harvard, der nur wenig älter war als Fiskadoro, schwitzte im Gesicht und sah grün aus. Er nickte vor sich hin und machte «Hm! Hm!», wie er es bei nachdenklichen Männern gesehen hatte. «Jimmy war guter Mann», sagte er.

Skin, der Maat, schwieg. Er hielt die Arme über der Brust verschränkt und blickte bald nach oben ins Wetter, bald nach unten auf den Boden. Er war klein, und seine schwarzen Locken hingen ihm vor den Augen, genau wie Jimmys es immer getan hatten. In diesem Moment hasste Fiskadoro ihn ohne Grund.

Leon Sanchez fragte: «Sind die Frauen drinnen bei dein madre, Fischmann?»

«Ich heiß Fiskadoro.» Er merkte, dass ihm die Nase lief, hatte jedoch das Gefühl, es wäre entwürdigend, sich den Schleim abzuwischen. «Mein Vater ist tot.»

Die anderen nickten. Harvard bohrte mit seinen Zehen eine Mulde in den Sand und stellte die Ferse hinein.

«Mein Vater ist tot!» Fiskadoro hatte es kaum ausgesprochen, da erkannte er, dass er es wieder wahr gemacht hatte –

wieder zum ersten Mal. Würde es von jetzt an so weitergehen, immer im Kreis herum? Er erkannte, dass sein Leid alles andere als einfach war. Es war nicht nur eines, sondern tausend verschiedene Dinge, die ihn forttrugen zum Meer: Die Aufgabe eines Menschenlebens bestand darin, es auszutrinken.

Da sie keine Worte hatten, um alles wieder gutzumachen, backten die Nachbarn hilflos Brot oder Kuchen oder schichteten Obststücke kunstvoll auf kostbare Porzellanteller und trugen ihre Gaben bei Sonnenaufgang durch eine rosablaue Landschaft hinüber in Belindas Haus. Selbst die älteren Frauen, die für gewöhnlich in Hosen oder Röcken aus altem Sackleinen und oberhalb der Taille nackt herumliefen, kleideten sich an diesem Morgen in Weiß wie die jungen Frauen. Die meisten Männer trugen Hemden, und wer keins trug, blieb, weil er sich für nicht präsentabel hielt, draußen in Belindas Hof. Die Sonne stieg höher. Auf den mahagonifarbenen Gesichtern stand der Schweiß. Während sie aßen und tranken, die Trauernden und die, die sie trösteten, gab es Momente, in denen Jimmy vollständig vergessen war, aber dann erinnerten sie sich plötzlich und trauerten wieder, laut klagend wie im ersten ungläubigen Entsetzen. Fiskadoro spürte, wie ihn die Gefühle verließen. Er schämte sich – er konnte den eigenen Vater nicht allzu sehr geliebt haben, wenn er hier vor dem Haus stand und sich nicht einmal mehr an Jimmys Gesicht erinnerte.

Bald liefen die anderen Boote ein. Es war erst Mittag; sie kamen früh. Vor seinem Haus schlug Westmoreland Wilson wieder und wieder, in feierlichen Intervallen von zwei Sekunden, den Gong, und die Dorfkinder rannten herum und klapperten mit Stöcken auf Kokosnussschalen.

Die Bewohner der Army fühlten sich erhaben, als sie durch ihren Schmerz hindurch zum Strand gehen mussten, um die Taue der Netze einzuziehen. Alle mussten gehen, auch die Traurigsten.

Als sie die Dieselmotoren hörten, wussten sie, dass es ein guter Fang war.

Anfangs stand nur eine Hand voll Frauen und Männer bis zu den Hüften im unruhigen Wasser und holte das Tau der *El Tigre* ein, die zweihundert Meter weit draußen lag. Dann watete eine zweite Gruppe hinaus und ergriff das Tauende der *Generalísimo*, das ihnen einer der Delacorte-Vettern zuwarf, als er vom Boot sprang. Die *Business* lag noch einige Meilen weit draußen, doch binnen kurzem war die gesamte Army, von den kleinsten Kindern bis zu den ganz gebrechlichen Alten, in drei Gruppen eingeteilt, und jede holte ein Tau von einem der drei Boote ein.

Gemeinsam zogen sie die Netze näher, wenn der Golf mit einer seiner winzigen Wellen auf sie zuströmte; gemeinsam stemmten sie sich gegen den Versuch des Meeres, die Netze im unberechenbaren Sog seiner Unterströmung zurückzuholen, und begleiteten jedes angestrengte Bemühen, die Netze zu landen, mit dem Ruf: «*Fisch* – ah! *Fisch* – ah! *Fisch* – ah!» Und sobald der Flut ein paar Meter abgerungen waren, ließ der Letzte in der Reihe das Seilende fallen und ging nach vorne, um das Stück zu ergreifen, das als Lohn ihrer Mühen nass und hell glänzend aus der See aufgetaucht war. Sogar Belinda war unter ihnen und lächelte zaghaft durch ihre Tränen. Fiskadoro sah, ohne etwas zu denken, zu, wie sie sich vergaß und auf das Tau zurannte, das aus dem Wasser auftauchte, sah sie mit gerafftem Rock die einwärts gekehrten Füße zur Seite werfen, während sie durch das knietiefe Wasser lief. «*Fisch* – ah! *Fisch* – ah! *Fisch* – ah!» Fiskadoro rann der Schweiß aus den Haaren, seine Arm- und Rückenmuskeln schmerzten, brannten dann eine Weile wie wild und wurden taub.

Ein paar von den Alten zogen nicht richtig am Tau. Sie hatten die Hände leicht auf den dicken Seilen liegen, schonten ihr Herz und schenkten ihre Gegenwart. Jetzt begannen sie mit ihren schwachen Stimmen ein Lied zu singen, ein altes Lied über Liebe und Trauer und den Mond, das sie aus den Sendungen von *Radio Cuba* kannten. Andere Stimmen fielen ein:

Cuando brille la luna
Yo sé que no dormir, ah
Ni ich, ni du –
Ah, hidalgo el triste pasar
Cuando wir sind immer separado,
Separado, separado ...

Einigen von denen, die Jimmy geliebt hatten, und anderen, die plötzlich fühlten, was es hieß, am Leben zu sein, brannte noch mitten in der größten Anstrengung der Kummer im Herzen.

Als die Netze nahe genug waren und im Wasser sichtbar wurden, steckte die allgemeine Erregung die Hunde an; ein knappes Dutzend kleiner Bastarde stob in die Brandung und schnappte nach den Fischen, die in den Netzen zappelten.

Die *Business*, die *Generalísimo* und die *El Tigre* hatten Hunderte von zwanzig Zentimeter langen silbrigen Fischen hereingebracht, durch deren mannigfaches Hin- und Herschlagen ein dunstiger Regenbogen entstand und ein Geräusch wie das vielfältige Gezisch des Regens, als die geöffneten Netze endlich am Strand lagen. Angesichts dieses Wunders führte das Hüttenvolk sich auf, als hätte es nie zuvor Fische gesehen – stieß erstaunte Schreie aus, stupste sie mit den Zehen an, nahm sie in die Hand und beäugte sie aus nächster Nähe. Fiskadoro beobachtete seine Nachbarn neiderfüllt und hasste sie, weil sie Jimmys Tod vergaßen.

Die Männer von den drei Booten überließen die Netze am Strand den Launen der Flut, gingen gemeinsam zu den Bäumen hinüber und weinten unverhohlen um Jimmy Hidalgo. Fiskadoro folgte ihnen inmitten des Todesgestanks aller Dinge des Meers. Er war froh, dass mit der frischen Kraft ihrer Trauer die Totenfeier für seinen Vater von neuem begann.

Billy Chicago, ein Straßenhändler vom anderen Ende des Hüttendorfs, grub Krüge mit dem süßen, widerlichen Kartoffelwein aus, den seine Familie unter der Erde gären ließ.

Am Anfang schien das Zusammensein ohne Ziel, weil es keinen Leichnam gab, der einzukleiden und zu beweinen und bei Sonnenaufgang zu begraben gewesen wäre. Doch der Wein brachte sie dazu, noch ein paar von den traurigen Liedern zu singen. Die Stimmen der Männer, die draußen auf der Veranda hockten, erklangen zuerst, dann folgten die Stimmen der Frauen, schwer vom Wein und voll wehmütiger Liebe zu den Schmerzen, die das Leben erst wahr machten.

Fiskadoro hatte das Gefühl, er ließe seine Mutter im Stich, indem er sich hier draußen bei den älteren Männern herumdrückte. Aber jetzt, in dieser Situation, wusste er nicht, wie er sich in ihrer Nähe verhalten sollte. Ihm schien, das sei schon immer so gewesen. Er trank zu viel, und alles um ihn herum sah flach aus. Mit einer Hand hielt er sich am Pfosten neben der Tür fest, aber auch der schien in Bewegung zu sein. Den anderen Männern ging es wie ihm.

Er machte einen Schritt von der Veranda herunter und

hatte plötzlich den Drang weiterzugehen. «Ich muss hier raus», sagte er.

«Da drin is dein Mutter», sagte Leon. «Lass sie nich im Stich.»

Fiskadoro spürte die Worte wie Haken in seinem Herzen. Doch er wollte sich nicht beirren lassen: «Ich geh jetz.»

«Du läss dein madre im Stich», sagte Leon.

Vielleicht war das nur für die Ohren von Towanda bestimmt, die jetzt auf der Veranda stand. «Was red er da von Weggehn, Leon?», fragte sie. «Sein Mutter da drin stirbt von lauter Schmerzen.»

«Ich geh zu Herr Cheung», sagte Fiskadoro.

Der Name seines Klarinettenlehrers hätte ihnen den Mund stopfen sollen. Aber Towanda war verwirrt und völlig unbeeindruckt. «Du gehs weg und läss dein eigene Mutter allein», sagte sie drohend.

«Große Boss!», schrie Fiskadoro sie an. «Is ja nich dein Haus, is Jimmys Haus.» Und weil ihm plötzlich aufging, dass er jetzt alles sagen konnte, wo doch sein Vater tot war, rief er: «Große Fettfrau Boss!»

Die einige Meilen weite Strecke bis zu Herrn Cheungs Haus legte man am sichersten über den Strand zurück und vermied so die Straße und alle Leute, die nicht zum Dorf gehörten, aber nun war er schon quer durch die Army in Richtung Straße unterwegs, und er wusste an diesem Nachmittag des Unglücks nicht, wie man links oder rechts abbog.

Als er am Rand des Siedlungsgebietes unter den Bäumen hervortrat, verwandelte sich dessen Geruch nach Feuchtigkeit und faulendem Obst, der einem fast die Luft nahm, auf seiner Zunge in Staub. Außerhalb des Schattens der Dorfpalmen war die Straße heiß. Es schien tausend Jahre her, seit er am Weststrand getanzt hatte, und seit damals hatte er nicht mehr geschlafen. Rosa Dreiecke rasten vom Rand seines Gesichtsfeldes in dessen Mitte und zerplatzten.

Wie festgenagelt stand die Sonne über der gleißenden Straße. Fiskadoro spürte voll Panik, dass auch er nicht von der Stelle kam. Er rannte, und einmal in Bewegung, konnte er nicht mehr anhalten, rannte schneller und schneller, bis er keine Luft mehr bekam.

Jetzt waren seine Füße wie Blei. Ihm war übel, seine Hände und Füße prickelten unangenehm. Als er nach einigen Minuten wieder zu Atem kam, weinte er aufs Neue um Jimmy.

Es waren noch andere auf der Straße, Männer mit nackten Oberkörpern, die Strohkörbe voller Plastikschmuck oder Holzwerkzeug oder Fundstücke vom Müll zum Nachmittagsmarkt nach Twicetown trugen, Frauen, die Bündel mit Gemüse schleppten, und die nackten Kinder, die den Tag damit verbrachten, auf der Suche nach Abenteuern die Straßen entlangzuwandern. Hier und da hatten Familien hoffnungsvoll Strohmatten ausgelegt und präsentierten in unordentlichen Häufchen Gemüse und Selbstgefertigtes: Kartoffeln, Zuckerrohr, Gurken, Tomaten; strohgewebte Sandalen, Nudelhölzer, große Löffel und ähnliches Küchengerät; auffällige Spiegelscherben, die zu Buchstaben, Symbolen oder Talismanen zurechtgeschnitten waren. Sie nahmen von Fiskadoro ebenso wenig Notiz wie von den anderen Vorübergehenden. Aber er loderte vor Trauer und Schmerz. Er begriff nicht, dass er die Leute nicht blendete.

Als die Straße sich Twicetown näherte, kamen die ausgefransten Ränder solideren Unternehmertums in Sicht: mit Palmblättern gedeckte Stände, hinter denen Frauen mundgerecht aufgespießte Happen gewürzten Fleisches anboten, und Holztische mit Spielautomaten, wo Jungen wie er Münzen einwerfen und damit eine Murmel durch ein Labyrinth von Nägeln kullern lassen konnten, bis sie in einem von fünf Vertiefungen landete, nie jedoch in der, die gewann; Fiskadoro wusste aus eigener schmerzlicher Erfahrung, dass die Nägel extra so gesetzt waren, hatte er doch eines Tages alle seine Münzen verloren. Und wer hatte damals noch gelebt? Er weinte, und all diese Dinge, die sein Vater nie mehr sehen würde, nahmen ihm selber, wie Tücher vor seinen Augen, die Sicht.

Einen knappen halben Kilometer vor Twicetown markierte ein Wäldchen von Feigenbäumen die Stelle, wo die Sümpfe vom Festland die gesamten Keys entlang bis zur Straße einen langen, schmalen Fühler Marschland ausstreckten. Hier hing im Schatten eines Baumes der Kadaver eines Alligators von einem Ast herab, ungefähr drei Meter lang oder länger – es war schwer zu schätzen, da sein Schwanz sich im Staub ringelte; sein Bauch war von oben bis unten aufgeschlitzt, und er baumelte an einem kurzen Kabelstück, das an den zwei Enden einer rostigen Metallspeiche befestigt war, die den Schädel und die weiche Kehle durchbohrte. Die Leute aus den Dörfern der unteren Keys überquerten in ihrem vorsichtigen barfüßigen Gang den aufgesprengten Asphaltschotter der Durchgangsstraße, um einen Blick auf den Kadaver zu werfen und sich anzusehen, was einmal Inhalt seines Magens gewesen war und jetzt vor ihm auf dem Boden lag – ein Haufen Eingeweide, ein armlanges Stück Holz sowie eine kräftige Sumpfschildkröte in drei nur leicht verdauten Stücken. Doch niemand traute sich, den Alligator näher zu untersuchen, denn neben ihm stand sein Mörder, ein Schwarzer in Hosen aus bloßen Khakifetzen, von dessen staubbedeckten Lippen der Speichel troff; er sang vor sich hin und blutete aus Wunden, die er sich selbst in die nackte Brust gestochen hatte.

Fiskadoro richtete den Blick auf die Schildkröte und das

Holzstück, anscheinend ein Stück Zypressenwurzel. Er zwang sich, im Bannkreis des stinkenden toten Reptils, in der Arena des Sumpf-Mannes und seines irren Blicks zu bleiben, Schwindel erregenden Ekel, aber auch die Hoffnung verspürend, dass vielleicht hier, im fauligen Atem des Alligator-Killers, die Macht läge, alles zu ändern. Da draußen in den Sümpfen ließen sie Sachen gären. Dann tranken sie die vergorenen Säfte und tanzten mitten in den Feuern, ohne sich zu verbrennen. Sie hatten alle Weißen dort gefressen. Und ihr Blut getrunken.

Er ging weiter, in die mittägliche Karneval-Totenfeier-Atmosphäre von Twicetown hinein. Zu beiden Seiten der Straße drängten sich Tisch an Tisch und Stand an Stand, jetzt kam er gar nicht mehr von der Straße herunter. Der Asphalt war hier in besserem Zustand und stellenweise eben genug, um Sonne einzusaugen und den Geruch kochenden Teers abzugeben. Er wünschte, er hätte die Straße verlassen, bevor die Stadt ihn gefangen nahm. Er hatte hier gar nichts verloren. Alles um ihn her wirkte, als würde es erst völlig in Schlaf gehüllt, ehe es geschehen konnte. Stoffreste und alte Kleider, aus Nüssen gemachte Schmuckstücke, Bolzen und Einzelteile nicht identifizierbarer Maschinen, bunte Füller ohne Tinte, Teile alter Feuerzeuge, die kein Feuer mehr gaben – dies und Ähnliches wurde stolz und zugleich ein wenig mutlos von den Straßenhändlern feilgeboten, alten Frauen zumeist, die sich mit den Händen Luft zufächelten, während sie ihre Blicke ohne Neugier nach Westen und Osten wandern ließen.

Nicht weit von Herrn Cheungs Haus musste Fiskadoro stehen bleiben, um Kraft zu sammeln. Er setzte sich auf einen Steinhaufen aus Mauerresten, den Kopf auf den Knien, und schluchzte, bis er dachte, die Rippen würden ihm brechen.

Herr Cheung war an diesem Nachmittag allein in der Küche seines Hauses und polierte Holz, das er zu Schmuck verarbeitete, eine seiner zahlreichen kleinen Nebenbeschäftigungen. Sein Halbbruder, der große Händler, vielleicht sogar Pirat – auf den Keys eine berühmte, fast schon legendäre Figur und einer der Gründer der «Handelsvereinigung» –, bot die kleinen geschnitzten Anhänger und Talismane von Zeit zu Zeit zum Verkauf an, wenn er die Küste hinauffuhr. Herrn Cheungs Geschicklichkeit auf diesem Gebiet hatte sich aus seinen Versuchen entwickelt, Blasinstrumente wie Klarinetten und Oboen in Handarbeit herzustellen, Versuche, die allgemein als gescheitert angesehen worden waren.

Werkzeug und Holz bedeckten den Esstisch neben dem riesigen schwarzen Herd, auf dem in mehreren Töpfen etwas brodelte. Die Luft war unangenehm heiß und feucht und voll betäubender Gewürzdüfte. Herr Cheung trug weiße Jockeyshorts und hatte sich ein rotes Taschentuch um den Kopf gebunden, damit ihm der Schweiß nicht in die Augen tropfte.

Draußen wurde ein paar Mal heftig an die Tür geklopft, und eine junge Stimme brüllte: «Manager, Manager, Manager!» Der Schmerz in der Stimme erschreckte ihn. Er eilte durch das leere dunkle Vorderzimmer zur Haustür. Als er sie öffnete, sah er seinen Schüler Fiskadoro vor sich stehen. Doch einen Moment lang erkannte er ihn nicht, denn das Gesicht des Jungen schien auseinander zu brechen. «Herr Cheung, mein Vater», schluchzte Fiskadoro, «mein Vater, mein Vater, mein Vater!» Und Herr Cheung wusste, so wie man weiß, ob es Tag oder Nacht ist, dass das Meer abermals seinen Tribut gefordert und einen *marinero* behalten hatte.

Er trat beiseite, um Fiskadoro einzulassen, und streckte dem Jungen die Hand entgegen, der unversehens mit seinen beiden eigenen Händen danach griff, sich nach vorn beugte und seine Stirn hineinlegte, eine Gebärde, die keiner von ihnen verstand. Herr Cheung nahm das rote Taschentuch von seiner Stirn und wischte damit Schweiß und Staub von Fiskadoros Gesicht. «Manager Cheung, mein Vater Jimmy Hidalgo is tot!»

Fiskadoro stand im Vorderzimmer, warf den Kopf zurück und brüllte wie ein Muschelhorn, er leerte seine Lungen mit einem bruchlosen Schrei der Verzweiflung, füllte sie wieder und heulte sein Elend von neuem heraus.

Die Küchentür zitterte schwach im Rahmen und öffnete sich. Wie von der Last eines großen Steins beschwert, bewegte sich Großmutter Wright auf sie zu. Sie hörte schlecht, und Herr Cheung vermutete, dass sie das Heulen des Jungen für die Töne der Klarinette gehalten hatte, deren Spiel sie liebte. «Großmutter Wright», sprach ihr Enkel sie an.

Ihr Anblick ließ Fiskadoro verstummen. Aus Achtung vor ihrem unvorstellbar hohen Alter stand er jetzt still, ebenso ungleichmäßig atmend wie sie.

«Großmutter Wright», wiederholte Herr Cheung, und diesmal schien sie ihn zu hören. «Wir haben heute keine Stunde.»

Jetzt sah sie ihn an und zog sich mit einem kleinen Schaudern den Schal enger um die Schultern. Das lange Kleid darunter war so alt, dass der Saum allmählich zu Staub zerfiel. Ihr Gesicht hätte zu einem der Köpfe gehören mögen, die, wie man sich erzählte, die Schwarzen aus den Sümpfen auf die Größe einer Faust schrumpfen ließen; doch Herr Cheung liebte seine Großmutter mehr als irgendjemanden sonst auf der Welt, und ihr Gesicht am allermeisten. Jetzt kam eine Stimme so schwach und spröde wie der uralte Stoff ihres Kleides daraus hervor. «Bremerton, Seattle und Tacoma ... sind futsch, im Eimer», sagte sie.

Wenn sie so redete, brach es ihm das Herz.

«Steht Denver noch?», fragte sie.

«Wir gehen in die Küche», sagte Herr Cheung. Er legte Fiskadoro den Arm um die Schultern und führte ihn in die Küche, langsam, um die Großmutter nicht zu erschrecken. «Wir gehen jetzt in die Küche, Großmutter Wright.» Mit einiger Mühe drehte sie sich um, nach der Tür suchend und doch erstaunt, sie hinter sich zu finden, und alle drei betraten die Küche. Er forderte den Jungen und die alte Frau auf, sich an den Tisch zu setzen, und räumte die Späne und Holzstücke beiseite, um Platz zu schaffen für Großmutters Hände; sie war daran gewöhnt, mit festem Griff die Tischkante zu umfassen.

Fiskadoro hing zusammengekrümmt über dem Tisch und weinte leise vor sich hin; ab und zu schüttelte ihn das Schluchzen wie eine Faust. «Die sagen, ich lass mein Mutter im Stich», erzählte er seinem Lehrer.

Herr Cheung stand geduldig neben dem Herd. Als Fiskadoro nicht weiterredete, öffnete er die Ofentür und warf ein paar Stücke Zypressenwurzel aufs Feuer. Er nahm den Wassertopf vom Holzstoß in der Ecke, ging zur Hoftür und rief hinaus: «Fidelia!» Seine kleine Tochter kam an die Tür, und er gab ihr den Wassertopf. «Hol uns von dem guten, tiefen Wasser, bitte.»

«Weggeschwemmt. Einfach weg», sagte Fiskadoro.

«War er im Boot?», fragte Herr Cheung.

Fiskadoro nickte. Die Küche war eigentlich nur ein angebauter Schuppen und der Boden nackte Erde. Als der Junge nickte, tropften seine Tränen zwischen den Beinen hindurch und perlten im Staub.

Herr Cheung hatte großes Mitleid mit dem Jungen, aber sterben musste jeder. «Weißt du, dass ich etwas Tee habe?»

«Tee?»

«Ein altes Getränk, von ganz früher. Aus China», erklärte Herr Cheung.

«Ich kenn, was Tee is», sagte Fiskadoro höflich.

«Wenn Fidelia mit dem guten, tiefen Wasser aus dem Brunnen kommt, dann zeige ich dir, wie ich meinen Tee koche.»

Großmutter Wright atmete den Duft des starken Schwarztees ein, der das Soja- und Curry-Klima der Küche milderte. Mit dem Tee, wie sie ihn in Erinnerung hatte, war er überhaupt nicht zu vergleichen, eher schon mit den faulenden Teeblättern, welche die Abfallkübel in den Küchen ihrer Kindheit gefüllt hatten – Küchen, deren Herde spiralförmige elektrische Brenner besessen hatten, die so heiß wurden, dass ihr Metall orangerot glühte. Herde dieser Art hatten das Wasser in wenigen Minuten zum Sieden gebracht.

Jetzt hatte sie den Wassertopf, wie es schien, schon eine halbe Ewigkeit lang beobachtet, und der kleine Junge wurde so müde vom Warten, dass er zu weinen begann und weinte und weinte und sich kaum fassen konnte. Er nannte ihren Enkel Anthony Cheung «Vater, Vater».

Großmutter Wright war zur Hälfte Chinesin und mittlerweile über hundert Jahre alt. Sie konnte durch Wände hindurchsehen. Es war nichts Besonderes für sie, mit der schwelenden Kälte ihres Blicks den Erdmittelpunkt und die Ablagerungen von Jahrzehnten zu durchdringen und deutlich das Gesicht Arnold Wrights vor sich zu sehen. Arnold Wright war ihr Vater. Er war britischer Importkaufmann gewesen. Seinem Gedächtnis zu Ehren hatte sie ihren Mädchennamen ihr Leben lang beibehalten.

Am Tag seines Todes hatten Vater und Tochter bei ihrer

Mutter Hua-ling Kaung Wright gewohnt. Und das kleine Mädchen, jetzt eine vertrocknete alte Frau mit dem Gesicht eines Affen und der Haut eines Ertrunkenen, war schön gewesen und hatte nicht Großmutter, sondern Marie geheißen. Die drei hatten in Saigon, einer Stadt in Asien, gelebt, die später den Namen eines großen kommunistischen Führers erhielt und dann, eine unter vielen, im Kataklysmus unterging.

Wann immer sie, ohne es zu wollen, an jenen Triumph des Todes über die Welt zurückdachte, an die Horden von Skeletten, die die Säcke ihrer Haut durch die flammenden Straßen hinter sich herschleppten, an die Gebäude aus Totenköpfen, die leeren Uniformen, die unerbittlich durch die Felder kamen, Körper von Kindern, die der Explosionsdruck mit Messern und Gabeln gespickt hatte – Tiefpunkt aller Dinge, Ende der Welt, eine graue Leere, die niemand bezeugen konnte, *nicht einer,* der den Anblick beschrieb, weitergab, bewahrte –, dies war die Stadt, die sie sah, die Stadt, in der ihr Vater den Tod gefunden hatte.

Und der Tag, an dem ihr Vater sich das Leben nahm – sich mit einer glänzenden kleinen Automatik, kaum größer als seine Hand, erschoss –, war für sie der Tag, an dem das Ende der Welt begonnen hatte. Tatsächlich jedoch war am Todestag ihres Vaters nur der kleine Krieg zwischen den Amerikanern und den vietnamesischen Kommunisten seinem Ende zugegangen. Madame Troix, die ein Stockwerk unter ihnen wohnte, eine allein stehende, zerbrechliche Französin, die unter Schlaflosigkeit litt, erschien vor der Tür der Wrights, nichts als einen Slip am schweißnassen Leib, fächelte sich mit einem kleinen runden Fächer heftig Luft zu und ließ mit angespannter Miene verlauten, dass in der amerikanischen Botschaft weitere schreckliche Gerüchte kursierten, zu unglaublich, um nicht wahr zu sein. Das, sagte sie mit Nachdruck, sei das Ende. Sie müssten alle die Stadt verlassen und nach Europa, China oder England zurück – an einen Ort, der nicht vom Untergang bedroht sei.

Marie und ihre Mutter Hua-ling standen im Flur vor der Wohnungstür und lauschten den Klagen. Madame Troix trug das Haar zu einem Knoten gebunden und straff zurückgekämmt, und genau am Haaransatz oberhalb ihrer Stirn schien sich der Schweiß zu bilden, sich in winzigen Perlen zu sammeln, die schwerer wurden, bis sie herabtropften – überall war es heiß und feucht; was man tat, musste man langsam tun. Nachdem sie sich durch anhaltende Erregung in ein einziges Bündel nervöser Störungen verwandelt hatte, erwartete Madame Troix, Hua-ling werde ihr versichern, alles sei in bester Ordnung. Maries Mutter jedoch war viel zu höflich, um ihr zu widersprechen. Worauf Madame Troix einen kurzen Ausruf in ihrer Muttersprache hören ließ, wie jemand, der es mit einem verständnislosen Straßenhändler zu tun hat, und in Tränen aufgelöst die Treppe hinunterraste. Großmutter Marie erinnerte sich – jetzt, neun Zehntel eines Jahrhunderts später, an jedes einzelne Detail, bis hin zu den drei dunklen Schweißflecken, die sich an der Rückennaht von Madame Troix' schwarzem Slip entlangzogen.

Und dann war Madame Troix innerhalb weniger Minuten, begleitet von zwei Polizisten in Khaki, die sie die Treppe hinaufführte, zurückgekommen. Sie bewegten sich zu schnell für gewöhnliche Sterbliche – waren ein Teil dieser Stadt im Wahn, von den Amerikanern, die allem die Zeit unter den Füßen wegfraßen, über jede vernünftige Grenze hinweggetrieben. Der Polizist, der voranging, hatte eine glänzende Beretta auf der flachen Hand, die er Maries Mutter mehrmals unter die Nase hielt, als wolle er sie dazu bringen, sie an sich zu nehmen.

Hua-ling hob die Hände über den Kopf. Marie tat es ihr

nach. Madame Troix hörte auf, sich zu fächeln, und stand ganz still.

Der Polizist sprach vietnamesisch; die Mutter schüttelte den Kopf, sie verstand die Sprache nicht; er blieb dabei, und ihre Angst wurde noch größer.

Dann fragte er auf Englisch: «Gehört die Pistole Ihrem Mann?» Da sie keinen Grund sah, es zu leugnen, nickte sie, und er fragte: «Warum hat er sich getötet? Erschossen?»

«Wer?», fragte Hua-ling. «Wer hat sich erschossen?» Der zweite Polizist wandte sich abrupt Madame Troix zu, um ihr Angst zu machen, aber die Angst auf seinem eigenen Gesicht war furchterregender als alle Feindseligkeit, die er hätte fingieren können. Sie ließ den Fächer fallen, als wäre er eine Waffe.

Der erste Polizist steckte die Beretta in den Gurt und sagte zu Hua-ling Wright: «Sie kommen mit. Jetzt gleich. Wir erledigen das schon, Baby.»

«Er *arbeitet*», sagte Hua-ling. «Er ist zur *Arbeit* gegangen.»

Als Hua-ling, nachdem sie den Leichnam ihres Mannes identifiziert hatte, in die Wohnung zurückkehrte, schien die verbissene, blindwütige Zielstrebigkeit der zwei marionettenhaften Amtsvertreter auf sie übergegangen zu sein. Dieselbe Sorge schwärzte ihren Blick.

Einäscherung und Trauerfeier wurden organisiert. Heute allerdings, in dem Leben, das sie im Zimmer neben der Küche und im Schaukelstuhl des Vorderzimmers verbrachte, erinnerte sich Großmutter weder an eine Einäscherung noch an eine Trauerfeier und war nicht sicher, ob sie überhaupt an irgendeiner Zeremonie für den toten Vater teilgenommen hatte. Stattdessen sah sie ihn vor sich, wie er mit einem Glas Scotch in der Hand neben der Klimaanlage in ihrem engen Wohnzimmer stand, das Gesicht in die kühlende Frische haltend, wie er seinen Kopf duckte und den

Kragen hochzog, um sich kalte Luft über die blasse englische Haut seines Nackens strömen zu lassen, während gleichzeitig keine drei Meter entfernt Hua-ling, das Gesicht geschwollen und verschreckt, mit sich selbst sprach und ärgerlich die Umstände aufzählte, die sie daran hinderten, zur Familie ihres Bruders nach Seattle auszureisen. Maries Vater war in diesem Bild eindeutig bereits tot. Es war sein Geist, der dort im Zimmer stand.

«Du meinst vielleicht, dass eine Bö ihn von Bord gerissen hat», sagte ihr Enkel Anthony. Vor ihr stand eine Tasse, so reglos wie ein Holzstück oder ein Stein. Wenn sie sich auf einem Schiff befanden, war das Meer heute ruhig.

Der Junge weinte, als wäre seine eigene Tasse Tee der Ursprung aller Qualen der Welt. «Es war die Pinne», sagte er.

Kapitän Minh nickte – wie alt er geworden war.

Wie lange waren sie schon auf diesem Schiff? Nicht aufgeben! Das allein war wichtig. Vergiss das nicht, vergiss das nicht.

Doch sie war noch nicht auf dem Schiff. Sie war noch in Saigon. Sie versuchte, nach Amerika zu kommen.

Da Hua-lings Bruder amerikanischer Staatsbürger war, hatten Mutter und Tochter die nicht unberechtigte Hoffnung, Einreisevisa für dieses Land zu bekommen. Es gelang Hua-ling, ihren Bruder in Seattle telefonisch zu erreichen, ein Unternehmen, das enorme Energie und ungeheure Willenskraft erforderte; doch die Ehrlosigkeit, von der die Welt umgeben war, das Heikle an allem, was mit Amerika zu tun hatte, die Menschen und Dinge, die sich nicht fügen wollten, die Behördenmaschinerie, die aus dem Takt geraten war, die erschöpften Herzen, die gebrochenen Gesichter, die grässlichen Gesetze – all das hielt sie in Saigon zurück, während sie doch eigentlich in der Lage hätten sein sollen, sofort nach Seattle aufzubrechen.

Die Trockenzeit ging zu Ende, der Regen setzte ein; er wusch den Dreck von den Straßen und riss jeden Belag auf, der nicht aus Beton war; bald hatte er riesige Schlaglöcher ausgeschwemmt, über die Taxis und Privatwagen unbekümmert hinwegpolterten. Die Fahrer von Mopeds und Hondas kurvten im unerschütterlichen Glauben an die eigene Unverletzlichkeit um die Löcher herum, während die Radfahrer sich, an den Straßenrand gedrückt, immer geradeaus vorankämpften. Der Verkehr verschlang die kostbare Zeit und die sinnlose Distanz, über allem mahlte und seufzte der Regen, und für Marie war Saigon, bei all ihrem Kummer, Musik.

Monate später traf Marie den Polizisten wieder, der ihrer Mutter die Pistole des Vaters unter die Nase gehalten hatte. Er sah unverändert aus. Vor einer Absperrung stehend, die um eine Unfallstelle errichtet war, streckte er den Finger aus und rief Befehle in eine bedrohlich vorwärts drängende Menge, die mit dem Gewicht ihrer Neugierde die hölzernen Barrikaden bereits ins Wanken brachte. Um die Passanten zu erschrecken und zurückzuhalten, stampfte er mit den Füßen und wies unmissverständlich auf die Pistole in seinem Gürtel. Es hatte geregnet, hellte sich aber bereits wieder auf, und einer der Zuschauer zielte aus der Menge heraus mit seinem Schirm auf die Absperrungen, als wäre der Schirm ein Gewehr; einige der Umstehenden ließen ein hasserfülltes Gelächter hören. Hinter ihnen parkte ein Krankenwagen, in dessen geöffnete Türen eine Tragbahre geschoben wurde.

In der Nähe des Krankenwagens lag, vollkommen unbeschädigt, ein umgestürztes Moped. Ein Straßenjunge in Khakishorts hockte wie ein Affe daneben und versuchte eine der Seitentaschen zu öffnen, bis ein anderer Polizist es bemerkte und ihn durch Rufe vertrieb.

Marie drehte sich um und sah ihren Vater, groß und blass und von einem weißen Hemd liebkost. Er trank einen Cocktail in einer Bar am Straßenrand, umgeben von anderen Zuschauern, denen die anonyme Tragödie eine kleine Ablenkung von den eigenen Sorgen bot.

«Daddy!» Sie konnte den Augenblick, der ihr nach so vielen Jahrzehnten ins Gedächtnis kam, nicht von einem Traum unterscheiden.

«Daddy!»

Vielleicht war es auch nur ein Traum gewesen.

Er sah sie, tat aber so, als sehe er sie nicht. Es wirkte, als ob nicht er den Cocktail tränke, sondern der Cocktail ihn. Er wurde mit großer Geschwindigkeit vor ihm verschluckt, bis das Glas in der Luft hing und dann explodierte. Statt ihres Vaters saß dort eine Frau im blauen Kleid.

«Daddy?», rief sie fragend. Der khakigrüne Polizist blickte auf, der Mann, der die Pistole ihres Vaters in der Hand gehalten hatte. Er suchte denjenigen, der aus der Menge nach ihm gerufen hatte.

Um diese Zeit fing ihre Mutter an, «in ihrem Gesicht einzuschlafen», wie eine chinesische Wendung es ausdrückte. Überrascht und verwirrt stellte sie eines Tages fest, dass Hualing sich einen Panzer aus Leblosigkeit geschaffen hatte. Sie hatte Marie in dem Glauben erzogen, dass Leiden über Generationen hin nichts Bemerkenswertes sei, und nun, da ihr Mann sich das Leben genommen hatte, ein einziger Mensch in diesem ganzen Panomara endlos zerstückelter Hoffnung, fiel sie in sich zusammen wie ein vertrockneter Pilz und sagte weder ja noch nein. Sie konnte sich nicht vorstellen, nach Hongkong zu gehen, nicht einmal nach England, sondern einzig zu ihrem Bruder nach Amerika. Marie musste lernen, für sich selbst und für ihre Mutter zu sorgen, beim Einkaufen zu handeln, Fallen aus dem Weg zu gehen, sich durch die

Bürokratie zu lavieren, während alle immer neue Wege ersannen, sie in Saigon festzuhalten, und ihr sechzehnter Geburtstag vorüberging.

Ein großer Teil von Hua-lings Korrespondenz und viele ihrer Unternehmungen in Sachen Visa waren, wie sich herausstellte, nur geträumt oder eingebildet gewesen. Während Marie allmählich erkannte, wie schlecht es ihrer Mutter unmittelbar nach dem Selbstmord des Vaters gegangen war, verschlimmerte sich deren Zustand noch. Sie aß nichts mehr, nahm zu viele Tabletten, kippte um, quoll auf – ganz offensichtlich quälten sie unerträgliche Nierenschmerzen, sie konnte sich kaum auf den geschwollenen Beinen von einem Zimmer ins andere schleppen. Ihre Schweißdrüsen versagten – sie hörte auf zu schwitzen, schwitzte selbst an den drückendsten Tagen nicht mehr, wenn die Klimaanlage wirkungslos blieb. Die Hitze ließ ihre Körpertemperatur lebensbedrohlich ansteigen, und dann schrie sie imaginäre Kobolde einer Fieberwelt an und schob zuweilen mit der Kraft einer Wahnsinnigen Möbel durchs Wohnzimmer, um die Tür zu verbarrikadieren oder sich kleine Verstecke zum Schutz gegen unvorhersehbare häusliche Schrecken einzurichten. Man konnte sie nicht länger als ein paar Minuten sich selbst überlassen. Und trotz aller Vorsicht fand Marie sie eines Tages, als sie vom Einkaufen wiederkam, wie tot auf dem Trottoir vor ihrem Haus liegen. Sie lebte noch, doch von diesem Tag an war ihr bis dahin perfektes Englisch wenig mehr als elementar, und sie benutzte es kaum noch. Sie rauchte den ganzen Tag lang «Peace», eine japanische Zigarette, hustete reißend und beschmierte mit dem Auswurf ihrer namenlosen Krankheit Hunderte von Kleenex-Tüchern, die sie wie weiße Blüten über die Tische streute. Häufig brauchte sie zum Atmen die Hilfe eines gelben Druckluftbehälters mit der Aufschrift «O_2».

Als die Bevölkerung von Saigon gegen alle Überzeugung einsehen musste, dass die Amerikaner sie fallen gelassen und die Kommunisten sie geschluckt hatten, wurde die Atmosphäre in der Stadt noch viel aberwitziger und unheimlicher. Erschöpft zog Marie von Behörde zu Behörde, deren vietnamesische Beamte, vom Schock des Verrats wahnsinnig oder empfindungslos geworden, nicht in der Lage waren, ihr zu helfen. Die geringfügigsten Ereignisse im Umkreis der amerikanischen Botschaft – ein Wechsel in der Wachmannschaft, zu frühes oder zu spätes Eintreffen des Gärtners – wurden als Zeichen der Hoffnung oder Katastrophe genommen, und jeder hatte eine Theorie oder ein Gerücht parat. Offizielle Nachrichten gab es nicht, außer denen, an die niemand glaubte: dass keine wichtigen Entscheidungen gefallen waren; dass alles weiterginge wie bisher.

Doch die Mühlen mahlten, so gut sie irgend konnten, und an einem Tag, als offiziell verkündet wurde, dass Danang fiel und Saigon mit Sicherheit fallen würde, und es hieß: Keine Plätze mehr in irgendwelchen Flügen, keine Flüge, kein Zugang zum Flughafen, kein Flughafen, keine Piloten mehr im Land, keine Flugzeuge, da erhielten Hualing und Marie ihre Papiere.

Über die Tu-Do-Straße rannte Marie zurück, der braune Umschlag steckte unter ihrer Bluse und saugte sich voll Schweiß, und sie zwang sich zu einem Gang, der auf eilige Geschäfte und nicht auf Panik schließen ließ, aber das Bewusstsein, im Besitz der kostbaren Papiere zu sein, erschreckte sie mehr, als es die Aussicht, sie niemals zu bekommen, je vermocht hatte.

Sie überquerte die Straße, um einer Gruppe von sechs oder sieben ARVN-Offizieren aus dem Weg zu gehen, die einen allem Anschein nach mit Goldbarren beladenen Einkaufswagen übers Trottoir zogen. Als sie den Bordstein einer Querstraße erreichten, mussten vier von ihnen den Wagen vorsichtig über die Kante und am gegenüberliegenden Bordstein wieder hinauf heben. Vor dem geschlossenen Laden eines Goldschmieds blieben sie stehen, und einer der Offiziere, der seine Waffe aus dem Holster gezogen hatte, hämmerte mit der freien Hand an die Tür.

Marie wandte sich nach links und bog in eine leere Seitenstraße ein. In den weißen Tropenanzug des Kolonisten lang vergangener Zeiten gekleidet, kam ihr hier vom anderen Ende her ein Mann entgegen, dessen Schritte völlig geräuschlos waren. Ihr Vater.

Die Hitze, die sie umgab, roch nach Angst, ein summender, allzu reiner Geruch. Wartend blieb sie stehen und spürte, wie die kränkelnden Finger dieses Geruchs sie streichelten, bis ihr schwach wurde. Er ging immer weiter, ohne näher zu kommen.

Als sie die Hauptstraße wieder erreichte, waren die Offiziere im Innern des Ladens verschwunden, und abgesehen von einem patrouillierenden Jeep mit ein paar ihrer Untergebenen, weißgesichtigen, weinenden Jungen, die am Tag ihrer Niederlage ein großkalibriges Maschinengewehr bemannten und mit Munitionsgürteln behängt waren, schien der Verkehr plötzlich normal.

Madame Troix kam, um sich von Marie und ihrer Mutter zu verabschieden. Sie hatte gerade telefoniert, und jetzt weinte sie und tanzte voller Angst hektisch durch die Flure. «Man hat gesehen den großen Helikopter abfliegen von Botschaftsdach. Sie sehen, das ist Ende. Ich habe gewusst! Ich habe gewusst!»

Alle Straßen, die aus der Innenstadt zum Flughafen Tonsonhut führten, sagte sie, seien mit Barrikaden versperrt. Die Landbevölkerung ströme nach Saigon. Die amerikanische Botschaft werde von Menschenmassen belagert. Sie selbst habe geheime Vorbereitungen für die Abreise nach Hongkong getroffen. Die schwarze Wimperntusche rann ihr übers Gesicht, als sie die beiden, immer noch weinend, zum Abschied küsste; während Hua-lings Krankheit waren sich die drei nahe gekommen, und Madame Troix war Krankenschwester, Freundin und zum Schluss ein hysterisch anhängliches Familienmitglied geworden, das sich geweigert hatte, die dem Untergang geweihte Stadt zu verlassen, solange Hua-ling und Marie nicht im Besitz ihrer Papiere waren.

Hua-ling wischte sich die Tränen ihrer Nachbarin vom Hals und schien für einen Moment die Situation zu erfassen. Sie wünschte Madame Troix eine glückliche Fahrt und schenkte ihr zur Erinnerung einen schwarzen Spitzenschal. Doch eine verstohlene Befriedigung straffte die Falten ihres Mundes, als hätte sie das Ende der Dinge in Saigon eigenhändig arrangiert, um es ihnen allen heimzuzahlen.

Waren sie schon auf dem Schiff? Wo war Kapitän Minh? Großmutter wollte einen Schluck von ihrem Tee nehmen, der nach Curry roch. Irgendetwas schwamm darin ... er hatte sich in Suppe verwandelt. Eine dünne weiße Hand stellte eine Tasse Reis daneben. Jetzt kommt der Metalllöffel mit dem Holzgriff. Jetzt steckst du mir eine Serviette unters Kinn. «Komm, hier ist die Serviette», sagte die Frau ihres Enkels. Immer dasselbe, solange Marie zurückdenken konnte.

Woran aber hatte sie gerade gedacht? Sie konnte sich nicht erinnern. Das Boot, der Helikopter, der Flughafen, die Wohnung – ihre Mutter, Hua-ling, die mit einem Feuerzeug neben ihrem gelben Sauerstoffbehälter stand und drohte, die Welt in die Luft zu sprengen. «Wohin bringst du mich?», fragte sie auf Chinesisch. Englisch sprach sie kaum mehr.

«A*mer*ika. A*mer*ika. Hier – siehst du? Das Apartment ist leer. Wir wohnen nicht mehr hier», antwortete ihr Marie.

Als sie begriffen hatte, dass sie dabei waren, die Stadt zu verlassen, legte Hua-ling das Feuerzeug weg und fand die Energie, ein Hauskleid aus Nylon anzuziehen. Sie bewegte sich mit blasser Kraft, schwamm durch Watte. Vom schwarzen Walnusstisch neben der Tür nahm sie eine Zigarette, die sie in der letzten halben Stunde mehrmals in die Hand genommen und wieder weggelegt hatte, während Marie einen Koffer mit den notwendigsten Sachen packte. «Hast du ein Streichholz?», fragte Hua-ling. In diesem Augenblick fiel der Strom aus, und das Summen der Klimaanlage verstummte. Hua-ling blickte neugierig um sich, als sei sie gerade erst hier angekommen.

Draußen fanden sie die gewohnte Umgebung völlig verändert. Der Nachmittag hatte es aufgegeben, den Schein geregelter Normalität zu wahren. Der Geruch nach Schweiß, Auspuffgasen und schwelendem Gummi – auf der Tu-Do-Straße wurden Kehrichthaufen verbrannt – nahm Marie den Atem. Die Bewegungen der Menschen auf der Hauptstraße, khakigrüne, schwarze oder weiße Bewegungen, alle schienen Khakigrün, Schwarz oder Weiß zu tragen, hatten etwas Endgültiges; alles wurde zum letzten Mal getan: Menschen, die seit Jahren die lebenden Toten waren, erwachten; Augen, die trübe und zynisch geblickt hatten, glitzerten jetzt, blind vor Adrenalin.

Hua-ling, in ihrem cremefarbenen, mit Kaffee- und Whiskyflecken übersäten Nylonkleid, schien voll bei Bewusstsein und ging langsam, doch immerhin ohne Hilfe. Marie hatte sich so geschäftsmäßig wie möglich gekleidet und nichts als einen kleinen Koffer mitgenommen, den sie auf dem Schoß hielt, während sie neben ihrer Mutter auf dem Rücksitz des schrottreifen Taxis saß.

Der Fahrer des Taxis hatte Angst vor dem Flughafen. Als Marie ihn bat, sie dorthin zu fahren, sah er sich mit geblähten Nüstern, die hölzernen Lippen fest aufeinander gepresst, aus dem Seitenfenster nach anderen Passagieren um. Sie hielt ihm, ohne abzuzählen, ein Bündel Piaster hin, aber er schüttelte den Kopf und sprach das eurasische Mädchen, wie alle hier, auf Vietnamesisch an.

«Ich bin Engländerin! Amerikanerin!», sagte Marie und schwenkte ihren britischen Pass und die amerikanischen Visa.

Die Dokumente waren für ihn überzeugender als Geld. «Polizei blockiert Straßen», sagte er, fuhr aber die Tu-Do-Straße entlang und wich dabei Bergen von Müll aus, Habseligkeiten, die den Menschen auf ihrem Weg in die Stadt oder aus ihr heraus zu schwer geworden waren. Drei oder vier von ihnen stiegen jetzt auf die hintere Stoßstange des Taxis und fuhren mit. Marie ignorierte sie, aber ihre Mutter drehte sich um und versuchte sie mit einer ärgerlichen Handbewegung zu verscheuchen. «Erlauben Sie mal! Lausiges Ungeziefer!», sagte sie auf Chinesisch.

Als sie sich dem Flughafen näherten, fühlte Marie sich allen Widrigkeiten gewachsen, wenn sie und Hua-ling nur endgültig aus der Kriegszone hinausbefördert wurden. Auch ihrer Mutter hatte die Aussicht auf ein Entkommen ein wenig Kraft gegeben, doch schien mit den rüttelnden Bewegungen des Taxis alle Luft aus ihr zu weichen, bis ihr Kopf von einer Seite zur anderen rollte und bei jedem Schlenker gegen das Fenster schlug. Sie sah aus wie tot, war aber noch halb bei Bewusstsein, setzte sich plötzlich auf und verlangte ein Streichholz für ihre Zigarette.

Die jungen Männer vor der ersten Barrikade – zwei Soldaten und zwei Polizisten – waren bereit, die Hauptarbeit denen zu überlassen, die die nachfolgenden Sperren kontrollierten. Sie wiesen jeden zweiten Wagen automatisch zurück und ließen alle anderen passieren. Marie wollte ihre Dokumente vorzeigen, doch der Wachposten sah nicht einmal hin, als sie durchfuhren. Seine Aufmerksamkeit galt dem Wagen hinter ihnen, der zurückgeschickt werden musste. Hua-ling sagte in ausdruckslosem Chinesisch «Danke, danke, danke» und rülpste, sodass eine Brandywolke im Auto stand. «Haben Sie ein Streichholz?», fragte sie ihn, nachdem er bereits längere Zeit von ihrem Fenster verschwunden war. «Haben Sie ein Streichholz? Haben Sie ein Streichholz?» Ihr Kopf fiel zur Seite. «Geben Sie mir Feuer», sagte sie auf Englisch.

Als sie sich, knapp anderthalb Kilometer vor dem Flughafen, der letzten Straßensperre näherten, sprangen die Männer, die auf der Karosserie gesessen hatten, vom Taxi herunter und verließen die Straße. Die meisten Fahrzeuge kamen ihnen, langsam wie Vulkangeröll, entgegen, während ein schnellerer Strom von Fußgängern, mit riesigen Bündeln beladen, die Gräben am Straßenrand füllte. Zwanzig Meter vor der aus Bretterbuden, Benzinfässern und Holzböcken improvisierten Sperre stand ein Polizist, die eine Hand wie zum Schuss in die Menge gerichtet, die andere auf dem Gewehr, das ihm quer über der Brust hing. Alle Privatfahrzeuge wurden automatisch zurückgewiesen.

Der Taxifahrer führte sich jetzt auf wie jemand, der unter Wasser gefangen ist. Ohne Maries Drohungen oder ihre Geldangebote zu beachten, machte er Anstalten, das Steuer herumzureißen, erhob sich halb von seinem Sitz, um nach hinten zu sehen, und setzte zum Wenden an, mit seiner Körperhitze Erleichterung ausstrahlend.

«Ich will doch nur ne Zigarette. Und so was schlägst du mir ab», sagte Hua-ling.

«Kehren Sie nicht um!», sagte Marie zum Fahrer, und zu ihrer Mutter: «Ich versuche alles, damit wir hier rauskommen.» Dem Fahrer war es inzwischen gelungen, sich in den Strom der Wagen hineinzudrängeln, die nach Saigon zurückfuhren.

Auf Englisch sagte ihre Mutter: «Eine Scheißzigarette. Gib – mir – Scheiß – Feuer.» Ihre Augen waren hassverschleiert.

Marie und der Fahrer hatten keine Zeit, sich um sie zu kümmern. Der Fahrer ließ auch Marie unbeachtet, bis sie ihm schließlich, weinend, einen Schlag auf den Hinterkopf versetzte. Jetzt, da er endlich in der Gegenrichtung vorwärts kroch, wollte er sein noch so geringes Tempo auf keinen Fall wieder drosseln, um sie aussteigen zu lassen. «Du dreckiger Bastard – dämlicher Affe!», schrie sie, riss die Wagentür an ihrer Seite auf und trat auf die Straße. Ihr war leicht schwindlig. Ein paar Meter weiter blieb das Taxi im gebremsten Kampfgetümmel der PKWs und Kleinlaster stecken. Marie griff durch die offene Tür hinein und versuchte ihrer Mutter herauszuhelfen, doch Hua-ling entriss ihr die Hand. «Wohin bringst du mich?» Ihr Gesicht war erschlafft, ihr Blick trübe, ihre Stimme aber vor Wut und Angst fest. «Lass mich los», sagte sie.

«Wir müssen zum Flugzeug.» Marie kniete auf dem Sitz, fasste die Mutter unter den Armen und versuchte sie herauszuziehen; aber ihr Körper war bleischwer. «Wir kommen zu spät!», rief Marie.

«Lass mich los», sagte ihre Mutter. Dann auf Englisch: «Scheiße, hau ab, ich geh *nirgends* hin; erst mal *ausruhn* und eine *Zigarette* rauchen.»

Das Taxi rollte wieder, in einer Schlange von Fahrzeugen,

die irgendwie Raum gefunden hatte, sich vorwärts zu bewegen. Marie schob sich rückwärts aus dem Taxi und fiel fast auf die Straße, erschöpft von all dem Flehen und der Kraft, die sie aufwenden musste, in der Hand die Papiere und ihren einzigen Koffer. Der Koffer rutschte ihr aus der Hand und sprang auf; sie bückte sich, um den Inhalt, der auf der Straße lag, wieder hineinzustopfen, doch dann erkannte sie, dass nichts davon eine weitere Verzögerung wert war. Um sie herum hupten und röhrten die Fahrzeuge, Motoren heulten auf, Bremsen quietschten; sie sah über dem Flugfeld des Flughafens Tonsonhut eine Maschine aufsteigen, und in dem Moment, als sie ihr nachblickte, so sehnsuchtsvoll, dass sie meinte, all ihre lebenswichtigen Organe rissen sich von ihr los, in diesem Moment wusste sie, dass sie, um ihr Leben zu retten, tun musste, was sie im Grunde schon seit einiger Zeit tat. Sie musste alles preisgeben und fliehen. Sie musste auf den Koffer verzichten. Sie musste ihre Mutter zurücklassen.

An der ersten Wache kam sie ungehindert vorbei; sie hielt sich dicht am Rand des Grabens und musste einmal auf die Stoßstange eines Wagens und über seine Haube klettern, um durch das Fahrzeugchaos zu gelangen. An der eigentlichen Absperrung jedoch stoppten die Posten sie sofort, von ihren Papieren gänzlich unbeeindruckt.

«Dein Ticket», sagte einer von ihnen. «Zeig Ticket.»

«Das – mein Ticket liegt am *Schalter*», sagte sie.

«Zeig dein Ticket!», wiederholte der Mann.

Marie öffnete schon den Mund, um ihm eine weitere Lüge aufzutischen, sagte dann aber: «Ich habe Geld. Geld, kein Ticket.»

Der Mann lachte und ließ sie stehen. Er war braunhäutig und sah aus wie ein Polynesier. Sie verspürte den Wunsch, sich auf ihn zu stürzen, sah ihre Hand schon seinen

Adamsapfel zerquetschen. Der zweite Wachposten hämmerte mit dem Gewehrkolben erbittert auf die Motorhaube des einzigen Fahrzeugs ein, das sich bis zu dieser letzten Barrikade durchgeschlagen hatte. In dem schwarzen Mercedes, den man offensichtlich für eine Art Transporter gehalten hatte, saßen, wie sich jetzt zeigte, ein Saigoner Geschäftsmann mit Frau und Kindern und diverse weiß und schwarz uniformierte Hausangestellte. Während er immer weiter hämmerte, entlud sich das Gewehr mit einem einzigen lauten Knall, der in diesem Hexenkessel durchaus nicht dramatisch war, und der Wachsoldat, der kaum entsetzter hätte erscheinen können, wenn der Schuss ihn selber getroffen hätte, ließ die Waffe vorsichtig von einer Hand in die andere wandern und hantierte an der Sicherung herum. Der Mercedes setzte mit einem Sprung zurück, krachte dabei gegen die Bretterbude und schoss jäh nach vorn. Der Fahrer hatte die Handbewegung des Wachpostens gesehen und beeilte sich, den Wagen zu wenden und das Weite zu suchen. Alle Insassen des staubbedeckten Autos weinten, bis auf seinen Besitzer, der neben dem Fahrer saß und es schaffte, angesichts der Auflösung seines Haushalts und der Zerstörung seiner Lebenswelt nur leicht befremdet zu wirken. Zwischen dem Geschäftsmann und einem weiß gewandeten Dienstmädchen erblickte Marie den Geist ihres Vaters.

Er sah seine Tochter verwirrt an, nahm seine Brille ab und wischte sich über die Augen, denn auch er weinte.

Sie wandte sich ab. «Ich kann dich ficken», sagte Marie zu dem Wachposten. «Meine Mutter ist tot», setzte sie hinzu. Der Mann sah sie mit echter Belustigung an und schien zugleich ein wenig schockiert. «Ich *bekomme* ein Ticket», versicherte sie ihm. «Sag mir nur, was du willst.»

«Geh!» Der Wachposten winkte sie durch die Sperre. «Geh

in Flughafen! Heute Abend bist du tot.» Er zeigte auf das Flughafengebäude hinter ihnen, die sonnenverbrannten Felder und den Kontrollturm, der in der Weite des Raums unscheinbar wirkte. Seine Miene verriet ehrliche Sorge – wegen der ganzen Situation, vielleicht aber auch um Marie. «Keiner ...», dann brach er abrupt ab. Er war es müde, nach fremden Wörtern für beispiellose Dinge zu suchen, ließ die Hand sinken und wandte sich ab. Hinter ihnen verließen die Leute ihre Fahrzeuge und schlugen sich unter Umgehung der Sperren direkt in die Felder. Marie lief an der Wache vorbei auf den in einiger Entfernung sichtbaren Turm zu. Sie beschleunigte ihren Schritt, verlor einen ihrer hochhackigen Schuhe und schleuderte auch den zweiten vom Fuß. Als sie auf einen scharfkantigen Stein trat, wusste sie, dass es wehtat, fühlte es aber nicht. Auf die gleiche Weise wusste sie, dass sie sich innerhalb des Augenblicks umsah, in dem ihr Vater alles wegwarf – seine Tochter Marie, ihre Mutter, die seine Frau war, und den Krieg in Vietnam –, sie war im Innern jenes kurzen Moments, da sich aus einer erstickenden Landschaft zitternd und schillernd die Rettung erhebt. Schon war der Lärm in ihrem Rücken verstummt. Sie hörte nichts als den Wind in den brusthohen Halmen harter Gräser und schwach wie Kreide auf einer Tafel einen Düsenmotor. Ein Flugzeug, das mit diesem Geräusch in keinem Zusammenhang zu stehen schien, stieg in den Hitzeschleier. Vor ihr strebten Menschen, die den Weg durch die Felder genommen hatten, zur Straße zurück.

Der Anblick, der sich am Ende der asphaltierten Zufahrtsstraße bot, machte klar, dass heute niemand in den Terminal gelangen würde. Unter einem modernen Vordach aus Aluminium, das die angstvollen und zornigen Stimmen hart widerhallen ließ, waren die Doppelglasfenster und die automatischen Türen zertrümmert und mit Brettern vernagelt worden. Dutzende von Soldaten der vietnamesischen Sondereinheiten in ihren roten Mützen und Wachposten der Saigoner Polizei hielten die andrängende Menge auf Bajonettabstand. Maries Blick fiel auf Männer, die vergessen hatten, wozu sie hergekommen waren, und sich nur einmal Gehör verschaffen wollten, Männer mit Gesichtern wie Blutergüssen, denen die Adern am Hals wie Taue hervortraten und deren schwarze Haarschöpfe hochschnellten, wenn sie sich, ohne die Bajonette zu beachten, vorwärts stoßen ließen, die Augen starr auf die Gesichter der Wachposten gerichtet. Als ein kleiner Mann mit einem Satz zwischen zwei Posten hindurchsprang und versuchte, sich durch eine Lücke in der Bretterwand zu zwängen, drehte einer der beiden sich um und schmetterte ihm den Kolben in die Nieren. Der Mann krümmte sich und fiel aufs Pflaster, dann wich er rückwärts kriechend vor einem Bajonett zurück, bis die Masse ihn verschluckte und über ihn hinwegtrampelte.

Als wäre sie in einen Käfig gesperrt, drückte Marie sich am Rand der Menge entlang, ein Weg, der an Panik, dumpfer Hoffnungslosigkeit und elender Resignation vorbeiführte. Hier, im Herzen des Flughafens, einer jetzt heruntergetrampelten Rasenscheibe, auf der ein Mast noch immer die Farben Südvietnams in den Wind hängte, fand sie sich in den Reihen derer wieder, die aufgegeben hatten. Mit ihrer Flagge in einen von der Asphaltstraße gebildeten Kreis eingeschlossen, saßen alte Männer und Frauen in der Hocke und schliefen, die verschränkten Arme als Kopfkissen auf den Knien. Frauen kauerten auf dicken Lakenbündeln, in die ihre Habseligkeiten geknüpft waren, und hielten Kinder auf dem Schoß, andere scharten sich um sie; hier und dort stand ein Familienvater, die Arme um den Körper geschlungen und den Kopf gesenkt, erschöpft und gedankenverloren, auf einen Ausweg sinnend. Nicht einmal die Kinder rührten sich hier.

Eine Gestalt in hellem Khaki zog ihren Blick auf sich. Marie beobachtete, wie der Mann im Rücken der Menge in ihre Richtung kam. Er ging mit Bedacht, doch nicht langsam, sah alle an und nahm niemanden wahr. Als er, durch sie hindurchblickend, näher kam, erkannte sie, dass er eine Militäruniform trug. Auf der Taschenklappe seines Hemdes prangte ein Abzeichen mit Flügeln – Flugpersonal der Luftwaffe. Seine Augen funkelten wie im Drogenrausch oder im Traum. Es war ein magerer Junge, kaum älter als Marie.

Marie war augenblicklich klar, dass er die Uniform gestohlen hatte. Sie packte ihn hinten am Hemd, als er an ihr vorbeiging, und er drehte sich benommen lächelnd um. «Wo bekomme ich?» Sie riss am Stoff seines Hemdes. «Wo? Ich will Uniform. Uniform!», wiederholte sie gereizt, als sie sah, dass er das Wort nicht verstand.

Als wären sie schon den ganzen Tag zusammen, griff er nach ihrem Handgelenk und zog sie hinter sich her bis zum äußersten Rand der Menschenmenge vor dem Eingang.

«Merikanische Geld?», fragte er.

«Ja!», antwortete Marie. «Habe ich. Habe ich!»

Mit Faustschlägen, wie einem der Saigoner Theaterplakate für Karate- und Tai-Chi-Szenen entstiegen, bahnte er sich und Marie einen Weg durch die Menge und stürzte sich mit gezücktem Ausweis auf den ersten Posten, den sie erreichten. Der trat zurück, und der Junge zerrte Marie hinter die Absperrung. Jetzt schrie der Posten den Jungen an, die zwei hatten einen erregten Wortwechsel in ihrer Muttersprache, den der Posten gelegentlich unterbrach, um die vorderen Reihen der Menge mit dem Bajonett zu bedrohen. «Vietnam-Geld», sagte der Junge zu Marie.

«Ja!», antwortete Marie. «Habe ich. Hab Biet-nam-Geld», sagte sie.

Der Eingang war mit Brettern vernagelt. Der Posten führte sie etwa fünfzig Meter weit hinter die Linie von Soldaten und Polizisten bis zur Ostecke des Abfertigungsgebäudes, wo es keine Fenster mehr gab, an weiteren Sperren aus Sägeböcken vorbei und dann durch eine Metalltür.

Sobald sie einen Raum mit mehreren Soldaten und zwei Tischen betreten hatten – wo ein Geruch nach frischem Kaffee sie überwältigte und allem eine beängstigend anheimelnde Normalität verlieh –, begannen alle Männer laut und aufgeregt durcheinander zu reden. Der Junge sprach schnell und sehr selbstsicher, hielt ihren Oberarm umklammert und schüttelte sie den Soldaten entgegen, als wäre sie der zwingende, lückenlose Beweis dafür, dass nichts so war, wie sie dachten. Marie nickte eifrig, griff nach dem Geld in ihrer Bluse und sagte «ja, ja, ja» zu dem Offizier der Sondertruppe, einem Leutnant, vermutete sie, der sich bald als Wortführer entpuppte. Was für sie auf dem Spiel stand, war ohne Belang. Hier wurde die Sprache der Saigoner Geschäftemacher gesprochen – ein Vor und Zurück und Ziehen und Zerren, und dazu der immer wieder in die flache Hand gebohrte Zeigefinger. Der Mann besaß etwas und war sicher, dass sie es haben wollte. Und sie wollte es.

Durch die Hintertür des Büroraums drang der Lärm von Propellermotoren. Dann hörte man Salven aus Kleinfeuerwaffen, wie Marie sie kannte – Maschinenpistolen der Saigoner Polizei. Jetzt zog der Leutnant der Sondereinheiten seine Waffe und drückte den Lauf auf das zuckende Lid ihres linken Auges.

Aber das machte ihr nichts aus. Es war nicht beängstigender als der allzu vertrauliche Griff des Jungen um ihren

Arm. Sie hielt das rechte Auge weit geöffnet und beobachtete die Drehungen des Zylinders, als der Leutnant mit dem Daumen den Hahn spannte. Frieden und Klarheit füllten den Raum. Sie fühlte sich schläfrig. «Ich will Piaster», sagte der Mann. «Alle. Kapitän Minh kriegt deine Dollars. Was dagegen?»

«Danke, Sir», sagte sie. Ihr Leben war überall, wo sie auch hinsah. Sie konnte auf keine Art und Weise, die irgendetwas bedeutete, getötet werden.

«Käptn Minh-Baby», sagte der Mann in seinem hervorragenden amerikanischen Akzent.

Der Junge in der Uniform der Luftwaffe ließ ihren Arm los und holte, mit chirurgischer Ungerührtheit zwischen ihre Brüste greifend, das Bündel aus ihrer Bluse. Da er die sieben Einhundertdollarnoten für sich behielt, musste er wohl Kapitän Minh sein; vermutlich war sein zweiter Vorname, wie in diesen Tagen üblich, zu seinem Nachnamen geworden. Maries vietnamesisches Geld, Zehntausende von Piastern, gab Kapitän Minh dem Leutnant, der die Scheine unter seine rote Mütze schob. Die drei anderen Soldaten sahen den Vorgängen teilnahmslos zu.

Tageslicht fiel in den Raum, als der kleine Kapitän durch die Hintertür ins Freie stürzte. Mit einer schnellen Kopfbewegung bedeutete er ihr, ihm auf den Asphalt der Landebahnen zu folgen.

Die Sonne stand tief – der Nachmittag war zur Hälfte vorüber. Eine elende Hitze stieg vom Teer auf und wurde ihnen von den wirbelnden Propellerflügeln eines Helikopters, der ein paar hundert Meter weiter westlich dicht über das Gras zwischen den Landeflächen flog, ins Gesicht geblasen. Er wirkte im Gegenlicht flach wie ein Schatten, und von allen Seiten strömten jetzt die winzigen Gestalten verzweifelter Menschen auf ihn zu, die das grelle Licht in Maries Augen hellgrün färbte. Von einer anrollenden Boing 707 kamen Schall- und Hitzewellen mit einer so geballten Kraft auf sie zu, dass sie sich abwenden musste.

Der Leutnant hatte sich ihnen angeschlossen. Er ging voraus und führte sie zu einem Hangar, in dem ein amerikanischer Helikopter, so groß wie ein Haus, auf der Plattform eines sechsrädrigen Transportfahrzeugs stand, einer Art Lastwagen, dachte sie, wenn es auch mehr Ähnlichkeit mit einem Golfwagen hatte. Der Leutnant sprang in den Wagen – es gab nur für einen Platz, nur einen Sitz, das Armaturenbrett und das Steuerrad – und versuchte das Fahrzeug anzulassen, indem er mehrmals auf einen Knopf drückte. Der Motor heulte auf und verstummte sofort wieder. Zehn Sekunden wartete der Leutnant mit steinernem Gesicht, bevor er den Motor erneut malträtierte, ohne dass etwas dabei herauskam.

Neben Marie in dem Parallelogramm aus Licht, das durch den Eingang des Hangars fiel und den ölverschmierten Asphalt in eine so leuchtend silberne Fläche verwandelte, dass ihre Beine unterhalb der Knie unsichtbar waren, stand Kapitän Minh und zeigte auf eine DC-3, die gerade niederging. «Danang», sagte er.

Sie konnte nicht ganz fassen, was sie sah; es schien, als ob zerstückelte Menschen – Arme, Beine, halbe Rümpfe, abgerissene Körperteile von Zivilisten und, als die Maschine nicht weit von ihnen landete, sogar die uniformierten Teile verstümmelter Soldaten – im Fahrgestell steckten und von den Flügeln herabbaumelten. Dann entfernte sie sich, rollte bis weit hinter den Terminal und kam in der Nähe einer Gruppe zwergenhafter Gestalten am anderen Ende der Landebahn zum Stehen. Jeeps, ein Gepäckwagen und Menschen, die aus dem Nichts aufzutauchen schienen, verließen das Terminalgelände im Eiltempo und rasten auf die Maschine zu.

Und sowie der Helikopter außerhalb des Hangars war und Kapitän Minh den Platz an der Steuerung eingenommen hatte, fiel ein Schwarm weinender, schreiender Menschen, die meisten in Uniformen des Militärs oder Flughafenpersonals, über die Maschine her und kletterte von allen Seiten das Fahrgestell hinauf. Der Leutnant zog Marie an Bord und verschaffte ihr Platz, indem er einen Mann vor die Brust trat; als ein zweiter nicht vom Eingang wich, zog er seine Seitenwaffe aus dem Holster und schoss ihm ins Gesicht, ein Vorfall, den Marie träumend und wachend wieder und wieder erleben würde. Doch sobald die Propeller sich drehten und alle drei an Bord waren, schenkten der Leutnant und der Pilot den Menschen, die sich durch die Tür zwängten, keinerlei Beachtung mehr. Der Leutnant war damit beschäftigt, seinen Revolver nachzuladen. Kapitän Minh konzentrierte sich auf die Instrumente und Armaturen, als wäre er allein und sähe sich besonderen flugtechnischen Problemen gegenüber. Keuchende, wimmernde Fremde waren hinter ihnen zusammengepfercht, Marie spürte etwas im Nacken, das ein Mund sein konnte. Aus leisen Klagen wurden Entsetzensschreie, die im Gedröhn der Propeller fast untergingen, als der Helikopter nur einen halben Meter über dem Boden der Startbahn schwebte, von Gesichtern verfolgt, und nach einer langen Weile endlich höher stieg, wobei er Ketten von Menschen mit sich riss, die einander an Hosen, Hemden, Fußgelenken gepackt hatten, sich gegenseitig hinunterzogen und auf den Asphalt stürzten. Es mussten dennoch mehr als ein Dutzend mit ihnen im Helikopter sein; die an den Türen halfen immer noch denen herein, die sich mit den Fingerspitzen an alles klammerten, was nur irgend dazu taugte – die Kanten der offenen Bullaugen, die Kufen des Fahrgestells, sogar die Läufe der beiden Maschinengewehre, die aus den Bullaugen ragten. Der Helikopter war so schwer beladen, dass er beinahe die Schuppen jenseits des Flughafens steifte, doch als er schneller wurde, einmal und noch einmal schlingerte und endlich von denen befreit war, die sich nicht länger an den Kufen halten konnten, gewann er an Höhe. Kapitän Minh war in seinen eigenen berauschten Augen ein strahlender Retter, als er sie alle hoch über den Krieg hinaushob und sie diese Welt hinter sich ließen.

Wer an diesem Tag gerettet wurde, war gerettet, doch verloren viele von ihnen nur wenig später das Leben, und heute hatten es alle verloren außer Marie.

Ihr schien, sie hätte jetzt, als alte Frau, oft mehr auszustehen, als sie damals ertragen musste. Sie schleppte sich vom Bett in die Küche und weiter, der Musik ihres Enkels entgegen, durch dichtes Stimmengewirr und lange Schleifen von Schmerz. Jedes Zimmer, aus dem sie floh, war ein eigener Krieg, war eine verwüstete Landschaft, die jede Sekunde unter ihr weggeschossen werden und eine Welt offenbaren konnte, die aus Erinnerungen bestand, von denen die meisten wirklicher waren als diese schwankenden Wände.

Und jetzt wurde sie am Arm aus dem Krankenhaus von Sangley Point geführt – nein, zum roten Schaukelstuhl im Wohnzimmer, wo sie ihr ganzes Leben verbracht hatte. Der Offiziersclub roch nach Schnaps und uraltem Rauch. Eine der einander überlagernden Stimmen kam von den Rolling Stones: *«This coat-is torn-and frayed/It's seen-much bedder days ...»* Vor den Toren des Flottenstützpunktes Sangley Point sah sie die Straße mit den Bordellen und Billigläden von Cavete City auf den Philippinischen Inseln. Jemand sagte «Sige!», und fast wäre sie unter die Räder eines Holzkarrens gekommen, den ein Kerabau in einem Tempo so träge wie sein glasiger Blick hinter sich herzog. In dem Land, wo ihr Vater gestorben war, hießen sie Wasserbüffel, diese gigantischen lebenden Lastkähne mit den dunklen Elefantenstoßzähnen, die ihnen seitlich und rückwärts gebogen am Kopf saßen, und der undurchdringlichen Elefantenhaut ...

Hier stand sie auf der Straße zum Flughafen von Saigon. Sie hatte sie noch nie gesehen, die Missgeburten des Rollenden Donners: Napalmstümpfe und napalmverödete Augen, ein Dutzend waren es mindestens, einige so stark verätzt, dass sie in diesem Karren von diesem schlafwandelnden Wasserbüffel gezogen werden mussten. Andere, die, die gehen konnten, folgten dem Karren. Eine weiße Missionsschwester trieb sie vor sich her, das Gesicht sehr gerötet, keuchte und schnaufte sie, wirr und hoffnungslos. Marie trat beiseite. Aus einem Gesicht ohne Gesichtszüge nahm eine schwarze Pupille, wie eine Murmel in einer Fettlache, sie aufs Korn.

Kapitän Minh schraubte einen Karabiner zusammen; er prüfte das Visier, steckte den Lauf in den Mund – Jagger röhrt: *«Thang you-for your wine-California/Thang you-for your sweed an-bitter fruit»* –, steckte den Lauf in den Mund ... ihr Enkel fing an, die Oboe zu spielen. Er hatte sie selbst aus Bambus gefertigt. Noch in den einfachsten Melodien brachen die Töne ins Falsett wie die Stimme eines schluchzenden halbwüchsigen Knaben.

Fiskadoro musste die Nacht im Haus seines Lehrers verbringen, denn bei Dunkelheit waren die Straßen unsicher. Herr Cheung verbot den Kindern, ins Vorderzimmer zu gehen, und machte ihm einen Schlafplatz zurecht. Er brachte Fiskadoro einen Vorhang, den er in der Hängematte aus Fischnetzen als Kopfkissen oder Decke benutzen konnte. Er ging mit einem blättrigen Oleanderzweig durchs Zimmer und schlug nach den Moskitos. «Jeder stirbt irgendwann», sagte er zu Fiskadoro.

«War aber falsch für Jimmy», entgegnete Fiskadoro knapp und vollkommen überzeugt.

«Ich weiß. Ich weiß.» Der Junge hatte ja Recht. Sein Vater war zu jung gewesen.

«Weißt du eigentlich was über meine Großmutter Wright?», fragte Herr Cheung ihn jetzt und zeigte mit dem Finger auf sie, als wäre sie nicht im Zimmer, sondern weit entfernt. Laut atmend schaukelte sie in ihrem roten Schaukelstuhl, offenbar weder der Vergangenheit nachtrauernd noch die kommende Nacht fürchtend.

Fiskadoro schüttelte den Kopf. Er fing wieder an zu weinen. Morgen würde ihm der Hals wehtun.

«Niemand weiß Genaues über Großmutter Wright», erzählte Herr Cheung. «Und im Grunde geht es uns ja auch nichts an. Aber sie hat einen Krieg erlebt, das weiß ich, und sie hat ihren Vater und ihre Mutter verloren; meine eigene Mutter hat mir das erzählt. Meine Mutter, Carol Cheung, war ihre Tochter. Carol Cheung hat mir erzählt: Als Großmutter Wright vor dem Krieg flüchtete, war sie in einem Helikopter, das ist eine Maschine, die fliegt – mit einem Propeller auf dem Dach, nicht wie ein Flugzeug. Und diese Maschine fiel ins Meer, nicht in unser Meer, den Golf, sondern in den Pazifik, den größten Ozean de todos, und alle mussten schwimmen und schwimmen und schwimmen, und neun von ihnen versanken für immer. Die anderen wurden von einem kleinen Schiff mitgenommen, das schließlich vorbeikam.»

«Großmutter war auf dem Schiff?»

«Sie wurde aus dem Pazifischen Ozean gerettet. Sie und noch zwei andere sind länger als zwei Tage geschwommen.»

Staunend versuchte Fiskadoro sich vorzustellen, wie die

alte Frau endlos auf den Wellen trieb und stärker war als Jimmy – und war dann noch verwunderter, als ihm klar wurde, dass sie damals jung gewesen sein musste; sie musste einmal ein Mädchen gewesen sein.

Herr Cheung sagte: «Meine Großmutter war später in verschiedenen Ländern, zuerst auf den Philippinen, wo sie ein paar Leute aus der Familie meines Großvaters traf. Dann eventualmente kam sie nach Amerika, wo mein Großvater lebte.»

«Aquí», sagte Fiskadoro.

«Aquí in Amerika, aber weit weg von hier. Amerika ist sehr groß. Ich bin Amerikaner. Du auch. Jimmy war Amerikaner.» Er hatte den Faden verloren und versuchte sich angestrengt zu erinnern, was er hatte sagen wollen. «Meine Großmutter hat mehrere Kriege erlebt und mehrere Länder. Alles, was sie verloren hat, ist wirklich weg, alles. Und trotzdem, schau sie dir an! Stell dir vor – sie ist älter als ein Jahrhundert!»

Fiskadoro nickte und bemühte sich, getröstet auszusehen. Er wusste, dass Herr Cheung alles leichter für ihn machen wollte, auch wenn es ihm nicht gelang. Aber Herr Cheung war aus dem Zimmer gegangen.

Er kam gleich wieder zurück. «Aus meinem Garten, Fiskadoro.» Sein Lehrer reichte ihm ein Stück Zuckerrohr, länger als seine Hand. «Dann träumst du was Schönes.»

Ihr Enkel Anthony Cheung half ihr aus dem Schaukelstuhl und brachte sie in ihr Schlafzimmer neben der Küche.

Großmutter bedauerte, dass das Konzert zu Ende war. Das ziellose Gedudel ihres Enkels tröstete sie – es versetzte sie in jenen traumhaften Augenblick zurück, den sie, von Tonbandmusik berieselt, nur wenige Minuten nach ihrer Ankunft in Seattle durchlebt hatte. Als sie nämlich mit dem Bus in Chinatown ankamen, war ihr Onkel als Erstes mit ihr aus dem Regen in einen amerikanischen Quick-Stop-Laden gegangen, wo die paar triefend nassen Kunden, meist ebenfalls Chinesen, weniger real und beständig gewirkt hatten als die blendenden Reihen voller Waren. Ihr Onkel Kin-lau Kaung war ein angesehener Bürger der chinesisch-amerikanischen Gemeinde Seattles, ein rundgesichtiger Mann, der immer ein weißes Oberhemd, gut gebügelte graue Hosen und blaugrüne, spitz zulaufende Mokassins aus Kunststoff trug. Er kaufte ihr eine Tube Zahnpasta, zwei Stück Badeseife und ein Deodorant, nahm jedes Teil mit Bedacht vom Regal und gab es ihr in die Hand. In diesem Moment ahnte Marie nicht, dass ihr noch vieles mehr bevorstand – eine glückliche Ehe zum Beispiel, eine lange Witwenzeit und sogar das Ende der Welt –, ehe sie viele Jahrzehnte später am Nachmittag ihres Todes in Key West, Florida, angekommen sein würde. Hier, neben ihrem Onkel im Quick-Stop-Laden, schien ihr ein Ziel erreicht, und sie hatte das intensive Empfinden, dass ein Kreis sich schloss, dass ihr Leiden einen Sinn gehabt hatte, so als hätte sie ihren Vater verloren und ihre Mutter verlassen, sei von einem Leben ins andere gefegt worden, nur um hier in dem alles beglänzenden Licht zu stehen und diese drei Dinge entgegenzunehmen.

Fiskadoro aß sein Stück Zuckerrohr draußen vor dem Haus, wo die Gefahr geringer war, dass Herrn Cheungs kleine Kinder es entdeckten und einen Aufstand machten. Als er es kaute, verschwand der Salzgeschmack der Tränen in seinem Hals. Es war unglaublich süß und wohlschmeckend. Sein Herz klopfte wild vor Liebe. Als die Nacht hereinbrach, stand er auf der Straße und sah zu, wie das Licht den Staub verließ. Die Moskitos, die mit dem Beginn der Dämmerung kamen, stoben wimmernd durch die Luft, doch über den sandigen Boden der Hauptstraße nahte aus beiden Richtungen Schweigen. Die Stimmen in der Nachbarschaft verstummten. Er saugte an seinem Zuckerrohr und ließ sich den süßen Sirup tröstend durch die Kehle rinnen. Als die Dunkelheit so dicht war, dass er das alte Schulhaus hinter Herrn Cheungs Haus nicht mehr erkennen konnte, verschwanden allmählich die Insekten. Dann begannen, fern und nah, die Hunde zu bellen. Sie bellten auf der ganzen Welt, zahllos wie Sterne. Sein Kopf dröhnte, und vor seinen Augen drehte sich alles. Er war müde. Der Tag, an dem sein Vater gestorben war, ging zu Ende.

Vier

«Ess nich! Schlaf nich!» Dunkelheit und Schweiß. «Denk nich! Rapto!» Fiskadoro tanzte in einer Peripherie gelbroten Lichts, das grell aus den Rauchgewitterwolken über den Feuern schoss. Er konnte die Gruppe der israelitischen Musiker, die außerhalb der zuckenden Beleuchtung der Tanzfläche auf ihren Steeldrums spielten, kaum sehen, doch ihre hämmernden und scheppernden Rhythmen hatten in seinem Kopf allen Raum eingenommen, der frei war für Klang. Die schweißglänzenden Gestalten um ihn herum, unablässig verdunkelt von Schatten aus Rauch und den Silhouetten anderer Tänzer, die sich vor dem Licht der brennenden Treibholzstöße und lodernden Kessel mit radioaktivem Öl abzeichneten, schrien: «Rapto! Rapto!» Und Fiskadoro schrie mit ihnen: «Rapto! Rapto!»

Obwohl er selber niemanden genau erkennen konnte, gelang es Fiskadoro, in seinem Herzen daran zu glauben, dass alle – alle, die da so selbstvergessen tanzten – ihn beobachteten. Er war jetzt fast vierzehn. Er veränderte sich, aber die Welt blieb gleich. Er wuchs, aber sie ließ ihm keinen Raum. Und doch, so schien es, wuchs er für einige nicht schnell genug. Die junge Frau mit dem Namen Loosiana hatte gesagt, dass sie zu groß für Fiskadoro sei oder er zu klein – wie auch immer, jedenfalls war ihre Meinung an sein Ohr gedrungen, kaum dass er sich heute Abend am Weststrand eingefunden hatte. Einer von den Drummern, ein junger Israelit, der Marihuanablätter in einer Tonpfeife rauchte und sein Haar mit Salzwasser versteifte, sodass es von seinem Kopf hochstand wie das Fell eines erschreckten Tieres, hatte sie ihm ohne Umschweife kundgetan, als Fiskadoro ein Stück abseits von den Übrigen darauf wartete, dass die Sonne im Golf ertrank und die Tänze begannen. «Heh, du, die Loosiana, die sach: ‹Fischmann zu klein für mich!›» Der junge Drummer hielt seine Bierflasche hoch und maß zwischen Daumen und Zeigefinger zwei Zentimeter am Flaschenhals ab. Er trank Silent Man, ein Bier, dessen grüne Flaschen das handgemalte Emblem eines blinzelnden Totenkopfs zierte.

Fiskadoro spürte, wie ihm das Blut in Gesicht und Hände schoss. Ob Loosiana ihn wirklich Fischmann genannt hatte? Seit Wochen erzählte er überall herum, dass sein Name auch «Harpunenwerfer» heißen konnte, was ja beinahe stimmte. Dass sie ihn Fischmann nannte, war eine Beleidigung. Er brannte darauf zu wissen, ob das *genau* Loosianas Worte waren, fürchtete aber, sich zu blamieren, wenn er weiter nachforschte, ja, wenn er mit diesem Israeliten überhaupt je wieder ein Wort sprach. Es war noch hell, und er legte die Hände auf den Rand eines der Ölkessel und betrachtete in der Flüssigkeit sein Bild. Es sah genauso aus, wie er sich fühlte: gummiartig, dunkel, die Züge verzerrt. Eins der Feuer brannte schon; er packte ein loderndes Scheit, stieß es in den Kessel und schrie «Jaaah!». Nichts passierte, außer dass die Fackel im Öl erlosch. Er redete sich ein, es sei nur Spaß gewesen, eine richtige Explosion hatte er ja gar nicht gewollt. Für den Mondrappel war es noch zu früh. Aber was für ein Spaß! Bestimmt hatten sich alle erschreckt. Die Sonne sank tiefer, das Meer wurde schwarz, und die Feuer brannten hoch inmitten des vergnügten Treibens von Leuten, die nie seine Freunde sein würden.

Jetzt, eine Stunde später, tanzte er wie im Wahnsinn; und dann war er es plötzlich müde, Fiskadoro zu sein. Er war am Ende. Er stand hier in diesem Festgetümmel, mit einer Seele, die, davon war er überzeugt, gerade eben gestorben war. So ging es ihm jedes Mal, wenn er sich unter vielen Menschen aufhielt. Er wusste nicht mehr, warum er hierher zum Weststrand kam.

Er rannte am Ufer entlang, bis er außer Hörweite der anderen war, einer Gruppe von Jugendlichen in seinem Alter oder ein wenig älter, die meisten aus der Army, viele aber auch aus dem weiter entfernten Twicetown oder sogar aus Marathon, und, am Rand der Tanzfläche, wo nach den ungezählten Flaschen Silent-Man-Bier und Punto-Bier allmählich wilder getanzt wurde, ein paar schwarzen Jungen und Mädchen aus den benachbarten Sümpfen und Niederungen hinter den Dünen – scheu, fremd und verwirrend unnahbar, die Mädchen mit Mädchen tanzend, die Jungen mit Jungen.

Fiskadoro spürte einen Stich im Herzen, wenn sein Blick auf Loosiana fiel, die selbst von hier aus leicht zu erkennen war – an ihrer Größe und vor allem ihrem einzigartigen Schmuck, einem himmelblauen Plastikschlauch, der aussah wie die Innenschläuche von Autoreifen, nur dass dieser Innenschlauch sich über ihrem weißen Gewand um ihre Taille bog, auf ihren Hüften lag und sie unförmig erscheinen ließ. Sie hatte ihn irgendwo gefunden, ein Ding, das früher einmal dazu gedient hatte, Leute von überflüssigem Fett zu befreien. Man musste ihn dafür mit heißem Wasser füllen. Loosiana wusste, dass sie sich damit von den anderen abhob, und ihr Wunsch, sich abzuheben, war einer der Gründe, warum alle sich zu ihr hingezogen fühlten. Sie war so wunderbar, dass er sie noch nie angesprochen hatte. Er konnte sich nicht vorstellen, wie sie von seiner Sehnsucht erfahren haben sollte. Ein halbes Dutzend anderer Mädchen hatte dieselbe Wirkung auf ihn.

Es war Ebbe, und der Strand stank und lag da wie ein

Schild aus Rauchglas, der faulige Seegrasbänder, leere Muscheln, abgeschliffene Steine, tote Seeigel, Fischköpfe und anderen Krimskrams emporhielt, was immer das Meer in seinem endlosen Wiederkäuen aller Dinge, die es sammelte, für eine Weile hier abgeladen hatte. Im kalten Licht des Halbmonds war jeder Gegenstand mit seinem verschwommenen Schatten gepaart. Er war einen halben Kilometer gegen den Wind von den anderen entfernt und konnte sie immer noch hören. Er stellte sich vor, wie er zurückging. Er stellte sich vor, wie er die ganze Situation an sich riss, alle Aufmerksamkeit für sich hatte: mit langen Schritten vorwärts eilte; vielleicht eine andere Hautfarbe hatte – vielleicht golden geworden war und doppelt so groß, Feuerbälle in den Händen hielt und sein Lied sang: «Oh, Loosiana/dein Schlankheits-Hitze-Dings/dein wunderbarer Augenglanz/zusammen tanzen wir den Tanz» –, er wusste, dass es ein dummes Lied war. In der Wirklichkeit würde er bessere Worte finden, die größere Gedanken und die Außergewöhnlichkeit seines Gefühls ausdrückten. Aber dies *war* ja die Wirklichkeit! Für ihn hatte der Abend nichts zu bieten. Die Sumpf-Mädchen waren heute nicht allein gekommen, denen konnte man also nicht nachlaufen, und Loosiana verachtete ihn.

Er sah sich von zukünftigen Bewunderern zärtlich bedauert. Wie Fiskadoro gelitten hatte in der harten Zeit seiner Jugend! Am Ende, in der Wirklichkeit, würden alle, die jetzt da unten über den Sand tanzten, als Dummköpfe dastehen.

Seine Gefühle waren so völlig außer Kontrolle geraten, er hatte so viel Mitleid mit denen, die einmal Mitleid mit ihm haben würden, und war ihnen so dankbar für ihr zukünftiges Verständnis, dass er, obwohl er doch ganz allein am dunklen Strand entlangwanderte, richtig verlegen wurde.

Er befürchtete, seine Gedanken könnten an Ort und Stelle ein Geisterleben annehmen und die Leute würden schön lachen, wenn sie seine privaten Träume in der Luft um seinen Kopf herumspazieren sahen.

Er hatte nichts Besseres zu tun, als zu einer Gruppe anderer Außenseiter hinüberzuschlendern, Männern, die um ein Holzfeuer saßen, mit ihren Fingern gedankenverloren Stöcke aus dem Sand harkten und sich nicht viel zu sagen hatten. Das waren die Leute, zu denen auch er sich zählen musste – die Jungen ohne Mädchen und die älteren Männer, die zwar Frauen hatten, aber jetzt, in einem fortgeschrittenen Stadium domestizierter Weisheit, gewöhnlich versuchten, sich von ihnen fern zu halten.

Bestürzt sah Fiskadoro, dass jemand Neues vor seinen Freunden stand und Reden schwang. Alles wich plötzlich von ihm, und er sah nur noch das Gesicht des berühmten Mannes, die breite, flache Nase mit den ungeheuren Nasenlöchern, das afrikanische Haar und die buschigen Brauen, die ihre Schatten im Licht des Feuers doppelt so dick erscheinen ließen.

«... rausfahren und Fische fangen», sagte der Mann gerade. «Oder ihr könnt rausfahren auf die See und Allah fangen. Das Schicksal fangen.»

Allah, Schicksal – das waren genau die Worte, die Fiskadoro sich von diesem Mann erhofft hatte: etwas, das wirklich und wahr und nicht dumm und nicht klein war.

Fiskadoro ließ sich am äußeren Rand des Kreises auf die Knie nieder, um den Mann über die Köpfe der anderen hinweg gut sehen zu können. Fast ein Dutzend junger Männer waren versammelt, die alle schweigend zuhörten und so taten, als wären sie nicht völlig entnervt.

Es war unglaublich, dass diese Person sich am Weststrand zeigte. Es hieß, er sei ein reicher Mann, der Kontakte zu

Spielern hatte und mit Waren und Material zu handeln pflegte. Aber er hatte auch einen verrückten Zug, der ihn manchmal zu haarsträubenden Unternehmungen trieb, sodass er ebenso oft scheiterte, wie er erfolgreich war. Das Scheitern machte ihn, die Legende, sympathischer. Es ging das Gerücht, er sei mit A. T. Cheung verwandt, aber er glich Fiskadoros Klarinettenlehrer nicht im Geringsten.

Der Mann unterbrach sich und starrte Fiskadoro an. Die anderen rückten zusammen, und der Junge setzte sich wie auf Befehl in den Kreis der Zuhörer. Der Mann sprach von den großen Dingen, die er getan hatte; er erzählte ihnen, wie er zu einer Legende geworden war.

«Bob Wilson sein Bruder, Michael Wilson, der hatte die Macht über die Würfel, und deshalb fesselten ihn die Spieler und hielten ihn fest, inkognito, in North Deerfield oben, weit hinter dem Ansteckungsgebiet. Darum mussten wir gehn; darum mussten zwei Männer sterben. Gute Männer. Ihr Geschäft an dem Tag, das war das Sterben.

Denkt dran – wenn ihr Menschen seid, und ihr kratzt euch die Nase, dann fängt auch der Hintern an zu jucken. Genau das ist es, ganz genau, was Allah sagt: ‹Auf jede Not folgt die Erlösung. Auf jede Not folgt die Erlösung.› Sagt das zweimal.

Und sagt noch was, wo ich grad drüber nachdenke, von Frauen, wo Ehebruch begehen. Ihr wisst que quiere decir Ehebruch?» Er ließ seine Hand über unsichtbare Wellen im Feuer gleiten. «Jemand bei deiner Frau, die ganze Nacht, oder am Morgen sogar oder am Nachmittag. Sagt von solchen Frauen –», er schloss die Augen und sang mit tiefem Gefühl und gepresster Stimme: *«Haltet-sie-in-ihren-Häusern, bis-der-Tod-sie-überwältigt oder-bis-Allah-ein-anderes-Maß-für-sie-findet.»*

Die Münder standen offen. Fiskadoro konnte kaum an

sich halten. Er kreuzte die Arme fest über der Brust, damit sie nicht explodierte.

«Haltet sie im Haus», sagte der große Mann. «Hab ich vielleicht, aber vielleicht auch nich. Na ja, jetz weiß ich's nich mehr. Ich bin nicht blind. Meine Frau geht und liegt bei James Melroy von den Zwölf Hütten bei Marathon. Is die ganze Nacht fort und auch noch den ganzen Morgen. Ihr denkt, ich weiß das nich, hier ganz hart in meinem Herzen? Ihr denkt, ich weiß das nicht bis auf zehntausend Dollar genau? Ach, leckt mich doch!» Er sah Fiskadoro an. «Ich bin Cheungs Halbbruder. Hab das Negerblut in mir. Mein neuester Name is Cassius Clay Sugar Ray», sagte er. «Der Erste.» Sein krauses Haar war so lang, dass es flach anzuliegen begann, und er trug mehrere Halsketten. Er hätte leicht für einen aus den Sümpfen durchgehen können. «Aber das Geheimnis von meinem Dasein is einfach, dass ich mich um das Allerpersönlichste nich mehr kümmer», sagte er ganz allgemein zu allen. «Ich tu nur das, was für mein Geschäft is.

Die Boote laufen aus für Fische. Is ihr Geschäft. Aber mein Boot bleibt drin. Geschäft is für mich in keinem Golf nich an dem Tag. Auch nich oben bei Marathon. Is nur mit Atlantik. Bob Wilson sein Bruder. Spieler.

Mein Geschäft sagt mir: Geh rein in den Nebel. Geh, bleib nich stehn. Geh durch die Angst. Angst is eine Tür! Andere Seite –» er streckte den Finger aus: «Fiskadoro trifft Fiskadoro.» Er schwenkte den Arm, und sein Finger zeigte auf den Nächsten: «Glen trifft Glen.»

Das Erstaunen der Knaben und jungen Männer wuchs mit jedem seiner Worte. Einige zitterten, und ihre Zähne schlugen vor Angst aufeinander.

«Ich brauch nich fünfzig Gesetze. Ich brauch nich *zwanzig* Gesetze. Ich brauch nich *zehn* Gesetze. Jeder Tag hat seine eins, zwei, drei Probleme. Jeder Tag hat seine eins, zwei, drei Gesetze. An dem Tag sagt mein Gesetz: ‹Mach deine Geschäfte, Dummkopf. Kümmer dich nich um das Allerpersönlichste!› Wo mein Kopf angefangen hat zu schwirren, weil meine persönliche Frau nackt mit James Melroy in den Zwölf Hütten liegt, da sagt mein Gesetz: ‹Töte keine Ehefrau, töte keinen Mann, den du seinen Namen kennst wie James Melroy. Persönlich is Wahnsinn! Mach deine Geschäfte!›

Aber ich hatte Angst vor Geschäften. Angst vor dass ich gesehen werd. Dass jeder fragen würd: Wo is jetz deine Frau, Junge? Auf Besuch da oben in den Hütten bei Marathon? Weiß auch, dass James Melroy da wohnt, in den Hütten? Un vielleicht würde einer fragen: Bruder, willst nich mal nen Besuch abstatten und den Mann erschießen? Ich hab Angst vor dass die mich im Boot sehn und sagen: Der Mann, der geht nich nach Marathon. Der Mann, der is ein feiger Angsthase.

Aber das sag ich euch: Allah is bei uns. Seine Worte sind: ‹MUT› und ‹FOLGE DEM GESETZ›. Ich hatte Angst vor dass ich gesehen werd? – wo Sonne blendet, wer würde mich sehn? Ich hatte Angst vor Fragen? – wer blutet schon von Fragen, außer, ja, der feige Angsthase in seinem Bauch. Also geh ich los. Geh durch die Angst. Und treff mich selbst. Mach meine Geschäfte. Bin den Gesetzen für mein Problem von einem Tag gefolgt. Jetzt hab ich Geschäfte überall auf den Keys. Und wer war damals meine Frau? Was weiß ich! Kenn ich ihren Namen?

Aber sie, sie kennt jetzt meinen Namen. Jeden Tag. Kommt jeden Tag und weint und schlägt sich die Hände ins Gesicht. Und ich sag: Würd ich deinen Namen kennen, fremde Frau, würd ich sicher mit dir reden. Aber ich tu's nich, wegen weil ich ihn eben nich weiß.»

Sie warteten schweigend. Er nahm eine Hand voll Sand

und ließ ihn durch die Finger rieseln. Der Wind fuhr in die Flammen, und die im Licht des Feuers flächig wirkenden Gestalten der jungen Männer schienen unruhig hin und her zu rutschen.

Wenn der Rauch seine Richtung änderte und einem der Männer entgegenkam, verbarg derjenige das Gesicht nachdenklich in der Kuhle zwischen Daumen und Finger und bedeckte die Nase und die Augen mit der Hand.

Langsam sah es so aus, als sollten sie doch nichts erfahren von Cassius Clay Sugar Rays Geschäften an diesem Tag, die ihn überall berühmt gemacht hatten. Die Knaben und jungen Männer wurden ungeduldig. Einer schleuderte einen glatten Stein ins Feuer. Andere sagten: «Hm! Hm!», hatten aber keine Ahnung, wie man ihn dazu bringen konnte weiterzuerzählen. Endlich sagte einer: «Was war mit den Worten von Allah?» Und ein paar andere sagten: «Ja!» – «Was war?» – «Genau!»

Als hätte er die Worte noch nie ausgesprochen, wiederholte Cassius Clay Sugar Ray: «Bob Wilson sein Bruder, Michael Wilson, der hatte die Macht über die Würfel, und deshalb fesselten ihn die Spieler und hielten ihn fest, inkognito, in North Deerfield oben, weit hinter dem Ansteckungsgebiet. Deshalb mussten wir gehn.

Vier Männer hatt ich mit. Bob Wilson. Den, der sich Holy Apples nennt. Michael Torres. Und einen Seemann, hieß Smith. Einfach Smith, mehr weiß keiner. Wir nehmen mein Boot, die *Guerrilla*.

Halber Morgen is vorbei, da sind wir um Twicetown rum und draußen auf dem Meer. Das Meer da is nich gemacht für unsere Boote – weiß jeder, aber wir sagen davon nix an dem Tag. Wir entern das Meer, Bruder. Wir entern das Meer, Junge. Wir segeln im Nebel, der von Geistern wimmelt. Hörn, dass wie die reden, aber verstehn kein Wort, weils die

Meergeister sind, die wo wir nich kennen, keine Geister von hier, die wo vielleicht mal Freunde von uns warn. Dann als der Nebel uns loslässt, kommt der Wind und kommt Regen.

Ein Sturm war den ganzen Weg lang unsere Mutter. Hebt uns hoch – manchmal fliegt das Boot durch die Luft. Die Hände vom Meer greifen zu und holen Smith. Da konnten wir nix machen, haben wir gar nich kommen sehn. Aber bei Holy Apples, da sehn wirs kommen, wegen weil Holy Apples, der fing so grell an zu glühen wie das hier –» Er nahm ein Stück Kohle aus der Glut, hielt es in völliger Seelenruhe auf seinem Handteller und blies es an, bis es rot aufglomm. «Da wussten wir, Holy Apples, der is der Nächste, und wir packen ihn, Bob Wilson und ich, und Michael Torres brüllt und brüllt den Wind an.

Dieser Holy Apples glüht so was von grell, Bob Wilson und ich sehn die Knochen in unsern Händen glühn, da wo wir ihn festhalten. Dann schreit der mächtige Wind so was wie ‹Rock 'n Rooool! Bop-a-luuuula!› und reißt das Boot dreimal rum, und der Schweif vom Meer taucht auf und stiehlt Holy Apples aus unsern kleinen Armen. Wir wissen, das wars. Agua, die nimmt keine ganze Mannschaft und auch keine halbe, ohne dass sie das ganze Boot nimmt. Wir wissen, die greift sich nich noch einen von uns.

Dann platzt der Sturm genau in der Mitte auf und fällt rechts und links vom Himmel runter. Weit draußen, an den Rändern vom Osten, da sehn wir jetz das Wasser kochen. Im Westen sehn wir die Stadt Miami. Und genau so, wie im Osten das Meer kocht, ruft der Sturm für die Stadt Miami den alten Krieg in Erinnerung. Die Luft steht schwarz und kochend drum rum, nur die Türme, die brennen wie Feuer in der Sonne. Im Süden, da sind noch Gebäude. Ein paar sind so hoch wie fünfzig Boote zusammen, ein paar sehn aus wie von tausend Segeln gemacht, ein paar sind schwarz und glänzen wie n menschliches Auge. Ich versuch mich zu erinnern, aber ich kann's eigentlich nicht, wegen weil an dem Tag alles, was ich seh, größer is wie mein Verstand. Die Stadt geht von ganz oben im Norden bis ganz runter im Süden. North Deerfield is Teil davon. Du weißt, du bist in North Deerfield, wegen weil du von da nie nich weiter nach Norden kannst. Das Meer nimmt dich und setzt dich auf Sand. Das größte Segel, das wir haben in Twicetown drüben, schafft keinen Kampf nich mit so starkem corriente.

Ich und Bob Wilson, wir reden, während das Boot reinfährt, und Michael Torres weint n bisschen, bis wir ihm sagen, was wir reden. Nämlich: Leck-mich-doch und basta. Kommt ja doch, was kommt.

Damals kannte ich Allahs Namen noch nich, aber ich sag: ‹Ich glaub, ich hör ein Wort von Gottes Mund, und das is MUT.›

Und Bob Wilson sagt: ‹Ich glaub, ich hör auch was, was andres, und das is FOLG DEM GESETZ.›

Als wir das Michael Torres erzählen, sagt er auch ‹Leck-mich-doch›. Und: ‹Kommt ja doch, was kommt.›

Die *Guerrilla*, versteht ihr mich, die *Guerrilla*, die geht da an Land, gleich vorn bei North Deerfield, und wir schlafen mittendrin. Sollen die ruhig kommen! Die ganze Nacht hörn wir Flüstern überall um uns rum, wo das wir gar kein bisschen verstehn – Wassergeister, die in ner andern Sprache flüstern! Und Regengeister kommen. Sollen sie ruhig! Leck-mich-doch! Aber geschlafen hab ich nich einen Atemzug lang, ja. Das geb ich zu, das is wahr.

Dann der Morgen, ganz fremd. Nachtlanger Regen verschwindet mit der Dämmerung, wie Träume, und die Sonne für zwei Stunden weich über North Deerfield. Wir im Boot versteckt und sehn den Fischmännern von North Deerfield zu. Dann plötzlich kalte Arme in der Luft, die uns anfassen. Als die Fischmänner von North Deerfield ihre Seile auf Boote klatschen und rausfahrn, wird so ein *kalter* Nebel vom Meer her ausgerollt wie ein Gebetsteppich. Die Fischmänner, die lassen den Nebel einfach bloß die Boote raustreiben – die lassen sich nich abbringen von ihrer Fahrt.

Ich hab noch nie keine so kalte Stadt gefühlt. Fast alle in North Deerfield bleiben drinnen am Ofen. Wenn du rausgehst, lecken dir die Geister den Saft aus der Lunge. Ihre Zungen sind rau wie die von Katzen, nur kalt. Sie verstecken sich im Nebel. Du hustest rosa Nebel aus und stirbst. Wir klettern aus dem Boot und gehn los – *kalt* das Wasser im Hafen! Wir zittern wie junges Zuckerrohr un haben diesen dummen Gedanken, wir denken, wir laufen da einfach rum, kein Problem. Wir denken, da geht niemand raus, nur Diebe oder Streuner aus ner andern Gegend, so n kalter Tag wie der, wo wir noch nie im Leben gesehn haben. Ja, von wegen, von wegen – he, passt gut auf –, da in North Deerfield, da können sie die Kälte gar nich *fühlen.* Sie gehn in ihr drin rum und sagen: Oh, is das heute *heiß.*

Und wenn sie so Streuner finden wie uns, *dann werfen sie die in Ketten vor ihre großen Spieler.*

Kalt is die Stadt», sagte er, und Schweiß lief ihm übers Gesicht. «Kalt. Ganz tief drin.»

Unvermittelt förderte Cassius Clay Sugar Ray eine Pfeife zutage. Es dauerte eine Minute, bis er sie aus einem Beutel, der an einer Schnur um seine Taille hing, gefüllt, sie gestopft, im Feuer ein geeignetes Stück Holzkohle gefunden und sie angezündet hatte. «Kalt. Ganz tief drin. Letzte Stunde schlägt.» Der Rauch von israelitischem Marihuana zog übers Feuer. Sie wussten alle, wie er entkommen war. Auch Fiskadoro, aber er wartete wie die anderen darauf, zu hören, wie alles ausgegangen war.

«Meistenteils», sagte Cassius Clay Sugar Ray, «hat Allah

in seiner Gnade mein Gehirn von dieser schrecklichen Zeit gereinigt. Hat keinen Sinn, dass ich euch erzähl, wie diese Spielmänner aussehn in North Deerfield. Ich sag euch, warum. Wegen weil diese großen Spieler, die haben andere Gesichter und Körper, wie ich zweites Mal komm, und seitdem, bis jetzt, sehn sie nie mehr so aus wie das erste Mal, wo meine Augen über sie weggucken. Nur so viel: Lange Zähne haben sie, hier, wie große, böse Hunde, und Krallen vorn an den Fingern. Und stoßen Atem raus in mein Gesicht wie Scheiße von totem Tier auf ihrer Zunge. Aber Allah in seiner Gnade hat mein Gehirn gereinigt von dieser schrecklichen Zeit, also weiß ich nich, hab ich geweint und gebettelt wie n Feigling, aber das weiß ich, und ich schäm mich nich dafür: Wenn ich davon träum, dann wach ich auf und wein und bettel wie n Feigling, das is so, jawohl, Käptn.

Unsre Arme und Beine in Ketten. Bob Wilson weint auch. Michael Torres, der liegt krumm und steif da am Boden vor den North-Deerfield-Spielern und will nur noch sterben. Ich atme so stark, ich könnt ohnmächtig umkippen. Ich versuchs mal und guck die großen Spieler da an, da werden die blau mit gelben Funken. Damals wusst ich noch nicht, wer Allah is, aber ich bete zu Gott, Gott, ohne Ahnung von nix.

Dann geht der größte von den großen Spielern direkt vor mich hin. Denkt sich, ich bin der Anführer. Bob Wilson brüllt wie ne Möwe. Damit, dass Bob Wilson wieder weiß, was wir sagen, sag ich: ‹Kommt ja doch, was kommt. Leckmich-doch. Bob Wilson hört mich, aber brüllt weiter.

Sagt der Spieler: ‹Ich bin der Hootchy-Kootchy-Mann!›

Sag ich: ‹Leck-mich!›

Sagt er: ‹Ich herrsch über alle Spiele bis runter am Strand von Kuh-bar!›

Sag ich: ‹Spiele? Was für Spiele?›

Sagt er: ‹*Alle* Spiele.›

Sag ich: ‹Du herrschst über die Twicetown-Spiele? Hab doch gestern die Spieljungs in Twicetown gesehn. Die tragen jedes Stück Geld ins Brennhaus.›

Da wird er wild und sagt: ‹En-de-Dis-kus-sion!›

Sag ich: ‹Jedes Stück Geld ins Brennhaus. Die sparen nix auf für euch.›

Da macht er seine Zähne länger.

‹Alte Weiber sind das, wo über die Spieler herrschen›, sag ich.

Blut kommt aus seinen Augen.

‹Die wissen gar nich, wer ihr seid›, sag ich.

Da brüllt er, wie wenn ich auf seine Füße loshämmer. Mir is schlecht, ich könnt sterben, so ne Angst hab ich im Bauch, von dass ich jemand solche Geräusche machen hör. Bob Wilson, der is ohnmächtig umgekippt auf n Boden in seinen klirrenden Ketten und Schlössern.

Aber der größte von den großen Spielern, der *weiß*, ich sag ihnen die Fakten. Der wird ruhig in seinem Gesicht. Und ich sag zu denen allen: ‹Ihr bringt uns um. Ihr macht uns jetzt gleich zu Geistern.›

Die sagen: ‹So isses.›

‹Ihr lasst Bob Wilson sein Bruder in Ketten.›

Die sagen: ‹So isses.›

‹Ihr könnt weiter über Hootchy und Kootchy reden bis runter nach Kuba. Und alles, was ich sag, is wahr und bleibt auch so für immer: Die Twicetown-Spiele gehören allen, kein Prozent davon drin für euch, die großen North-Deerfield-Spieler.›

Die sagen keinen Ton.

Ich sag: ‹Wenn ihr uns nach Twicetown runterbringt, sagen wir das überall rum: Ihr herrscht über alle Spiele. Wir bringen Prozent, und wir lassen manchmal hin und wieder Bob Wilson sein Bruder zaubern und für *euch* übern paar Würfel herrschen.›»

Cassius Clay Sugar Ray sah in die Gesichter um sich herum, die für ihn in den Flammen grün und blau wurden – wie vielleicht die Gesichter der Spieler aus North Deerfield. «Wie dann Bob Wilson aufwacht und merkt, er is noch nich tot, sag ich zu ihm: ‹Die Handelsvereinigung Festland-Keys hat grad Sitzung!›

Ich lach und wein durcheinander, aber die Spieler, die sagen: ‹Du gehst jetzt mal ganz allein zurück, Nigger-Mann. Die zwei weißen Jungs, die bleiben hier, bis du wiederkommst, mit neuen Nachrichten.›

Ich sag: ‹Okay›, und ich sag wieder: ‹Leck-mich-doch!› Sie nehmen meine Ketten weg und die Schlösser und bringen mich zurück auf die *Guerrilla*. Ich weiß, ich sterb, und die wissen es auch alle, klar und deutlich. Aber der größte von den großen Spielern, der sagt: ‹Ich heiße Ernest Bodine. Möchtest du eine Bibel?›

Ich sag: ‹Jawohl, Käptn›, aber er sagt: ‹Ich hab gar keine. Aber du kannst den Koran von Moohammed haben.› Dann macht er einen sündigen Laut: ‹Muuuuu-hammed! Hahaha!›, wie eine Kuh.

Ich sag: ‹Leck-mich-doch!› Aber ich nehm das Buch und les ihm was von Seite eins, dass er sieht, ich bin ein gebildeter aficionado von Wörtern.

Sie setzen mein Segel und stoßen mich in die corriente aufs Meer raus.

Wenn ich nur ein und einzig Mal wenden hätte gemusst, ich hätts nie nich geschafft. Braucht Glück von Allah mit dem Wind, für dass ein Mann allein in der *Guerrilla* nach Twicetown segelt. Aber ich kannte Allah damals nich; ich hatte keine Information nich über wer Allah is. Die corriente treibt mich raus, bis das Land, das is weit weg vom Rand der Welt. Und dann, nächster Moment, selbes Land, wo wir drauf gehn und drauf leben, is *ganz weg* aus meinen Augen, und ich bin da auf dem Meer aus agua y nix wie agua.

Ich segel weiter fünf Tage und vier Nächte und kann kein und einzig Mal wenden ohne Kumpel. Ich versuch mein Bestes, für nach Süden und Westen zu halten, aber mal halt ich mit der corriente nach Osten, mal stur nach Westen, mal drehn mich die Kräfte rum und schießen mich direkt zum Polarstern rauf. Halber Liter Wasser im Eimer is weg. Regnet; ich fang ein paar Tropfen mit den Händen auf. Paar mit dem Eimer. Ich werd immer weniger. Durst trocknet mich aus, platt wie n Lappen. Norden. Süden. Osten. Westen. Ein einfacher Mensch, ein kleiner Feigling auf dem Meer.

Ich red zum Polarstern: ‹Was bringst du mich dahin?›

Wenn das Boot nach Westen fährt und der Sonnenuntergang wie ein großes Auge auf mich runterschaut, sag ich: ‹Wer bis du?›

Und ich geh am Deck auf meine Knie und bete: ‹Du da ganz oben! Himmlisches Auge, du siehst doch, was hier los is! Leg deine geheime Botschaft in dies Buch!›»

Im Schein der Flammen hielt Cassius Clay Sugar Ray ihnen die Handflächen entgegen wie die offenen Seiten des heiligen Korans.

«Und da, wo mein Finger hinzeigt, da steht: *Willst du diese Wohltaten des Herrn leugnen?*

Ich sag: ‹Was, wie bitte? *Was* für Wohltaten?›

Eine Zeile weiter unten steht da wieder: *‹Willst du diese Wohltaten des Herrn leugnen?›*

Ich sag: ‹Guck doch die See hier rundrum an! Ich bin da drin und bin am Ertrinken! Wer redet da von irgendwelchen Wohltaten?›

Aber eine Zeile, zwei, drei Zeilen – über die ganze Seite

seh ich Allahs Botschaft für mich: *Willst du diese Wohltaten des Herrn leugnen?* Steht da auf diesen Seiten im Koran *zweiunddreißigmal.* Wenn Allah dir ne Botschaft schickt, kriegst du *keine Frage.*

Und jetzt frag ich euch: Was bedeutet die Botschaft?»

Die Männer und Knaben in der Runde wussten, dass er mit nirgends verzeichneten Strömungen übers Meer getrieben und an die verrottete Pier von Plantation oberhalb Key Marathons gespült worden war, und sie kannten die Geschichte, wie ihn die Leute von Plantation in einer Hängematte nach Marathon getragen hatten – ein vollständig verwandeltes Wesen, das ein Buch über Allah bei sich trug und von einer Handelsvereinigung erzählte, die in den kommenden Jahrzehnten für einen Sturm von Geschäften sorgen würde, bis Langeweile, Faulheit und ein leichtes Leben unter üppigen Obstbäumen an einem reichen und freigebigen Meer den Bewohnern der Keys die Arbeit zur entbehrlichen Last gemacht hätten. Geblieben war davon nur die Glücksspiel-Vereinigung – und die Legende, die immer größer wurde; all das wussten sie auswendig, aber sie wussten nicht, was die Botschaft bedeutete: *Willst du diese Wohltaten des Herrn leugnen?*

«Bedeutet, sagt Dank», erklärte Cassius Clay Sugar Ray. «Bedeutet, sagt Allah noch mitten im Ozean Dank. Bedeutet, *tanzt miteinander. Das Leben ist kurz.*»

Cassius Clay Sugar Ray spürte, dass sie auf das Ende verzichten konnten. «Lebt ganz im Glauben!», sagte er mit Nachdruck. «Wollt ihr diese Wohltaten des Herrn leugnen?» Die eigene Erregung schien ihn so zu verwirren, dass er nicht mehr wusste, was er sagte. «Jede Minute bei meinen großen Taten fühl ich die *Angst.* Ich schmeck die *Kotze* hinten in meinem Mund.»

Die Männer und Knaben waren jetzt ein wenig verlegen,

weil dieser letzte Satz wie ein unbewusstes Abweichen vom bekannten Text klang. Gleich darauf jedoch, sowie alles, was er erzählt hatte, in ihren Köpfen Gestalt annahm, verflog ihre Befangenheit. Sie bedachten, dass er sich dem Schicksal unterworfen hatte, dem, was er Allah nannte; sie bewunderten die gefährlich lodernde Ehrlichkeit, mit der er über seine Frau und ihren Liebhaber sprach und über menschliche Angst inmitten großer Taten; und sie fühlten, dass er eigentlich nicht sich selbst herabgesetzt, sondern sie alle erhöht hatte.

Aber die Ereignisse dieses Abends, die nichts mehr zu tun hatten mit der üblichen Langeweile, dem Gerede und In-die-Flammen-Starren, waren ihnen auch auf die Mägen geschlagen, und die Männer und Knaben versuchten, die Begegnung zu vergessen, noch bevor sie ganz zu Ende war. Sie hatten immer darauf vertraut, dass das Meer einen Krieger heimführen, dass aus den Wirbeln des Sandes die Gestalt eines Präsidenten hervortreten würde und dass jeder in seinem Leben von Zeit zu Zeit jemanden traf, der ihm den Weg wies. Aber sie hatten gedacht, dass dies nur in ihren Träumen geschehen würde.

Die zwei Leibwächter von Cassius Clay Sugar Ray, Onkel und Sammy, hatten die Tänzer beobachtet und kamen jetzt, um ihn zu holen. Beide waren kleine Männer, nicht besonders einschüchternd und auf den Keys fast so bekannt wie der Mann, für den sie arbeiteten. Cassius Clay Sugar Ray schüttelte allen die Hände und machte sich bereit, unter ihrem Schutz in sein neues Heim in Marathon zurückzukehren.

Einer der beiden Leibwächter, Sammy, war ein Weißer, der lange Hosen und sogar geflochtene Sandalen trug wie ein großer Unternehmer, und er sagte zu Cassius Clay Sugar Ray: «Mach voran, Boss!» Cassius Clay Sugar Ray lächelte, als hätte er ihn nicht verstanden, und verteilte weiter Trockenfrüchte aus einem Beutel, der an einer Schnur von seiner Taille herabhing. Sammy sagte: «Wir haben noch was vor.» Es ärgerte Fiskadoro, dass Sammys Stimme einen leisen Mangel an Respekt zu verraten schien.

Als die Besucher schließlich gingen, war es bereits seit drei Stunden dunkel – all jene, die jetzt noch am Strand waren, mussten zusammenbleiben und die Nacht hier draußen verbringen, schlafend, tanzend oder auf der Suche nach Abenteuern mit dem andern Geschlecht. Fiskadoro hielt sich fern von ihnen. Diesen großen Mann getroffen, seine Hand geschüttelt und seine Geschichte gehört zu haben – er glaubte, er müsse wahnsinnig werden. Er wanderte am Ufer entlang. Der Ozean, allein seiner Größe wegen so gefährlich für jeden, der diese Nacht noch hinausfahren würde, war ruhig. Eine Brandungswelle brach sich zu seinen Füßen, mit der hohlen Mattigkeit einer von weit her rufenden Trommel. Fiskadoro kam ihr nicht näher als bis auf zwei, drei Meter. Er wollte nicht, dass das Meer ihn berührte. Ich bin nicht für dich, sagte er mit ängstlichem Nachdruck. Ich bin nicht mein Vater Jimmy. Die Dinge zogen ihn fort von seinem Vater: Die Geschichten, das Tanzen nahmen ihn mit sich, aber wieder und wieder schien er an der Grenze jenes schwarzen Landes anzukommen, in dem sein Vater lebte. Er fürchtete, hier, am Rand des Meeres, eines Tages etwas zu finden, etwas Unförmiges, dessen Wesen er nicht recht würde ausmachen können. Er würde näher herangehen und sehen, dass es ein Mann war, noch näher und sehen, dass es ein Toter war, ganz nah und sehen, dass der Tote Jimmy war, sein Vater. Er mochte nicht daran denken. Sogar sein eigener Name – Fischmann, Harpunenwerfer – machte ihm Angst, schien er doch auf ein vorzeitiges Abkommen mit der hungrigen See hinzudeuten.

Jeden Tag sah er den Moment vor sich, als sein Vater, an niemanden denkend, ganz und gar abgeschnitten von allen, die ihm nahe waren, ganz so, als wäre er um sein Leben schwimmend geboren und hätte nie etwas anderes gekannt, aufgab und das erste Mal Wasser in seine Lunge sog.

Die paar Schwarzen aus den Sümpfen – nur sahen sie etwas anders aus, die Köpfe mit Schlamm verkrustet oder was immer es war, nicht wie die meisten Sumpfleute – machten sich über die Dünen auf ihren Heimweg; er sah, wie sie sich als Gruppe von der Party lösten und loszogen.

Fiskadoro ging weiter am Ufer entlang und war auf gleicher Höhe mit ihnen, als sie auf den niedrigsten der Sandhügel zusteuerten. Jähe Begierde schnürte ihm die Kehle zu, und seine Lenden schmerzten; die beiden einzigen Frauen, mit denen er je geschlafen hatte, waren Mädchen aus den Sümpfen.

Eine der Gestalten blieb weiter und weiter zurück. Mit schwerem und schuldbedrücktem Herzen, aber leichten, schnellen Schritten setzte Fiskadoro ihr nach. Er konnte die Hinterseite ihrer Schenkel erkennen. Sie wandte sich um, als sie ihn kommen hörte, und er sah ihr Gesicht, einen Schatten, in den er alles hineinlesen konnte.

Sie beobachtete ihn, halb zurückgelehnt gegen den Abhang der Düne. Ihre Augen waren weiß und weit geöffnet. Fiskadoro hielt sie am Fußgelenk fest und spürte Sand unter den Fingern. Mit einem seidigen Geräusch glitt sie zu ihm herunter. Sie fasste ihn an den Oberschenkeln, biss ihn sanft in die Brust und leckte seinen Bauch. Doch dann stand sie auf und kletterte weiter die Düne hinauf. Beide waren sie außer Atem – er hörte sie keuchen, mit einem leisen Stocken in der Stimme, einem Wimmern, einem winzigen

Schrei in jedem Atemzug. Fiskadoro merkte, dass er sich von seinem Leben losriss, um ihr in die Sümpfe zu folgen, wo er noch nie gewesen war. Aber selbst im schwachen Schein der entfernten Feuer sah er die Sehnen ihrer Fußgelenke und unter dem zerfetzten Rock den Ansatz ihres Hinterns, und er lief ihr nach. Sie ließ sich nicht einholen.

Er zögerte, als er die Kuppe der Düne erreichte und hinabsah in die Dunkelheit, in der sie verschwand, ihre Haut ohne den Schimmer der gelbroten Lichter leer und stumpf wie das Fell eines Tieres in seiner Höhle. Wohin verlief er sich? Der Flickenteppich aus Marschland und Buschwerk dort unten war mit Nacht zugedeckt, aber er strömte eine beklemmende Gegenwart aus, wie das Meer. Zwei Schritte hinein, und er meinte, eine Art Lachgas striche um seine Schienbeine. Sie war in nichts verschwunden, aber er wusste ihr so sicher zu folgen, als hätte er eine Karte dabei – man konnte nur bergab gehen. Unterhalb der Düne saß der Wind fest. Fiskadoro war, als würde er lebendig verschluckt. Die Luft erstickte ihn beinahe, und er erkannte den Geruch – es war ihrer; sie roch wie der Sumpf, der Ort, an dem sie geboren und wo sie zu Hause war. Ihr über die Dünen zu folgen, außer Sicht- und Hörweite seiner eigenen Leute, kopflos, die Kehle verstopft mit dem Honig der Tränen, hieß, nicht zu wissen, ob er sterben oder leben würde. Schau nicht hin, was ich tue, bat er die dunkle See.

Fünf

Es tat sich so viel oben bei den Israeliten an der Meeresküste nördlich von Twicetown – so viele Leute trieben sich dort herum, so zahlreiche Gaffer und selbst ernannte Deuter, jeder mit einer geheimen Ansicht oder lauthals verkündeten Erklärung das weiße Schiff betreffend, das die Israeliten mit feierlichem Aufwand bauten –, dass schließlich auch die Händler kamen und Bill Banks dort ein- oder zweimal seine Sound-Show stattfinden ließ.

Die Händler stritten um die besten Standplätze. Mit Drohgebärden und wilder Miene dachte sich jeder von ihnen schlagende Gründe aus, um den Platz in nächster Nähe des Schattens zu bekommen, den hier, zwischen Buschwerk und Steppengras, nur ein paar wenige Bäume spendeten. In Bill Banks' Sound-Shows brüllten die Plattenstars von gestern ihre Texte, mit Stimmen, die klangen, als müssten sie sich wegen irgendwelcher Dinge, die niemand verstand, räuspern, während der mächtige Rhythmus, der keiner Erklärung bedurfte, knackend und dumpf und abgenutzt aus Bill Banks' alten Lautsprechern dröhnte und einige Leute zum Tanzen brachte.

Aber eigentlich drehte sich alles nur um das weiße Schiff. Es sah genauso aus wie ein richtiges kleines Schiff, hatte zur Rettung aus Seenot zierliche, handgezimmerte Dinghis an Bord, eine Reihe winziger Bullaugen an beiden Seiten, verschiedene Decks und zwei Schornsteine, alles weiß getüncht und, bevor es seinen Platz am Schiffskörper einnahm, von Flying Man gesegnet. Und dennoch würde es niemals vom

Stapel gehen. Das war allen klar. Alle wussten aber auch, dass es darum gar nicht ging. Es ging nicht darum, auf einem Boot, das drei Meter lang war, irgendwohin zu segeln – es ging um Magie, um Religion, um Jahwe. Die Israeliten wurden nicht müde, das Schiff und seinen Zweck zu erklären, doch niemand verstand, was sie sagen wollten.

Auch Herr Cheung kam zusammen mit Eileen, um das weiße Schiff zu besichtigen. Voll Unbehagen ließ er Flying Mans überschwängliche Begrüßung über sich ergehen, denn es war nur allzu deutlich, dass dieser an seiner Idee festhielt, das Miami Sinfonieorchester würde irgendetwas für die Israeliten tun, wahrscheinlich, so mutmaßte Herr Cheung, etwas unendlich Peinliches und womöglich sogar etwas, das er ewig bereuen würde. Aber schließlich wollte man diesen Immigranten ja zu Gefallen sein. Sie waren absonderlich und kannten keinerlei Hemmungen. Also lächelte er mit einem Kloß im Hals und widmete Flying Mans rätselhaftem Vortrag über das Schiff seine volle Aufmerksamkeit. Mitunter sagte Flying Man das Wort «orckessär» und traf Herrn Cheung damit, als wäre es ein blankes elektrisches Kabel. Auch der Augenkontakt war schmerzhaft, wie Herr Cheung bemerkte. Flying Man stellte seine trüben Pupillen zeitweise auf die Schärfe eines Zielfernrohrs ein, gnadenlos. Speichelspritzer hingen ihm in Lippen und Bart.

Eileen schien etwas vom Licht der unbarmherzigen Sonne und des grellen Wasserspiegels abzubekommen. Ihre Gesichtskonturen wirkten weicher als sonst, ihre Augen größer und jünger, ihre Züge entspannter. «Kein Bill Banks heute? Keine Sound-Show?», fragte sie. Es war kein Geheimnis zwischen ihnen, dass Eileen die Sound-Shows besser gefielen als die lächerlichen Anstrengungen des Miami Sinfonieorchesters.

«Das Gerüst steht noch», sagte Herr Cheung. «Er macht sicher bald die nächste, und dann kommen wir wieder.»

Flying Man legte seine hohlen Handflächen zusammen und führte sie mit Schwung nach rechts und nach links, als schöpfe er ein Boot leer. «Einst eines Tages wird Babylon totertrunken untergehen, oh.» Sein Bart hüpfte beim Sprechen, bewegte sich, wenn er die verfaulten Zähne zeigte. «Ich hör das, wenn bei Jahwe. Das-das-das-das –»

Eileen wandte sich ab und lächelte mit leerem Blick in die Luft über den Händlertischen. «Das is ja Unsinn, also red nich so n verrücktes Zeug. Was fangen die in so m Schiff?», fragte sie Herrn Cheung. «Kleinwinzige Fische?»

«Irgendetwas Übersinnliches geschieht hier», sagte Herr Cheung. «Etwas Symbolisches. Ich will aber gar nicht wissen, was es ist. So viel ist sicher.»

Sie lachte, und ihr Lachen traf ihn tief – in letzter Zeit lachte sie fast nie. «Was is denn da so zum Erschrecken dran, ein kleines Schiff, was nur einfach hübsch is?»

«Da sind Kräfte im Spiel, mit denen ich nichts zu tun haben möchte», entgegnete er. «Es sind nicht meine Kräfte.»

Aber was waren denn überhaupt seine Kräfte? Jetzt, an einem schönen Morgen, der einigermaßen kühl war, ziemlich trocken und ein wenig aufgehellt durch diese hoffnungsfrohen, wahnsinnigen Fremdlinge und Eileens ungewöhnliche Munterkeit, sorgte er sich plötzlich um seine Weltanschauung und hatte das Bedürfnis, in einem Fleckchen Schatten innezuhalten und sie zu überdenken. Eileen sagte etwas von Kleingeld – sie wollte sich bei einem Händler ein Stück Melone kaufen. Herr Cheung hob einen Finger, damit sie sich geduldete, während er sich diese Fragen stellte: Was sind meine Kräfte? Wohin gehöre ich? Womit bin ich im Bunde? Mit nichts Realem, außer der Vergangenheit. Ich bin gegen alles.

Ein großartiger Gedanke! Gegen alles! Was für ein herrlicher Tag: leben, mit seiner Frau spazieren gehen und die einsame Wahrheit sehen!

Scheu nahm er Eileens Hand. «Keine Kräfte sind meine. Ich bin gegen alles, was geschieht», sagte er. «Ich will gegen alles sein. Aus tiefstem Herzen und tiefster Überzeugung will ich das.»

«Danke, Señor Herr Bürgermeister, danke, die Rede habe ich schon bis zu tausendmal gehört.» Sie nahm sich ein Stück Melone vom Klapptisch eines Händlers, trat, geräuschvoll lutschend, zurück und wies auf Herrn Cheung, dem der junge Verkäufer die flache Hand entgegenstreckte. «Was gibs mir jetz für die Melone? Die is ja schon am Essen, bis alles weg is. Ich will jetz hunnert Dollars. Is meine *beste*, wo ich hab seit meiner *Geburt.*»

Herr Cheung gab dem Mann einen Kupferpenny aus seinem Kleingeldvorrat. «Sie sind eine verkümmerte Person», sagte er und betrachtete sein Gesicht. «Früher waren für das Geld elektronische Maschinen da, haben Sie schon mal davon gehört? In den alten elektronischen Zeiten hat niemand aus einem kleinen Stückchen Melone ein Drama gemacht.»

Das flache Gesicht des Händlers wurde kalt. Er steckte die Münze in den Mund und verschluckte sie. «Penny is n Dreck.» Er verscheuchte sie mit flattrigen Handbewegungen. «Weg, weg, Melonendiebe, schöne Tage, gern geschehen, tschüs, meldet euch, mir egal.» Er kehrte Herrn Cheung den Rücken; Eileen lachte und tat so, als wolle sie ihm die Schale zwischen die Schulterblätter werfen.

Herr Cheung nahm sich ein weiteres Stück Melone. «Zwei für einen Penny!»

Seine Hand zitterte. Es überraschte ihn, dass er so wütend war. «Guck mal da, wer kommt!», sagte Eileen.

Sie zog ihren Mann am Ellbogen zu der Straße hinüber,

die an den Strand führte. Ein Staubnebel wallte ihnen entgegen, aufgewirbelt von einem Haufen wilder Straßengören – es waren Dutzende, fast alle noch zu klein, um Kleider zu tragen –, denen Reihen weiterer Menschen folgten, Jugendliche, Eltern, Onkel, Tanten, müde, aber lächelnde Alte und schließlich Bill Banks, Destillateur und Eigentümer der großen Sound-Show, an der Spitze der Schar seiner Angestellten, die gleichzeitig seine Familie war, sowie ein paar *burros*, die zwei Karren mit der gesamten Musikanlage zogen. Die Langsamsten, die hinter den Karren herstolperten und den Staub zu schlucken bekamen, waren die traurigen alten Säufer und die wilden jungen Säufer, denen die Hunde zusetzten und der Reisschnaps den Kopf verwirrte, stets zu zweit, um einander auf dieser letzten Etappe des langen Marsches von Twicetown zu stützen. Sie schienen sich immer im Dunstkreis von Bill Banks aufzuhalten, nicht nur weil er Wein und Schnaps machte – seine Gegenwart verhieß auch Stimmung und Tanz; dabei war Bill Banks selbst ein kleiner, dürrer Mann, dessen Miene besagte, dass er nichts verstand, und dessen Haltung behauptete, dass ihm alles Leid tat.

Herr Cheung freute sich für Eileen. «Ich hab dir ja gesagt, dass eine Show kommt!»

«Sí, und ich hab dir gesagt, Bill Banks is jetzt bekehrt», antwortete Eileen. «Guck, guck, da drüben is Mutter, ganz gleich da am zweiten Karren.»

Eileen hatte Recht. Ihm war sie nicht aufgefallen – Mutter trug zerlumpte Hosen wie die Fischer, und von weitem hätte man sie für sonst jemanden halten können. Mutter war nicht Mutter irgendwelcher Kinder; sie stand der Kirche vom heiligen Feuer vor, einer Gruppe, die seit dem Dacheinbruch kein Zuhause mehr hatte. Mutter fuhr Bill Banks durchs Haar, küsste seine Hand, drückte ihn an sich und kletterte dann, für eine silberhaarige alte Dame sehr wendig, auf eins der Gerüste für die Musikanlage. «In zwei Minuten krieg ich hier oben ein Mikrophon», rief sie. «Hab aber noch nie eins benutzt, also fang ich mal direkt so an – schsch! Weg mit euch!», sagte sie zu den kleinen Kindern, die am Gerüst hochkletterten. «Ihr seid ja schon richtige kleine Affen.»

«Mach jetz, Larry Wilson», murmelte Eileen; sie hatte einen der Jungen erkannt, die die Boxen und Lautsprecher anschlossen. «Zeit für Musik.»

Die Generatoren wurden angeworfen, und hinter Mutters Silberhaar begannen die rot-weißen Polizeiblinker am Gerüst sich zu drehen.

«In der Bibel ist prophezeit», begann Mutter mit einer klaren volltönenden Stimme, die bis ans Ufer drang, wo die Israeliten an ihrem winzigen weißen Schiff arbeiteten, «dass die Wissenschaftler durch eine Art Teleskop bis in die prähistorischen Anfänge sehen und sagen werden: *Wir sehen Affen am Anfang der Zeit herumkriechen und zu Menschen werden.* Und wisst ihr was?» Eine Hand aufs Knie gestützt, beugte sie sich vor und zeigte auf die Zuhörer, die rechts von ihr standen. «Wisst ihr was?» Ihre Hand schwenkte nach links hinüber. «Genau wie die Bibel es prophezeit hat, ist es gekommen. Gib mal das Mikrophon rüber. Hab noch nie eins benutzt», tönte es plötzlich über die Verstärker, dann wurde ihre Stimme zu einem verzerrten Gejaule. Sie brüllte auf das Mikrophon ein, und das Gejaule wurde noch schlimmer, bis sie das Mikrophon auf die Bretter fallen ließ und sich die Ohren zuhielt und mit dem nackten Fuß auf dem Ding herumstampfte. Es sprang von der Tribüne und grub sich in den Sand. Die Menge johlte und applaudierte, während Mutter schrie: «Moment, Moment! Ich muss euch was *sagen* – wir werden langsam zu

Affen! Affen, darum gehts, wir fallen zurück in den tiefsten, primitiven Zustand, wo Bob Marley uns nie nich mehr finden kann!» Sie war kaum zu verstehen, denn die Menge applaudierte weiter, nicht aus Feindseligkeit, sondern weil die Leute den eigenen Lärm eindeutig dem ihren vorzogen. Kurz darauf begann die Musik, und sie fuhr ihnen an die Kehle – laute Gitarren, die für Herrn Cheung so klangen, als prügele man einen Frosch rhythmisch zu Tode, bis die Sänger zu krächzen anfingen: *«I'm er-rredeh f'love! – Ooh baby I'm er-rredeh f'love.»* Herr Cheung lauschte gespannt und versuchte, die Wörter zu erkennen. Er tanzte mit Eileen und kam sich etwas einfältig vor, stand einfach nur da und wippte mit dem Kopf. Er war glücklich, dass seine Frau sich so gut unterhielt.

Als sein Blick auf Mutter fiel, die offenbar leicht benommen neben einem Lautsprecher stand, machte er Eileen ein Zeichen und ging hinüber, um die alte Frau von dem Lärm wegzugeleiten. «Sie dürfen sich nicht neben die Lautsprecher stellen», sagte er zu ihr. «Die Vibrationen da drin können einem die Gedanken verwirren.»

«Das kann man wohl sagen», antwortete sie und ließ sich von ihm durch den Sand führen.

Obwohl Herr Cheung keine Ahnung hatte, wo sie wohnte, betrachtete er sie als Teil seiner Nachbarschaft, denn die alte Kirche Vom heiligen Feuer stand in unmittelbarer Nähe seines Hauses, und er hatte sie jeden Tag vor Augen. «Kann ich Ihnen ein Stück Melone holen?», fragte er sie.

«Bloß nich. Mein Magen fühlt sich ganz verkehrtrum an.» Sie griff nach seinem Handgelenk und setzte sich langsam in den Sand. «Verrückte Sache. Ich dachte, diese ganzen elektrischen Dinger wären mit in die Luft gegangen», sagte sie. «Die sind doch eine Pest – haben Sie *gehört*, wie das Ding *gekreischt* hat?»

Herr Cheung hoffte, sie würde aufhören zu reden, sodass er gehen konnte. «Ich lass Sie jetzt allein», sagte er.

«Wissen Sie, wie groß und gütig Bob Marley ist?», fragte sie.

«Ich bin gegen die Kräfte, die uns die Maschinen weggenommen haben.»

«Bob Marley auch! Ich mein, dieser ganze elektrische Saft is ihm scheißegal, aber die Kräfte der Vernichtung, der Rückfall bis ganz tief unten zum primitiven Höhlenmenschen – dagegen ist unser Vater Bob Marley.»

«Meine Frau wartet auf mich», sagte Herr Cheung.

«Sie sind doch einer von denen», sagte sie, «die mit unseren Kirchenstühlen verschwunden sind, als der Teufel unser Dach zerstört hat?»

«Wie bitte?»

«Behalten Sie ihn vorläufig. Aber denken Sie nich, dass er Ihnen gehört, sitzen Sie drauf, mehr nicht. Eines Tages werden wir wieder ein Dach haben und vielleicht auch eine ganze, nagelneue Kirche.»

Ihr Enthusiasmus war Herrn Cheung peinlich. «Ihr Kirchenstuhl wird pfleglich behandelt», versicherte er ihr.

«Ich bin bald wieder da oben und predige, wenn ich nur erst auf die Füße komm. Glauben Sie nicht, dass ich mich einschüchtern lass. Glauben Sie das bloß nicht!»

«Ich muss gehen. Meine Frau ...» Er wusste, dass er unhöflich war. Sein Nacken brannte vor Verlegenheit, als er sich entfernte.

Sie rief ihm nach: «Ich lass mich nicht einschüchtern! Gleich bin ich wieder da oben und brüll durch das elektrische Schlangending, warten Sie's ab!»

Als er sich der Sound-Show näherte, prallte ihm abermals die Salve ihres dümmlichen Geschwätzes entgegen, die bis weit übers Meer hinausschoss, wo sie verschwand wie alles andere auch. Er stellte sich neben Eileen, die aufgehört hatte zu tanzen und sich wie die anderen nur noch in den Hüften wiegte und von der Musik tief durchdringen ließ. Und diese Musik war gut, es war Dylan, der große Dichter der Zeiten starken Regens:

You know some-times
Satan
Comes as a man of peace ...

Herr Cheung versuchte, am Rand der Menge zu bleiben, ging nach rechts, nach links, zehn Schritte in Richtung Meer, wo er die Worte vielleicht verstehen würde. Doch dann hörte er nicht länger zu und trottete durch den Sand wie ein junger Hund, der einen Klaps aufs Ohr bekommen hat. Ich nehme an, sagte er sich in seinem Innern, dass ich Mutter sehr ähnlich bin. Doch er konnte den Ton seiner eigenen Grübeleien inmitten des Rhythmus-Gehämmers kaum hören. Geschichte, die Gewalt der Zeit – er wusste, dass er auf eine fast krankhafte Weise von diesen Gedanken besessen war – überspülen uns wie dieser Rock 'n' Roll. Einige von uns sind im Bund mit leisen Kräften, mit einem schwachen Widerstand, der die Dinge zum Besseren wendet – das glaube ich wirklich: Ich bin gegen die Kräfte der Zerstörung, gegen die Kräfte, die uns die Maschinen genommen haben.

Gegen die Kräfte, die Fiskadoro entführt hatten, die Kräfte, die auch die Klarinette des Jungen für immer behalten würden.

«Unser Vater Bob Marley kommt, um uns heimzuholen!» Getreu ihrem Versprechen war Mutter wieder auf das Gerüst geklettert und hielt das Mikrophon in der Hand. Die Musik hatte aufgehört. Sie umfasste das Gerät mit äußerster Vor-

sicht und hielt es ein gutes Stück von ihrem Gesicht entfernt, um Pfeiftöne zu vermeiden. «Aber ich hab eben von den Affen gesprochen, die wir sein werden, wie die Wissenschaft sagt.» Sie war immer noch außer Atem; ihr Schnaufen pulsierte heftig aus den Lautsprechern, sodass man meinen konnte, sie schreie aus dem Auge eines Hurrikans heraus. «Mein Cousin war Wissenschaftler, ist es heute noch, soviel ich weiß, mein Cousin versteckt sich irgendwo in einem Loch und versucht immer noch, die Kraft zu erfinden, mit der man zum Mond kommt. Aber ich will über den Glauben sprechen! Der Geist ist so lebendig in mir – Moment, Moment, ich muss nur den Faden finden von dem, was ich euch sagen wollte.»

Die Twicetowner, alle außer den Säufern und den Hunden, blickten mit derselben seltsamen Gutwilligkeit zu ihr hinauf, mit der sie sich auch Herrn Cheungs Reden während seiner Wahlkampagne angehört hatten. Sie mussten das Gefühl haben, dachte Herr Cheung, dass der Mensch auf der Tribüne sie beobachtete: dass sie selbst im Mittelpunkt standen und nicht umgekehrt.

Er war der Predigt nicht mehr gefolgt; jetzt rief Mutter gerade: «Die Wissenschaftler haben gesagt, dass wir eine Milliarde Sterne haben, und wir haben es geglaubt, und wir hatten eine Milliarde Sterne ...»

Herrn Cheungs Eindruck nach wurde ihnen alles, was zählte, von besagten Kräften entzogen. Sogar die Klarinette des kleinen Fiskadoro. Fiskadoro war jetzt schon so lange verschwunden, dass er offenbar nicht mehr zurückkommen würde. Dennoch war es Herrn Cheung nicht gelungen, die Mutter und die Cousins und die Scharen anderer Verwandter zur Herausgabe der Klarinette des toten Jungen zu bewegen. Nach und nach wurden alle Münzen und Bücher und Musikinstrumente und mit ihnen die

Musiker in den Rock'n' Roll der Vernichtung hineingesogen. Adieu!

«... und wenn wir *glauben*, nur *glauben*, dass wir *Menschen* sind und Bob *Marley* kommt und uns *heim*holt ...» Die Frau verdrehte die Augen; das Mikrophon fiel ihr aus der Hand und rollte donnernd über die Holzplanken.

Herr Cheung hoffte, dass die gestörten israelitischen Schiffsbauer, denen er entschlossen den Rücken gekehrt hatte, diese Leute, die glaubten, mit ihm eine Abmachung getroffen zu haben, ebenso grundlegend verwirrt waren wie die alte Baptistenhexe. Unter dem Vorwand, sich die Schulter zu kratzen, warf er einen schnellen Blick in Richtung der Israeliten, der wenig tröstlich war. Die Flut kroch auf sie zu, und die Luft war voller Wörter, doch die zwölf oder mehr Israeliten am Ufer gingen emsig und unbeirrbar wie Insekten ihrer Arbeit nach.

Feuer war in Großmutters Leben gekommen. Denn der große Herd in Herrn Cheungs Küche war mit einer neuen Tür, einer Tür mit Glasfenstern, versehen worden, damit sie während der kühleren Jahreszeit auf ihrem Platz nahe der Wärme etwas zum Anschauen hatte.

Die Zeit lief vor und zurück und hatte blinde Flecken, Menschen tauchten auf und verschwanden, noch während sie sie ansah, Besuche von alten Freunden wurden plötzlich zu Befragungen durch diese rätselhaften Gestalten, die vielleicht Verwandte, vielleicht aber auch ihre Bewacher waren, und ihr Frühstück konnte leicht zu einem Kissen aus Sackleinen werden, auf das sie ihren Kopf für einen Nachtschlaf zu betten hatte, der nach ihrem Eindruck fünfzehn Minuten nach Tagesanbruch stattfand. Doch in dem tiefroten Geschehen hinter der gläsernen Herdtür waren die Fäden der Zeit niemals wirr, nichts hatte einen Grund oder einen Namen, alles war, was es war, und das, was sie wusste und immer wissen würde, auch wenn man ihr den Kopf wegnähme, auch wenn man sie tötete, bestätigte sich: Es entzündet sich, dann brennt, dann lodert es; es wütet und singt, es gibt nach, springt um und flackert auf, brennt noch eine Weile, wird dann schwächer, dieses Ding, was immer es sei, und geht aus. Aber wenn man am Morgen kleine Holzstücke darauf legt, beginnt alles von vorn. Oft kam das kleine Mädchen und setzte sich auf Großmutters Schoß, verschwand wieder und kehrte zurück, größer und lauter geworden. Es war dasselbe. Was immer geschah, es geschah alles jetzt, heute, in diesem Augenblick. Und der Augenblick – das *Jetzt*, sich wandelnd und gleich bleibend – war das Feuer.

An diesem Morgen trug sie das weiße Kleid, weil sie mit ihrem Vater zur Messe gehen sollte. Beim Überstreifen der grünen Kniestrümpfe, die zur Schuluniform von St. Bernadette, der französischen Mädchenschule, gehörten, hatte sie ihre Schenkel gestreichelt und die Beine gespreizt, schuldbewusst, aber lachend, und war dann auf ebendiesen Beinen an der Hand ihres Vaters sechs Häuserblocks weit die Dien-Tin-Straße bis zur Kirche Sainte-Thérèse hinuntermarschiert. Sie hatten die Kirche betreten, zum alten Père George hinübergenickt, der niemanden erkannte und jeden mit einer glasigen Freundlichkeit begrüßte, und plötzlich hatte sich Marie ganz allein auf ein riesiges, mit Feuer gefülltes Aquarium zubewegt. Jetzt saß sie vor dem Küchenherd und ertrank im nassen Zement der Greisenjahre, kaum fähig, die Hand ans Gesicht zu heben. Trauer zog ihr die Brust zusammen, und sie wartete auf die Tränen, doch es kamen keine. Die Löcher für Tränen waren fest zugekniffen und ihre Augen stets so trocken wie zwei Korken.

Ein Mann und eine Frau kamen ins Zimmer und warfen gelbe und grüne Früchte auf den Tisch.

Nachdem Herr Cheung die Melonen und die Gelbfrüchte auf den Tisch hatte fallen lassen, lockerte er die verkrampften Finger und rieb sich den Nacken. «Das ist nichts für mich, so viele Melonen so weit durch die Gegend zu tragen.»

«Wie geht es dir heute, Großmutter?», fragte Eileen.

Die alte Frau drehte Eileen den Kopf zu, schien vergessen zu haben, warum sie den Kopf gedreht hatte, und blieb stumm.

Es hatte Spaß gemacht auszugehen, die Sound-Show zu hören und dem absonderlichen Treiben der Israeliten zuzusehen, aber jetzt war Eileen erschöpft. Der Tag hielt noch zu viele Stunden bereit, durch die man hindurchmusste, und zu viele Dinge, die sie bedrängten. «Tony, wir essen einfach nur das Obst, ja? Mein Rücken ist zu müde und schwach, ich kann nichts mehr kochen. Ich glaub wohl, die heiße Sonne hat meine ganze Kraft aufgefressen.»

Ihr Mann hörte nicht zu. Er stand an der Hintertür und schaute konzentriert hinaus, als wäre der Hof ein Buch mit Wörtern. Sie sah, dass er tief in seinen Gedanken steckte. Um ihn zurückzuholen, bat sie ihn: «Sag mir die Verfassung, sag mir die unabhängige Erklärung auf.»

Er holte seine Gedanken aus dem Hof zurück und sah sie an. «Unabhängigkeitserklärung», sagte er.

«Komm, sag mir schon.»

«Wenn es im Laufe der geschichtlichen Ereignisse für ein Volk notwendig wird, die politischen Bande zu lösen, die es mit einem anderen verknüpft haben, und unter den Mächten der Erde die gesonderte und gleichwertige Stellung einzunehmen, zu der die Gesetze der Natur und des Schöpfers es berechtigen, so verlangt ein geziemender Respekt vor der Meinung der Welt, dass es die Gründe angibt, die es zu der Trennung bewegen», sagte er.

Eileen fühlte sich besser, als er zwischen all diesen Wörtern Fuß fasste. Sobald er jemandem die Unabhängigkeitserklärung oder die Verfassung aufsagte, verschwanden die Falten von seiner Stirn. Eileen bat ihn oft darum, denn er dachte immer zu viel nach. Es beängstigte sie, wie er unablässig versuchte, die Welt in seinem Kopf zu halten, die ganze Welt, sie im Raum seines Gehirns sich drehen zu lassen vom Anfang der Zeit bis zum letzten Tag – daher kamen seine schrecklichen Anfälle –

«... eine unumschränkte Tyrannei, großes T, über diese Staaten, großes S, zu errichten. Zum Beweis hierfür mögen einer unvoreingenommenen Welt Tatsachen unterbreitet werden. Punkt. Gedankenstrich ...»

... und vom Erklären und Erklären und Grübeln und ewigen Schwarzsehen, davon platzten die kleinen Zellen im Gehirn ...

«... Schwärme von Beamten, großes B», sagte er, «... und ihnen das Mark aus den Knochen zu saugen ...»

... viermal hatte sie erlebt, wie ihr Mann umfiel, die Augäpfel ausgeschaltet, sodass nur noch das Weiße in den Höhlen schimmerte, und es hatte ihr das Herz zerdrückt, ihr regelrecht das Leben im Leibe herumgedreht, seinen Körper ohne Seele daliegen und sich herumwerfen zu sehen wie einen Hai auf dem Trockenen. Ich schneid ein paar Früchte auf, dachte sie, und mehr Abendessen gibt's heute nicht.

Er sprach und sprach, ohne auch nur einmal innezuhalten und überlegen zu müssen. «... Er hat unsere Meere geplündert, unsere Küsten, großes K, verwüstet, unsere Städte niedergebrannt ...» Jetzt kam ihre Lieblingsstelle, die Stelle von den großes W, großes I Wilden Indianern. «... und hat versucht, auf die Bewohner unserer Grenzgebiete die erbarmungslosen großes W, großes I Wilden Indianer zu hetzen, deren bekannte Art der Kriegsführung in der unterschiedslosen Vernichtung aller Altersstufen, Geschlechter und Lebensumstände besteht ...» Diese Wilden Indianer hatten dann mit ihren Kriegen am Ende fast alle ausgelöscht.

«... in den allereinfachsten Worten ...»

Jetzt war er bald bei den Namen. Eileen biss in die Melone und bemerkte erst jetzt, wie durstig sie war. Sie hatte zu viel Sonne abbekommen. Sie ließ den Melonenschnitz fallen und hielt sich die Ohren zu.

«... FREIE und UNABHÄNGIGE STAATEN», schrie er. Eileen wünschte, er würde diese Stelle nicht so herausbrüllen. Sie hatte es gern, wenn er Sätze aus seinem Gedächtnis hervorzog wie eine lange Kette aus lauter gleichen Perlen. Die Unabhängigkeitserklärung klang wohl in ihren Ohren, sie beruhigte sie, genauso wie es Großmutter gut zu tun schien, hier in der Küche zu sitzen, ins Feuer zu sehen und auf etwas herumzukauen, obgleich da gar nichts war in ihrem Mund, nicht mal ein Zahn.

«Hancock», sagte Tony, «Button Gwinnet, Lyman Hall, Geo Punkt Walton, Wum Punkt Hooper ...»

Aber heute Nachmittag schien die Erklärung ihn nur aufzuregen, und jetzt sagte er ihnen gar nicht mehr die Erklärung auf, jetzt beklagte er sich wieder über die Namen. «Du kennst doch Frau Castanette aus unserem Orchester? Sie nennt sich bloß so, weil sie Kastagnetten spielt. Tatsächlich heißt sie Margaret Swanson. Und ihr Mann nennt sich Swanson-Johnson. Sie begreifen nicht, dass sie selbst diejenigen sind, die – die die Dinge verhunzen und verstümmeln.» Er bewegte die Hände, als verdrehe und verbiege er ein Bündel Draht. «Wir, meine Familie und ich, wir haben damals, in der Zeit, als es kalt war, eines Tages unser Exemplar der Verfassung verbrannt, um das Feuer in Gang zu halten. Alle waren verzweifelt, es kamen verkrüppelte Kinder zur Welt, jede Flut ließ tote, vergiftete Fische zurück, kein Boot fuhr aus, man konnte nicht zusammenkommen und sagen: Wir wollen die Feuer in unseren Öfen am Brennen halten – ich erinnere mich daran, mein Vater hat mir davon erzählt, und ich erinnere mich selbst an einiges. Unsere Familie hat ein Exemplar der Verfassung und alle Bücher verbrannt, um sich am Leben zu erhalten, aber zuerst haben sie die Verfassung auswendig gelernt, jeder zwei Abschnitte, sie klammerten sich an das, was sie kannten – das taten sie, Eileen, weil es ihnen half weiterzumachen, Schritt für Schritt. Es ist nicht gut, sich Swanson-Johnson zu nennen, als ob ein Name ein Witz wäre. Dann ist auch ein Wort bald nur noch ein Witz. Und ehe man sich's versieht, ist selbst ein Gedanke ein Witz.» Vor lauter Sorge schwollen die winzigen Äderchen um seine Augen an. Sein Atem ging in kurzen Stößen.

Eileen sah, dass die Verfassung nichts geholfen hatte. «Tony, die Adern da an deinen Augen werden schon wieder dick. Bitte. Bitte, hör jetzt auf, dir Sorgen zu machen, und zeig mir ein fröhliches Gesicht!»

«Großmutter weiß das alles», sagte er. Er setzte sich an den Tisch und sah die Großmutter an. «Nicht mehr mit dem Verstand, aber in ihrem Herzen drin. Doch die Leute, die denken nicht, nicht einmal die, die Verstand haben.»

«Ich muss mich hinlegen», sagte Eileen.

Später, als sie aufwachte und aus dem Schlafzimmer kam, roch es in der Küche nicht gut, und Eileen stellte fest, dass die Großmutter in ihrem Stuhl eingeschlafen war und sich nass gemacht hatte.

Sie suchte Tony. Immer wenn etwas mit Großmutter nicht stimmte, wurde ihr flau im Magen, und sie fühlte sich besser, weniger besorgt, wenn sie ihm davon erzählte und er das Besorgtsein übernahm.

Sie fand Tony zusammen mit Park-Smith im Wohnzimmer. Beide waren erregt, sie saßen auf der Kirchenbank und sprachen leise miteinander.

«Großmutter hat sich nass gemacht», berichtete Eileen ihnen. Doch Tony sagte bloß: «Ja, ja, ich weiß», und dann zu Park-Smith: «Gehn wir ein Stück», und die Männer verließen das Haus, um in der staubigen Umgebung herumzulaufen.

Fidelia kam von den Nachbarn zurück und half Eileen, die Großmutter mit einem Tuch zu säubern, indem sie das schwarze Kleid anhob und nicht hinzusehen versuchte.

Sie aßen. Eileen schnitt winzige Stücke aus der Melone, und Fidelia schob sie behutsam zwischen Großmutters Lippen. «Vater kommt», sagte Fidelia. Sie hörte jeden, der kam, ehe ihn die anderen hörten.

Park-Smith war nicht mehr bei ihm. Eileen gefiel sein Aussehen nicht.

Er war bleich und mitgenommen; sie spürte seine Furcht und schmeckte etwas Säuerliches in ihrer Kehle.

«Bist du umgefallen, Tony? Tony, Tony, hast du einen Anfall gehabt?»

Jetzt war er wieder in seine Gedanken verkrallt, Gedanken, die ihn schwach und zittrig machten, dass das Blut unter der Haut seines Gesichts weiß wurde.

«Tony?»

«Ich muss nach Marathon. Sie haben Neuigkeiten von der Wissensgesellschaft. Die Gesellschaft von Twicetown macht eine Reise.»

Am selben Tag, an dem Herr Cheung erfuhr, dass er eine Reise machen würde – am Morgen dieses Tages –, verlor Belinda, als sie in das Fleisch einer Kokosnuss biss, einen Eckzahn.

Sie drückte sich den Saum ihres Hemdes an den Gaumen und weinte um ihren Zahn, als wäre er ihr Ein und Alles. In ihrer Vorstellung wurde er gigantisch, der letzte Zahn im Maul eines alten, uralten Wals, der sie fraß.

Sie begrub den Zahn im Hof und sagte: «Mwe pa geñe para sak pale pu mwe», obwohl sie in ihrem Haus keinen Schrein und keine Freunde unter den Göttern hatte.

Später bemerkte sie, dass sie automatisch, wenn sie mit Mike sprach, die Hand vor den Mund hielt, um die schwarze Lücke zu bedecken. In diesem Leben waren ihr die Verbrechen eins nach dem andern entgegengekommen, so schnell wie die Tage, und jetzt war ihr Mann tot, ihr Ältester war – nicht tot, wie konnte man einen Jungen *tot* nennen, wie alle es taten, ehe man nicht seine tote Hülle hatte! –, jedenfalls aber war Fiskadoro verschwunden, und Drake, ihr Zweitältester, hatte seine Mutter verlassen, auch wenn er nur neunzig Meter entfernt lebte; und wo sie mit ihrem Hemd am Gaumen herumgeschmiert hatte, war der Stoff voll Blut.

Sie ließ das Kind weiter im Hof herumkriechen und «Wuff! Wuff!» machen, während sie ins Haus ging, um das Hemd zu wechseln. Es war schon früher Nachmittag geworden – wohin gingen die Augenblicke nur? Im Dunkel des Zimmers hob sie das Hemd bis über die Hüfte, setzte sich auf die dicke Matratze und sah hinunter auf ihre Knie. Selbst jetzt, wo sie gebeugt waren, zeigten sich Falten darin, so tief wie Risse in einem trockenen Baumstumpf – noch etwas, worüber man weinen konnte. Der Wind und der Golf waren tot, und auf der ganzen Welt war nichts zu hören außer ihrem Atem und dem Knistern der Kohle im Herd. Sie zog das Kleid über den Kopf, wischte sich den Schweiß von Gesicht, Schultern und Achselhöhlen und fuhr sich mit dem zusammengeknüllten Stoff erst zwischen den Beinen und dann zwischen den Brüsten hindurch. Ihren Kopf darauf bettend, legte sie sich hin und befühlte ihre Brustwarzen. Sie waren jetzt trocken und groß wie Feigen, niemanden verlangte es nach ihnen, niemand benutzte sie. Neben der linken Brustwarze spürte sie etwas Hartes im Fleisch, wie eine Perle, das unter den tastenden Bewegungen ihrer Finger hin und her rollte. Ihr Atem stockte, und sie blickte starr an die Decke zu den gekreuzten Palmblättern hinauf, ohne irgendein Wort im Kopf, während ihr der Schweiß aus dem Haar hinter die Ohren rann. Ich muss mich bewegen, dachte sie, und dann, als hätte ein Fremder für sie gehandelt, war sie auf den Beinen, und die Beine trugen sie zum Eingang. «Mikey», sagte sie.

Mike brabbelte im Spiel vor sich hin und hörte sie nicht. Seine Beine waren nicht mehr dicklich, sein Bauch war flacher geworden, sein Gesicht das eines Jungen, kein Babygesicht.

Belinda ging ins Haus zurück und holte eine von Jimmys alten olivgrünen Militärhosen heraus. Mit einem Fischmesser durchtrennte sie den Schritt und machte sich einen Rock. Sie stach oben auf beiden Seiten des Reißverschlusses in den Stoff Löcher, um ihn sich mit einer Schnur um die Taille binden zu können. Als sie den Rock anhatte, sagte sie laut, so als spräche sie mit einer unsichtbaren Person, die sie ohne Grund verletzt hatte:

«Jetzt lass ich meine Titten hängen und bin alt.»

Barbrüstig ging sie in den Hof, setzte sich hin und sah Mike beim Spielen zu.

Es war Flut. Sie hörte irgendwo in der Ferne unten am

Ufer Holz poltern und Männer rufen. Die *Los Desechados* machte sich zum Auslaufen bereit. Das hieß, sie konnte bald Towanda Sanchez besuchen. Drake fuhr jetzt manchmal mit ihnen hinaus, und Belindas Bruder Pressy gehörte fest zur Mannschaft. Kein anderes Boot auf den Keys hätte ihn genommen, weil er im Kopf links, rechts und seitwärts verdreht war, aber er war der praktischste Ersatz für Harvard Sanchez, der eigentlich der nächste Kapitän hätte sein sollen, doch jetzt – zu aller Erstaunen, so ein braver Junge wie Harvard Sanchez! – die Nächte im twicetownschen Brennhaus verschlief und immer und ewig eine Schnapsfahne hatte. Drake lebte jetzt drüben bei seinem Onkel Pressy mit Pressys Cousin Alfo zusammen, der auch Belindas Cousin war. Drei Junggesellen mit großen Löchern im Dach und zerbeulten Aluminiumkannen auf dem Fußboden, aus denen der Wein tröpfelte.

Ich muss was essen, sagte sie sich und ging ins Haus, nahm drei Buttermuscheln aus dem Eimer und legte sie auf den Herd. Doch als die Muscheln sich öffneten und die schwarzen ledrigen Füße zum Vorschein kamen, sahen sie aus wie ihre eigenen Brustwarzen. Sie ließ sie zum Braten auf dem Ofen.

«Ich geh mal zu Towanda rüber. Nich lang», sagte sie zu Mike. Sie kratzte mit der Ferse einen Kreis um ihn herum in den Sand. «Das hier is deine Grenze», sagte sie zu ihm. «Hai kommt und beißt dir Beine ab, wenn du aus deiner Grenze rausgehs. Du bleibs da drin in deiner Grenze.»

Mike klopfte einen kleinen Sandhügel glatt und steckte einen Seegrashalm als Flagge in die Mitte.

«Mitschleppen kann ich dich nich durch die ganze Siedlung wie n Fischabfall. Bin ich zu alt und zu krank dafür. Has mich totgemacht.» Sobald sie es gesagt hatte, wusste sie es: Die Perle in ihrer Brust war ein Tumor vom Tot-Macher.

Ihr Finger auf der Brust hatte ihrem Herzen die Nachricht schon gebracht, doch jetzt hatte ihr Mund es ihrem Gehirn gesagt, und sie konnte nur noch wahnsinnig werden.

Mit einem Metalllöffel grub Belinda ihren letzten Penny aus einem Versteck in der Herdasche und ließ ihn zum Abkühlen in den Muscheleimer fallen. Die nasse Münze in der Faust, rannte sie zu Towanda hinüber, an dem baufälligen Schuppen vorbei, den Pressy, Alfo und Drake ihr Zuhause nannten.

Die *Los Desechados* war noch keinen Kilometer weit draußen, aber Towanda war schon im Schlafzimmer, einem Anbau ihrer Hütte, um die Hosentaschen ihres Mannes und alle seine Verstecke nach Münzen zu durchwühlen.

«Is schwer heut der Tag!», sagte Belinda.

«Läss jetz die Titten hängen, als weißt endlich, wie alt du bis», sagte Towanda.

«Wie alt? Alt wie tot», weinte Belinda. «Ich hab hier ne kleine dureza vom Tot-Macher drin, hier inner linken.»

«Wann has du gemerkt?»

«Heut.»

Towanda schloss die Augen. «Is schwer heut der Tag», sagte sie. «Kann man nix machen hinter so was Schlimmem wie trinken und weinen.»

«Ich hab n Penny», sagte Belinda und öffnete die Faust.

«Leon hat sieben in seim Zimmer hier. Komm, helf mir suchen. Komm.»

Froh, etwas tun zu können, half Belinda ihr, die Matratze umzudrehen, fasste zwischen die Latten der Palmenwände und stocherte mit einem abgebrochenen Fischhaken in dem mit Palmblättern gedeckten Dach herum. Towanda wurde ärgerlich, als nichts dabei herauskam, und fuhr mit heißer Zunge Belinda an, als wäre sie an allem schuld. «Von *heut an bis für immer*», sagte Towanda und machte die Augen klein vor Hass, «von heut an muss ich jeden Sonntag *ein Penny* haben. Der Mann is Käptn, und ich bin *Käptnfrau,* und weiß du was, ich schäm mich, dass ich auf der Welt rumlauf und hab nich mehr Geld als wie kleine Kinder! Er is weg auf See! Und wenn n Unglück passiert – was is dann? *Leon!*», tobte sie. *«Du has kein Vertrauen an mich! Du has kein Glauben an mich!»* Plötzlich schien sie ganz ruhig. «Dann muss ich eben ans Souvenir gehn», sagte sie. «Pech. Leon, du bis auf See, und du läss mir keine andre Chance.»

Belinda wartete, während der Seewind über ihre Brust strich und Towanda im Haus Leons Souvenirpenny stahl. «Der is vom ersten Tag, wo Leon Käptn auf dem Boot war», sagte sie. «Penny Nummro eins vom ersten Kommando. Is *schlimm*, Belinda, aber der Tag is schwer heut, und ich kann nich anders!»

«Has Recht», stimmte Belinda zu, «du kanns nich anders, es necesario.» Doch um sie herum war solche Trostlosigkeit, dass ihre Stimme weit entfernt klang.

Zusammen gingen sie zu Bill Chicagos Haus am Rand der Siedlung. Billy war unterwegs, aber seine alte Mutter war zu Hause wie immer, saß in ihrem großen Rohrstuhl gleich hinter der Tür, wartete darauf, jemandem die Ohren voll zu schwatzen, und wedelte mit einem großen schmutzigen Lumpen, um abwechselnd nach Insekten zu schlagen oder Nachbarn zuzuwinken. «Morgen!» – «Tag!» – «n Abend!», rief Ms. Chicago unermüdlich aus der Dunkelheit. Aber die Leute blieben nie stehen, es sei denn, sie wollten Schnaps oder hatten ein medizinisches Problem.

«Tag!», sagte sie zu Belinda und Towanda.

«Cómo está?», fragte Towanda.

«Ach», antwortete Ms. Chicago, «nix Neues. Jetz läss du se hängen», sagte sie zu Belinda.

Eine Radiostimme kündigte an: «Un programa bilingüe

de *Cubaradio* empezará dentro de cuarenta y cinco minutos. In fünfundvierzig Minuten beginnt eine zweisprachige Sendung von *Radio Cuba*. Por favor inviten a sus camaradas a escucharlo. Laden Sie bitte Ihre Freunde zum Mithören ein.»

«Bald is Radio-Zeit», sagte Ms. Chicago zufrieden.

«Wir ham zwei Penny für Wein», sagte Belinda.

«Miz Chicago», sagte Towanda sehr ängstlich, «Belinda hat eine dureza in la linke Brust. Sieht aus wie eine dureza vom Tot-Macher.»

Ms. Chicago war entzückt. Über Medizin wusste sie alles.

«Dureza de vientre, dureza de teta», erklärte sie ihnen – womit sie sagen wollte, dass jemand, der verstopft und hartleibig war, damit rechnen musste, früher oder später einen Tumor vom Tot-Macher in seiner Brust zu finden.

«Und wer sagt, ich hab dureza de vientre? Mein Ruf is hier ja wohl ganz vermurkst», sagte Belinda.

«Ruf hilft dir nix gegen Tot-Macher, Mädchen. Besser wirfs dein Elend auf deinen Schrein, sonst hilft da gar nix.»

«Hab mir nie keinen Schrein gemacht. Is doch nur ne Menge Schaum, so ne Religion.»

Ms. Chicago sah Belinda an. Das Gewicht der Jahre hatte ihr Gesicht so stark zusammengedrückt, dass nicht zu erkennen war, was sie dachte. «Is kein Schaum mehr, wenn du da liegs und voll bis mit Tumors und brenns so grell wie ne Sonne. Dann brülls nur noch: Tot-Macher! Mach mich tot!»

«Heut ja nich», erwiderte Belinda, aber sie musste sich auf die Treppe setzen.

«Was has zuletzt verloren oder gefunden, sag?», fragte Ms. Chicago.

«Den Eckzahn hier hab ich verloren», sagte Belinda und zeigte auf die Lücke.

«Aha. Was has gesehen?»

«Nada. Nix gesehen, nada.»

Mit dem grauen Lumpen wischte sich Ms. Chicago den Schweiß zwischen ihren Brüsten weg. «Jetz denk mal, Mädchen! Has nich irgendeinen Gedanken gedacht, wo du den Zahn verloren has?»

«Nur n ganz kleinen vielleicht», antwortete Belinda.

«Dann sag mal.» Ms. Chicago ließ nicht locker.

«Ich hab an großen Wal gedacht, wo mich frisst, wie wenn mein Eckzahn wär der letzte Zahn in seim Maul.»

«Oh!», sagte Ms. Chicago in einem Ton großen Respekts. «Das is gut!»

«Das is gut, Belinda!», sagte Towanda.

«Wieso weiß du, ob das gut is?», fuhr Belinda sie an. «Du wills nur bloß so reden wie Ms. Chicago auch.»

«Gib mal den Zahn her», sagte Ms. Chicago.

«Der is weg», sagte Belinda.

«Weg? Wie weg? Vom Teufel weg?»

«No, Señora, nich vom Teufel – von mir. Hab ihn eingegraben, im Hof.»

«Was has gesagt beim Graben?»

«Nada.»

«Komm schon. Was has gesagt?»

«Was?», fragte Towanda sie. «Was has gesagt?»

Belinda schloss die Augen, legte den Kopf zurück und atmete tief. «Ich sag: ‹Mwe pa geñe para sak pale pu mwe›», gab sie zu.

«Jajajaj!» Auf ihre knisterige, unsichtbare Weise war Ms. Chicago begeistert.

«Qué dice – mwe pa hen-ye – oder was?», wollte Towanda wissen. Sie sah ängstlich aus und rang die Hände. «So was *darfs* nich sagen, Belinda!»

«Heißt: ‹Ich hab keine Familie, die für mich sprechen

kann›», erklärte Ms. Chicago. «Is genau exakte Formel de la Voodoo. Geh und hol den Zahn, Belinda. Vielleicht gibt's noch einen Loa para ti.»

«Ich brauch aber kein Loa nich», sagte Belinda.

«Warum gehs dann rum un sprichs Zauberwörter über deim Zahn?», fragte Towanda sie. «O heilige Mutter Maria – Belinda, jetz has damit angefangen.»

«Stimmt, Mädchen, jetz has damit angefangen», pflichtete Ms. Chicago ihr bei. «Bring den Zahn her. Dann trinken wir n bisschen Kartoffelwein.»

Belinda sah, dass sie nichts mehr machen konnte. «Ich komm gleich wieder», sagte sie zu Towanda und Ms. Chicago.

Hinter Towandas und Leons Haus kam Mike mit offenem Mund und entrücktem Blick den Pfad entlanggetrottet. Urin tröpfelte zwischen seinen Beinen hinab. Sie nahm ihn unter den Arm und schleppte ihn nach Hause. «Und was is, wenn n Hund kommt und beißt dir ins Gesicht?», sagte sie und versuchte sich zu erinnern, wo sie den Zahn begraben hatte. «Dann kriechs untern Baum un blutes und find dich niemand. Jetzt muss ich den Zahn ausgraben.»

Die Stelle, wo sie im Boden gewühlt hatte, war feucht und leicht zu sehen. Sie siebte den Sand mit ihren Fingern und hatte den Eckzahn schnell gefunden. Der Zahn war jetzt ausgetrocknet, nicht mehr als ein Kiesel, der mit der Lücke in ihrem Kiefer nie etwas zu tun gehabt zu haben schien.

«Ich lass dich jetzt beim Brunnen.» Sie zog Mike an der Hand neben sich her, so schnell, dass seine Füße kaum noch über den Boden schleiften. «Du bist schuld – jetz sehn mich die ganzen Hexen da», sagte sie ärgerlich zu ihm.

Die alten Weiber am Brunnen sparten nicht mit Ausrufen und süffisanten Bemerkungen über Belindas neue Aufmachung, und sie klangen, als schlüge jemand mit einem Löffel auf einen Haufen Muscheln ein, aber Belinda war einfach zu müde, um etwas zu erwidern. Sie setzte Mike zwischen drei, vier anderen Kindern ab und ging, ohne ein Wort zu sagen. Die Muskeln in ihrem Nacken waren so straff gespannt, dass sie sich kalt anfühlten, als sie die Siedlung durchquert hatte und mit dem Zahn bei Ms. Chicago und Towanda ankam.

«Fünfzehn Minuten, dann is Radio-Zeit», teilte Towanda ihr mit.

«Sei still», sagte Ms. Chicago augenblicklich. «Ich fühl, du has den Zahn. Ich schmeck die Kraft von dem Zahn – is ein Loa.»

Towanda sagte: «Nu machen Sie, kriegen Sie schnell raus, wer dieser Loa is. Bitte, Miz Chicago, muss Belinda doch wissen.»

«Ich brauch zwei Penny», verkündete Ms. Chicago. Towanda ließ die zwei Pennys in Ms. Chicagos Rock fallen. «Ich hab dir gesagt, die Pennys sind für *Wein*», protestierte Belinda.

«Psss, psss», machte Towanda. Ms. Chicago packte mit der einen Hand die Pennys, mit der anderen den Zahn. Sie hielt beides so fest umklammert, dass die Adern in ihren Armen anschwollen.

Im Handumdrehen fiel Ms. Chicago in Trance und sprach. «Is ein Bombenpilot Oberstmajor Overdoze, lässt Macht von der Atombombe für dich arbeiten, nimmt Tot-Macher fort, bringt alles zurück, außer die Toten, Fischmann kommt zurück, wenn er nich tot is. Oberstmajor kriegt das hin. Wenn er tot is, kommt er nich. So oder so, wirs Bescheid wissen.» Sie kehrte aus der Trance zurück und verschränkte die Arme über der Brust. «Wahrheit gibt Feuer, macht gesund.»

«Overdoze?», fragte Belinda.

«Oberstmajor Overdoze», sagte Ms. Chicago. «Atombomben-Pilot.»

«Oh-oh-oh», sagte Towanda. «Das is meiste Kraft von allen.»

«Dein Loa is mächtig», sagte Ms. Chicago, «meiste Kraft von allen.»

Belinda sah auf ihre Fußspitzen. «Wir hatten die Pennys für Wein mit.»

«Bis jetz nich froh, dass den Zahn ausgegraben has?», wollte Ms. Chicago wissen. «Wahrheit gibt Feuer, macht gesund.»

«Warum schicken Sie nich Oberstmajor Overdoze auf Expedition nach Fiskadoro?», fragte Towanda.

«Das is alles ganz falsch rum», verbesserte sie Ms. Chicago. «Loa macht keine Expedition nach einem, wer tot is – Sankt Expedit schickt einen, wer *tot* is, auf Expedition nach einem, wer *lebt.*»

«Fiskadoro is nich tot», unterbrach sie Belinda, «und außerdem hatten wir die zwei Penny für Wein mit, Miz Chicago. Is n Irrtum mit diesen zwei Penny. Towanda, was kaufs du Scheiß mit meim Penny, wenn ich gar nich sag, los, kauf Scheiß mit meim Penny? Is n Irrtum. *Mein* Mund red von meim Penny», erklärte sie Ms. Chicago. «Vorhin hat *Towanda* ihr Mund geredet.»

«Du bis ganz turbado», sagte Ms. Chicago. «Aber ich geb dir für zwei Penny Wein, weil du so aufgeregt bis, und ich hab zu viel Angst vor deim Loa. Dein Loa is mächtig.»

«Is gemacht! Kann ich mit leben», sagte Belinda.

Mit einem Schlüssel, den sie an einer kleinen Kette direkt am Leib trug, öffnete Ms. Chicago den Schrank und nahm einen Zwei-Penny-Krug Kartoffelwein heraus.

Die drei stellten sich vors Haus, wo die frische Luft ihnen

vielleicht helfen würde, einen klaren Kopf zu behalten. Belinda beobachtete ihre Schattenbilder, die, von der gewellten Wand der Hütte verzerrt, die Brüste hängen ließen und den Krug von Hand zu Hand reichten.

Es dauerte nicht lange, und Belinda sagte: «Mein Kopf is einfach nich klar. Kartoffelwein macht mich heut nich glücklich.»

Drinnen sagte eine Radiostimme: «Un programa bilingüe de *Cubaradio* empezará dentro de un minuto. In einer Minute beginnt ein zweisprachiges Programm von *Radio Cuba.* Por favor inviten a sus camaradas a escucharlo. Laden Sie bitte Ihre Freunde zum Mithören ein.»

Sie ließen den grünen Krug herumgehen. «Der Kartoffelwein da brennt wie Feuer in meinem Magen», sagte Belinda zu Ms. Chicago und Towanda. «Ich will keinen mehr.»

«Entre menos burros, mas elotes», sagte Ms. Chicago und nahm einen großen Schluck – weniger Esel, mehr Futter für jeden.

Plötzlich griff sie nach Belindas Arm. Belinda dachte, die alte Frau wäre schwach auf den Beinen und suchte eine Stütze, aber Ms. Chicago sagte: «Hier, fühl mal aquí, Mädchen», und stieß Belindas Finger in eine ihrer eingeschrumpften Brüste. «Fühls die dureza da?» Ms. Chicagos Brust war heißer als Belindas Hand. Im Fleisch war ein winziger Kiesel. «Hab ich sie schon gefühlt, als Billys erster Sohn kam. Jetz is Billys Sohn beinah so groß wie ich, aber mein Loa hat la dureza immer noch im Griff.»

Drinnen sagte das Radio: «Es *Cubaradio* bilingüe. Hier ist *Radio Cuba* mit seinem zweisprachigen Programm. En la próxima hora, le deleitaremos con la popular e inspiridora música Cubana. In der folgenden Stunde unterhalten wir Sie mit einer Auswahl aus Kubas populären und schwungvollen Melodien. Ustedes, los radioescuchas, viven bajo la protección del Gobierno de la Habana. Sämtliche Zuhörer stehen unter dem Schutz der Regierung von Havanna. Las guerras terminaron, el pueblo es libre y la vida sigue adelante», sagte das Radio. «Die Kriege sind beendet, die Völker sind frei, und das Leben geht weiter.»

Über dem Ausguss in der Küche hatte Belinda ein Schneebild hängen, eine sehr alte Postkarte, auf der das kahle Gestrüpp eines Busches zu sehen war, der vielleicht, was wusste sie schon, nie irgendwelches Laub trug außer diesem weißen Zeug, das wie Blütenkleckse auf den Spitzen der Zweige saß. Neben dem Strauch stand ein schwarzer Sockel mit einem schwarzen Vogel aus Stein darauf. Von einem dunklen Zweig im Vordergrund hing ein Eiszapfen herab.

Belinda hatte keinen besonderen Grund, das Foto aufzubewahren. Es hing einfach bloß da, oben über dem Ausguss, vor ihrem Gesicht, und das war's. Sie verbrachte einen guten Teil jedes Tages in seiner Gegenwart. Von Schnee hatte sie schon gehört, aber ihr war nicht klar, wer den Schnee machte und wozu er gut war.

Leicht schwankend beugte sie sich vor, stieß sich dabei den Ellbogen am Ausguss und nahm das Bild von seinem Nagel. Sie legte es auf einen Klotz aus Zypressenholz in dem feuchten Verschlag, wo sie kostbare oder nutzlose Dinge aufbewahrte: Schachteln mit ihren kleinen Schmuckstücken und Anhängern, ein paar Kleider, die sie nie trug, ein Gewehr, das nicht mehr schoss, und Munition, die vermutlich nie mehr losgehen würde, einige Bücher voll zerfallender Seiten, die in der kalten Zeit irgendwie dem Verheiztwerden entgangen waren; und Fiskadoros Klarinette in dem Köfferchen namens Samsonite. Sie lehnte die Winterszene aufrecht an die Wand und legte davor den Hochleistungs-Loa, der früher bloß einer ihrer Eckzähne gewesen war.

Als sie das Köfferchen namens Samsonite öffnete, fand sie die Klarinette in Stücken darin – wer hatte sie kaputtgemacht? Sie stellte die Teile im Kreis um den gelben Zahn vor das Bild mit dem Schnee. Eins wollte nicht stehen bleiben, also legte sie es hin und hoffte, es würde dem Loa so gefallen.

Vielleicht glaubte sie nicht so ganz an diese Dinge, aber sie sah, dass ihr Loa-Oberstmajor Overdoze gnädig und freundlich war und ihr, ob sie nun an ihn glaubte oder nicht, den einen guten Gedanken schenkte: heute noch nicht. Wenn ihr die Schmerztumore wuchsen, bis sie sie ans Bett fesselten, hundert Kilo Feuertumoren, und sie mit kleiner Stimme darum bitten würde, totgemacht zu werden – es würde nicht heute sein. Heute war riesengroß und umfasste alles – die Keys, das Meer, den Himmel und den ganzen Weltenraum der Sterne. Heute drückte ihr nicht wie all die andern Tage die Kehle zu.

Drei Schatten hab ich heut im Dreck gesehn, betete sie, Schatten aus uns drei alten Frauensleuten, die ihre Titten hängen lassen und Kartoffelwein rumreichen wie alle, ich jetz auch. Jetz hat mich die Religion gekriegt, betete sie, lässt mich einen Schrein machen und einen Loa anbeten wie alle, ich jetz auch. Atombomber Oberstmajor Overdoze, nimm den Tumor vom Tot-Macher raus und bring meinen Erstgeborenen zurück.

«**Es geht dir** bestimmt besser, bevor wir da sind», versprach William Park-Smith Herrn Cheung, doch Herr Cheung selbst argwöhnte, dass er dieser bodenlosen Übelkeit in den allernächsten Minuten erliegen, zumindest aber noch ziemlich seekrank sein würde, wenn das Boot Marathon erreichte. Er reiste selten mit dem Schiff. Er reiste überhaupt selten. Am liebsten blieb er in seinen eigenen vier Wänden, deren größter Reiz für ihn augenblicklich darin bestand, dass sie sich nicht von der Stelle bewegten. Die *Catch*, das Dieselboot, auf dessen Deck er gemeinsam mit einigen Mitgliedern der twicetownschen Wissenschaftsgesellschaft um sein Gleichgewicht rang, verfügte über ein erstaunliches Repertoire an Bewegungen: hin und her, hoch und runter und horizontal – Ostnordost, und jetzt geradewegs nach Norden –, immer die Keys entlang auf Marathon zu. Das Schiff hielt sich im Großen und Ganzen dicht an der Küste, weil ein Sturm drohte und die See, wie Herr Cheung leider Gottes bezeugen konnte, rau war. Sie passierten die Schneise zwischen Summerland Key und Ramrod Key, wo zwei gezackte Bruchstücke der Schnellstraße US 1 es aufgegeben hatten, einander über die Distanz hinweg zu erreichen, eingeschlafen und ins Wasser gefallen waren. Leute auf dem Fährfloß, das zwischen den beiden Inseln verkehrte, riefen und gestikulierten fröhlich zur *Catch* hinüber. Ein Mann zog sein Hemd aus und schwenkte es über dem Kopf; doch die Stimmen verloren sich im Wind.

Mit Entsetzen schätzte Herr Cheung, dass es noch weitere zwei Stunden dauern würde, bis Marathon erreicht war. Von all den Gefühlen, die ihn zu Beginn dieser Reise beseelt hatten – Erregung, Neugier, unbestimmte Dankbarkeit, große Furcht –, war er durch dauerndes Erbrechen gründlich entleert. Sein Hals schmerzte, und er zitterte vor Schwäche. Die salzige Gischt und der Dieselrauch füllten seine Lungen, kraftlos umfasste er die Reling und erwartete ungeduldig seinen Tod.

«Nimm doch ein Salzbiskuit. Bitte, nur einen Bissen», bellte Park-Smith gegen den Wind. Eine Bö riss die Nase des Bootes nach backbord – diese Bewegung war neu, eine Art Halbtrudel, und Herr Cheung staunte über die Unerschöpflichkeit des Bösen in der Welt. Das Biskuit, mit dem ihn Park-Smith wie mit einem Brocken Gift bedrohte, gehörte ebenfalls dazu. Herr Cheung wollte kein Biskuit, ja es war ihm widerwärtig, doch er ließ sich nichts anmerken; in seinen Beschwerden hatte er einen unvergleichlichen Lehrer gefunden, der ihm gleich zu Beginn der Reise eingebläut hatte, weder zu nicken noch den Kopf zu schütteln.

Der junge Maat, ein Weißer, stand im Bug und hielt nach unvermuteten Hindernissen in diesen seichten Gewässern Ausschau, während der Kapitän, ebenfalls ein junger Weißer, der aus der berühmten Familie Wilson stammte, auf seine Zeichen mit unerwarteten und peinigenden Richtungswechseln reagierte. Herr Cheung war der einzige seekranke Passagier. Andere Mitglieder der Wissenschaftsgesellschaft – der bullige Maxwell, Park-Smith, Bobby Calvino, der ohne seine Frau gefährlich werden konnte und bereits betrunken war –, hatten sich die ganze Zeit amüsiert und sahen jetzt gelangweilt drein. Sie waren seit fast drei Stunden auf dem Wasser, und der verhangene Himmel zog sich, je näher der Abend rückte, noch weiter zu.

Unterhalb von Key Marathon steuerte Kapitän Wilson sein Schiff durch einen Kanal auf die größte Stadt der Keys zu. Hier war das Wasser heute ruhiger. Herr Cheung spürte, wie seine Übelkeit nachließ, noch ehe sie hinter dem örtlichen Schlachthof festmachten. Der Schlachthof war früher ein Hotel gewesen. An Balken, die man über den Swimmingpool gelegt hatte, hingen die abgezogenen, kopflosen Kadaver einiger Hunde und Ziegen. Ein kleiner Mann, offenbar der Einzige, der zu dieser Stunde an der

Arbeit war, balancierte mit einem Eimer über die Balken und begoss das Fleisch mit Gewürzlake. Als Park-Smith dem Orchestermanager über den Pier zur Straße hinüberhalf, sah Herr Cheung durch die scheibenlosen Fenster hinter dem Swimmingpool eine tote Ziege auf dem Bartisch der Cocktail-Lounge liegen. «Halt dir die Nase zu, Tony», warnte Park-Smith, doch Herr Cheung hatte bereits den Atem angehalten. Der Gestank des Schlachthofs hielt jedermann fern. Die Gebäude in dieser Straße beherbergten nichts als Sandverwehungen und ein paar muschelüberkrustete Fischerboote.

Als die vier eine Reihe von Hütten hinter sich gelassen hatten, vor denen die Familien hockten und Fisch und Reis aßen und sich Sorgen wegen des Wetters machten, und dann durch eine flache Gegend marschierten, wo alte Häuser abgerissen und zu Stößen von Bauholz geschichtet worden waren, fühlte Herr Cheung sich vollends wiederhergestellt.

«Ich erinnere mich nicht mehr, wo die Bibliothek ist», sagte er zu den anderen. «Wie weit noch?» Seine Erregung war zurückgekehrt. Er bemühte sich, keine Erwartungen zu hegen, doch hätte man der Gesellschaft aus Twicetown kaum die weite Reise zugemutet, sich wahrscheinlich nicht einmal herabgelassen, sie einzuladen, wenn das Buch nicht von Bedeutung wäre.

«Noch zwei Straßen, glaube ich», meinte Maxwell, und Park-Smith sagte: «Zwei Straßen.»

Laut Park-Smith hatte die Marathoner Wissensgesellschaft das Buch gegen ein Boot eingetauscht. Das musste sie sein – die Quelle, das Geschichtswerk, nach dem sie alle so lange gesucht hatten, dass ihre Hoffnung, es jemals zu finden, geschwunden war – der Text, der das Ende der Welt erklärte.

Der Gedanke an das Buch versetzte Herrn Cheung in Panik.

«Es ist dunkel, vielleicht haben sie schon angefangen.» Er beschleunigte den Schritt. Wenn nötig, würde er die anderen hinter sich lassen.

Die Bibliothek, ein Gebäude aus Stein, war stehen geblieben, als man alle Holzbauten niedergerissen hatte. Jetzt stand es einsam am Rande des Feldes. Breite Stufen führten zum Eingang hinauf, den zwei aus der Mauer ragende Fahnenmasten flankierten, der eine nackt, während von dem anderen eine zerfranste Flagge herabhing, die dann und wann hochhüpfte und das dunkelrote Andreaskreuz des Bundesstaates Florida präsentierte. Noch ehe sie die Treppe erreicht und die Fahnenmasten passiert hatten, vernahmen sie das Stimmengewirr aus dem Innern.

Es war ein bedeutender Anlass. Beim Eintreten sah Herr Cheung auf den ersten Blick, dass sehr viel mehr Zuhörer anwesend waren als die dreißig Mitglieder der Marathoner Gesellschaft. Ihre Hitze und ihr Atem füllten die Luft bis zum Ersticken, und alle sprachen gleichzeitig – mindestens fünfzig Bürger von Marathon, die in den verschiedensten Posen auf dem kühlen Boden des Versammlungsraums hockten, die meisten von ihnen Weiße aus den Familien der Händler, aber es waren auch Fischer und Tagediebe darunter, die Hemden trugen wie zu einer Hochzeit oder Beerdigung, und sogar ein paar Desechados: Herr Cheung bemerkte einen buckligen jungen Blinden, der in einer Ecke saß und dem Sprecher ein grotesk verformtes riesiges Ohr zuwandte. In Laternen verbrannte kostbares Kerosin, das Licht spendete. Die Gespräche verstummten, als die vier aus Twicetown sich durch ihr Verweilen am Eingang bemerkbar machten, wurden danach jedoch schnell wieder aufgenommen.

Roderick Chambers stand hinter dem einzigen Möbelstück des Raums, einem ramponierten Kopiergerät von der Größe zweier Ziegen, im Rücken die Metallregale mit den paar hundert Büchern der Öffentlichen Bibliothek Marathons. Vor dieser Mauer aus Worten begrüßte er nun die Wissenschaftsgesellschaft aus Twicetown mit einer einsamen Geste der Umarmung, die er sogleich umwandelte, indem er die Hände zusammenlegte wie zum Gebet und auf ein paar freie Plätze zu seinen Füßen in der ersten Reihe wies. Beine wurden angezogen für die Neuankömmlinge, als Park-Smith sich und den anderen einen Weg durch die Versammelten bahnte. Die an der Wand standen, machten, ohne zu murren, Platz. Es war die Art von Höflichkeit, wie Herr Cheung sie in einer Katastrophensituation erwartet hätte. Er wurde gegen eine winzige dunkelhäutige Frau mit zottigem Negerhaar gepresst, die übel gelaunt wirkte, doch sie lächelte ihn an und zog die Beine bis fast unters Kinn, um ihm so viel Platz wie nur möglich zu lassen, und übte sich weiter in Geduld.

Roderick Chambers ging auf irgendeine Unzufriedenheit unter den Mitgliedern der Gesellschaft ein. «Und andererseits», sagte er gerade, «waren alle Möglichkeiten erschöpft und eigentlich ohne Ergebnis. Ein Buch wie dieses suchen wir doch schon seit langem. Es war das einzig mögliche Geschäft.»

«Geschäft nennen Sie das?», rief eine Stimme aus dem Hintergrund.

«Es war das einzig mögliche.»

«Die haben ein verdammtes Boot. Und wir wissen immer noch nicht, *was* wir haben.»

«Wir haben eine Garantie, was die Seiten betrifft – fehlt auch nur eine einzige Seite, ist der Handel hinfällig. Davon abgesehen allerdings haben wir bekommen, was wir bekommen haben. Nicht mehr und nicht weniger.»

«Wir müssen verbindliche Grundregeln festlegen», sagte jemand. «Normalerweise sehen wir uns das Inhaltsverzeichnis an, und von jetzt an sollten wir lieber sagen: sehen wir uns *immer* den Inhalt an.»

«In der Regel kaufen wir doch per Kilo», entgegnete Chambers.

«Wir sehen uns nicht mal ...»

«Bei den normalen Büchern, wollen Sie sagen. Bei den hochpreisigen kontrollieren wir den Inhalt. Und *dieses da* ...»

«Es war das einzig mögliche Geschäft», wiederholte Chambers, einem Sturm von Kommentaren trotzend; er schüttelte den Kopf und schloss die Augen. «Das einzig mögliche, das einzig mögliche ...»

«Woher wissen Sie, dass es nicht kontaminiert ist, wenn Sie es nicht mal *sehen* konnten?»

«Das wissen wir, weil es nicht aus Miami kommt. Es stammt von hier. Ursprünglich war es Eigentum dieser Bibliothek.»

Empörung wurde laut.

Chambers schien sein Vergnügen daran zu haben, die Menge mit der Neuigkeit zu schockieren, dass sie für das eigene Buch so viel gezahlt hatten. «Es wurde vor langer, langer Zeit gestohlen», sagte er. «Jetzt ist es zu uns zurückgekehrt.»

«Aus welcher Quelle?», riefen einige. «Aus welcher Quelle?»

«Der üblichen», versicherte ihnen Roderick Chambers.

Was soll denn das ganze Gerede, dachte Herr Cheung. Er war inzwischen sprachlos vor Anspannung. Er schaute weder rechts noch links, nahm nichts mehr wahr und versuchte sich zu beruhigen, indem er sich sagte, dass es eines Tages ja hatte passieren müssen. Und dieser Tag war heute. Es musste das Buch sein, auf das sie alle gehofft hatten.

«Es kann doch wohl nicht wahr sein», rief Chambers über den Lärm hinweg, «dass Sie hergekommen sind, um auf einem toten Thema herumzureiten, wenn wir das Buch gleich hier vor der Nase haben.» Er trat zurück und wies mit dem Finger theatralisch auf ein Buch, das zwischen lauter anderen hinter ihm auf einem der Regale lag.

Pressy langweilte sich und nippte am Kartoffelschnaps, als die windige Dämmerung hereinbrach. Die *Los Desechados*, in deren Mannschaft er der Jüngste war und am wenigsten Respekt genoss, lag heute vor Anker, denn alle Möwen waren ostwärts aufs Meer zugeflogen, ein sicheres Zeichen, dass irgendwo draußen im Golf ein Sturm tobte.

Pressys Cousin Alfo war auf der anderen Seite der Siedlung bei seiner Schwester untergekrochen, deren Dach nicht leckte. Drake lag drinnen und schlief, aber Drake würde nach Hause zu seiner Mutter rennen, sobald es zu donnern begann. Pressy war entschlossen, hier zu bleiben, wo er wohnte, selbst wenn er ertrinken sollte, was man nicht ausschließen konnte, denn der vordere Teil der Hütte drohte einzustürzen. Normalerweise stand das kleine Häuschen leer. Kokosnussschalen, Holzklötze, die noch gehackt werden mussten, und lauter Dinge, die keiner mehr brauchte, sammelten sich hier an.

Pressy schnalzte der kleinen grauen Katze zu, die sich unterm Haus versteckt hielt. «Komm raus, Señor.» Mit sorgenvoller, wacher Miene erschien das Kätzchen unter den Überresten der Treppe und stieß einen Schrei aus.

Pressy nahm noch einen Schluck Schnaps. Dann steckte er den Finger in den Flaschenhals und hielt dem Kätzchen den nassen Finger hin, doch es schnupperte nur daran und kehrte Pressy dann den Rücken zu.

Als Drake von seiner Siesta zwischen den Brennholzstapeln erwachte und, sich die Augen reibend, zu ihm herauskam, fühlte Pressy sich schon besser.

«Regen kommt durchs Dach runter», versprach er Drake. «Donner kloppt unsre casa hier kaputt. Blitz verbrennt uns lebendig. Sarge weiß Bescheid.» Pressys Hund Sarge lag in einer dunklen Ecke der Hütte, verstört von Donnergeräuschen, die außer ihm noch niemand vernahm. Drake antwortete nicht. Er zitterte im kalten Wind und schlang die Arme um den Körper.

Pressy ging ins Haus und kam mit einer Kokosnussschale zurück, in die er Schnaps für das Kätzchen goss. Als er sie auf den Boden stellte, schnüffelte das Kätzchen einmal, traute sich aber nur bis auf eine Handbreit an die Quelle des Aromas heran. «Has kein Durst?», fragte Pressy. Er holte eine ganze Kokosnuss aus dem Haus, stach sie mit seinem Messer auf und schüttete etwas Milch aus der braunen Frucht in die provisorische Schüssel. «Wissenschafliches Esperiment», erklärte Drake. Diesmal kam das Kätzchen nicht einmal näher.

Drake ging ins Haus, und Pressy fragte: «Wo gehs hin?» – nur um etwas zu sagen. Schon war Drake wieder da, einen Schal aus Sackleinen um die Schultern.

«Un für so n Esperiment», sagte Pressy, «hols jetz mal n bisschen Milch.»

«Is doch dein Esperiment.»

Feierlich erwiderte Pressy: «Fiskadoro hilf mir ganz oft, Drake.»

«Bin nich Fiskadoro», sagte Drake.

«Oh», Pressy legte die Hände vors Gesicht, «wenn du das so sags, dann wirds ganz duster in meim Herz, wenn du so sags, bin nich Fiskadoro, bin mein eigener Bruder nich, und sags, ich glaub dein Esperiment nicht, Pressy, bin nich dein Cousin, will nich mehr mit raus auf *Los Desechados* ...»

«Sí! Ich *will* mit raus auf *Los Desechados*!»

«Un warum hols dann nich n bisschen Milch? Machs mein Herz so duster, bis ich dein Gesicht nie mehr sehn will auf meim Boot.» Pressy kippte den Inhalt der Schale auf den Boden und drückte sie Drake in die Hand. «Sags einfach Towanda Sanchez: Mi madre brauch das, für weil ihr Magen brennt.»

Mit der freien Hand den Juteschal unterm Kinn zusammenhaltend, trug Drake die Kokosschüssel zu Leon Sanchez und kam bald mit vorsichtigen Schritten zurück, den Blick auf die Milch geheftet. Der Abend war jetzt dunkel geworden. Die Sackleinenzipfel flatterten ihm um die Schultern. «Hat mir nich gern gegeben», sagte er zu Pressy. «Ziege die macht heut nich viel.»

«Is wichtig», sagte Pressy. Er goss etwas Schnaps in die Milch und schnalzte, bis das Kätzchen unter dem Haus hervorkam. Es schnupperte an dem Gemisch, zuckte zurück, kam erneut näher, steckte eine Pfote in die Schüssel und kratzte an der Flüssigkeit, als wollte es wegschaben, was immer da so anstößig roch, schnüffelte an seiner Pfote, beleckte sie mit der Zungenspitze, nieste, wandte sich angeekelt ab, spazierte eine Weile herum, wiederholte das alles und nahm endlich einen Schluck aus der Schüssel, setzte sich, leckte sich die Lippen und bewegte diese Erfahrung in seinem Kopf. «Jetz trink sie», prophezeite Pressy. Er nahm selbst einen Schluck aus der Flasche und marschierte, die Hände hinterm Kopf verschränkt, die Ellbogen weit abgespreizt, hin und her.

Immer weniger widerstrebend trank das Kätzchen die Ziegenmilch, bis die Schale leer war. Drake und Pressy sahen kommentarlos zu. Weit draußen über dem Golf war ein schwaches Donnern zu hören.

Die kleine Katze hopste um ihre Füße herum und hieb nach imaginärer Beute, verhielt sich im Wesentlichen aber, als wäre sie völlig nüchtern. Pressy war enttäuscht. «Wieso fällt die nich um?», fragte er Drake. «Immer jedes Mal, wenn ich trink, fall ich um.» Ein lautes Donnergrollen scheuchte das Kätzchen unter die Hütte zurück.

«Katze fällt nich um, wenn Katze Schnaps trinkt», sagte Drake.

«Stimmt», sagte Pressy. «Wissen wir wegen dem wissenschaflichen Esperiment.»

Seite an Seite saßen sie auf den zerbrochenen Stufen und warteten, was als Nächstes geschehen würde.

«Un jetz, qué pasa?», fragte Drake.

«Jetz kommt Sturm», sagte Pressy.

«Nagasaki.» Roderick Chambers trat einen Schritt zurück und dann einen Schritt nach rechts, näher an die Wandlampe heran. *«Die vergessene Bombe.»*

Oh, mein Gott, dachte Herr Cheung.

Er hätte die Menschen um sich herum atmen hören können, wären da nicht die Böen gewesen, die die ersten Regentropfen gegen die Bretterverkleidung der Fenster warfen. Sein eigener Atem ging zu schnell. Ein Beben des Sturms ließ die Schatten im Raum erzittern. Es war kein besonders bösartiger Sturm, schon gar kein kataklystischer. So früh in der feuchten Jahreszeit war raues Wetter normal; Hurrikane kamen später. Mit der zwingenden Kraft der Vernunft suchte er die Angst zu vertreiben, sie könnten sich allein dadurch, dass sie etwas über die Bombe lasen, heute Abend für immer vom Erdboden ausradieren.

Drake half seiner Mutter, die Bretter für die Fenster unter dem Haus hervorzuholen und sie hineinzuschleppen; der Regen strömte, und drinnen brüllte Mike. Belinda sagte nichts, machte jedoch durch eine weitgehend ausdruckslose Miene und ein gewisses müdes, triumphierendes Pathos in ihren Bewegungen deutlich, dass Drake diese Arbeit schon vor Tagen hätte erledigen sollen, dass er nicht zum Fischen aufs Meer gehen dürfte, weil er erst zehn war, dass er nicht bei Pressy und Alfo wohnen dürfte – dass er ein Dämon und ein Verbrecher war. Die Bretter waren ein wenig aufgeweicht und durch die salzige Feuchtigkeit an den Ecken angefressen. Stellenweise waren ihre Ränder nicht stabil genug, um den Holzriegeln, die sie tragen sollten, Halt zu geben, und indem sie beim Hantieren mit einem dieser Riegel wiederholt den Mund verzog, schaffte Belinda es, Drake zu verstehen zu geben, dass er irgendwie auch hierfür verantwortlich war. Blind vor lauter Sündigkeit stieß er sich einen Zeh schmerzhaft an der Batterie, die Belinda von der Fensterbank auf den Boden gestellt hatte.

Es regnete jetzt stärker, und der Wind begann nachzulassen, doch der Perlenvorhang im Eingang klapperte weiter gegen das Türbrett, als sie es befestigten, und dann kratzten die Perlen über das Holz, hin und her, als scharre sich etwas einen Weg ins Haus. Drinnen war es nun einigermaßen behaglich. Mike brüllte nicht mehr, die Kerzenflammen tanzten nicht mehr in den Gläsern, und der Regen klang nicht mehr wie der Tod. «Was wills du aquí?», fragte Belinda, als hätte sie Drake eben erst hier entdeckt.

«Mein Magen is krank», sagte Drake.

Sie ahmte das Öffnen und An-den-Mund-Setzen einer Flasche nach. «Party da unten.»

«Ne, is nich keine Party. Kommt von weil ich fast zehn grüne Kokosnüsse ess.»

Belinda schnappte sich Mike und wusch ihm unsanft das Gesicht mit Salzwasser aus dem Muscheleimer. Dann rieb sie sich die Hände an ihrem neuen Jeansrock trocken, während Mike wieder zu schreien begann.

«Mir is so schlecht, ich muss hier bleiben. Regnet», sagte Drake.

«Ach», sagte Belinda. «Ha! Hm!»

Jemand hämmerte kräftig gegen das Brett in der Türöffnung.

«Du machs meine Tür kaputt, Pressy!», rief Belinda. Sie löste das Brett und zog es zur Seite.

Pressy hielt seinen Hund Sarge am Nackenfell gepackt und äugte durch die Perlenschnüre.

«Is keine Party aquí», sagte Belinda.

«Sarge hat n Mondrappel», erklärte er, «deshalb bleiben wir jetzt hier heut Nacht.» Der Hund drängte sich bis zum Ofen durch, wo er versuchte, unter die eigenen flach gelegten Ohren zu kriechen. Auch Pressy kam schnell herein.

Ein paar Stunden später sah es so aus, als ob niemand Wert darauf legte, dass Roderick Chambers die Lektüre fortsetzte. Sie unterbrachen seinen heiseren Vortrag mit Fragen, von denen sie wussten, dass er sie nicht beantworten konnte. War das die erste Bombe? War es die letzte? «Was reden die da über Japan?», fragte ein Fischer, der hinten stand und gegen die Bretter im Fenster hämmerte, um sich Gehör zu verschaffen. Donner antwortete ihm. Unterdessen stritten die Zuhörer miteinander. Einige behaupteten, das Buch erzähle nicht die Wahrheit, sondern nur erfundene Geschichten. Während sie muckten und zeterten, las Roderick Chambers still für sich weiter, bis die Leute riefen: «Vorlesen! Vorlesen!» Er fing einfach dort wieder an, wo er selber gerade angekommen war. *«Frau Yoshijama war in ihrer Küche beim Kartoffelschälen und beobachtete fassungslos, wie die Kartoffelschalen aus dem Fenster flogen, eine Sekunde bevor sie selbst zu Boden geschleudert wurde.»* Augenblicklich gab es neue Unterbrechungen durch die Ungläubigen, die dazwischenriefen, niemand habe wissen können, ob diese Frau Yoshijama Kartoffeln oder Orangen geschält habe: Es müsse eine Geschichte sein. «Und für so was haben wir ein *Boot* eingetauscht!», schrie einer.

Doch die Stimmen verebbten, und nur das Trommeln des Regens auf dem Feld und gelegentlicher Donner konkurrierten mit Chambers, als er den Bericht dreier Männer vorlas, die kurz nach der Bombardierung im Flugzeug über die Stadt geflogen waren:

«Niemals zuvor hatte Leutnant Komatsu etwas Ähnliches gesehen ... Ein ungeheurer Vulkanausbruch, über dem zahlreiche Rauchschichten aufstiegen. Ein Ring schwarzer Wolken war in heftiger Bewegung wie etwas Lebendiges ... Die Sonne stand hinter den Wolken, sodass sie beständig die Farbe zu wechseln schienen, von Rot über Blau bis Gelb ...»

Herr Cheung glaubte, von einer früheren Geburt-und-Tod-Existenz zu träumen, als er sich vor Augen führte, was Roderick Chambers da las. Welcher von ihnen war ich?, fragte er sich.

«... er öffnete das Kabinenfenster und streckte die Hand hinaus. Schnell zog er sie wieder zurück. Er trug Handschuhe und hatte doch das Gefühl, seine Hand in glühenden Dampf getaucht zu haben ...»

Ich war dort, sagte Herr Cheung zu sich selbst. Die Schlösser wurden aus den Türen gefegt. Als die Bomben fielen, waren wir schon vergessen. Die Bombe sagte, ich werde mich nicht erinnern.

«Mit Sicherheit war ganz Nagasaki zerstört. Und er war

kurz davor, in diese bedrohliche Wolke hineinzufliegen. Kalter Schweiß ...»

Ich war dort. Meine Augen verbrannten. Es war das Einzige, was ich fühlte. Ich erinnere mich.

«Ich ertrage das nicht!», rief plötzlich eine Stimme.

Meine Augen gingen in Flammen auf. Ich starb.

«Genau das steht in dem Buch!», sagte Roderick Chambers. «Hier – lesen Sie selbst: *‹Ich ertrage das nicht!›, rief plötzlich eine Stimme, und als Leutnant Komatsu sich umdrehte, sah er, wie Stabsunteroffizier Umeda sich erbrach.*»

Ein Mann in der ersten Reihe wandte sich an die Zuhörer: «Das Buch erzählt uns, was wir sagen sollen!»

Donner krachte, und eines der Fensterbretter fiel, an ein paar wenigen Nägeln baumelnd, ins Zimmer. Man hörte Schreie. «Macht das wieder zu!», rief Roderick über den Lärm hinweg.

«Aber genau das steht hier im Buch!», sagte der Mann, dem er das Buch übergeben hatte. *«‹Fenster ... zu!›, keuchte er. ‹Schnell! Zu!›»* Der Mann schwenkte das Buch über dem Kopf, und Roderick Chambers riss es ihm aus der Hand.

Herr Cheung war inzwischen so überzeugt, bloß zu träumen, dass das ganze Erlebnis ihn ernüchterte und enttäuschte. Es war nicht wirklich, war nur ein Traum. Seine Seekrankheit schien wiederzukommen. Er hatte furchtbare Kopfschmerzen, und ihm war übel.

«... entweder von den Gasen oder von der Hitze», las Roderick Chambers gegen den Protest seiner hysterischen Zuhörer an, *«bekam er furchtbare Kopfschmerzen, und ihm war übel.»*

Weil jetzt alle im Haus waren – ihre zwei jüngeren Söhne, ihr kleiner Bruder –, fühlte Belinda sich groß und stark: älter zwar, aber älter auf eine Art, die ihr gefiel. Sie setzte sich neben Drake und Mike, die sich vor Kälte zusammengerollt hatten, aufs Bett. Pressy überwand sich, Holz aufs Feuer zu werfen, weil er aller Welt zeigen wollte, dass er hergekommen war, um sich nützlich zu machen. Das Geräusch des Regens wurde schwächer, dann wieder stärker. Das Auge des Sturms entfernte sich. «Einziger, wo draußen im Blitz rumgeht, is Bruce Lee», sagte sie und streichelte Drake übers Haar.

«Wers das?», fragte Drake; er lag mit dem Rücken zu ihr auf der Seite und starrte mit halb offenem Mund den Schlaf an, der über ihn kam.

«Bruce Lee. Der war ganz lektrisch, mit Lektrisität als Augen. Der konnt deine Lektrisität hörn und immer sagen, ob du lügs oder nich.»

«Wo war der her?», fragte Drake.

«Von China. Ganz unten in tiefem Loch in der Erde.»

«Mama, erzähl kein Quatsch!»

«Is ne Geschichte», erwiderte sie.

«In Batterien drin is lektrisch», belehrte sie Pressy. Er saß an der Wand, sodass er Sarge in der Küche im Blick hatte, und versuchte nicht zusammenzuzucken, wenn der Donner über die Army rollte. Die Blitze waren jetzt weit entfernt – die peitschenden Ausläufer des Sturms zogen Osnordost auf Marathon zu. Er hörte Belindas Geschichten zu und hielt Wache über Sarge; wenn es sein musste, würde er die ganze Nacht hier sitzen und warten, bis Sarge seinen Mumm wiederhatte.

Herr Cheung war nicht der Einzige, der dachte, dass das Lesen des Textes über die Bombe einen absolut zerstörerischen Sturm herbeigeführt hatte. Die anderen weinten und schrien, die Lesung müsse abgebrochen werden. «Wir brauchen eine Diskussionspause!» – «Wir bombardieren die Keys!» – «Kommt doch zur *Vernunft*!» Roderick Chambers versuchte fest zu bleiben, war jedoch selbst sichtlich nervös, wahrscheinlich, dachte Herr Cheung, weil er sich einer Wand aus Panik gegenübersah.

«Vernunft?», riefen die Leute. *«Vernunft?»*

Als draußen über dem Feld ein Blitz niederging, erhellte der grelle Schein, der durch die Bretterspalten fiel, einen Raum voller Menschen, die alle gleichzeitig den Kopf zwischen die Knie warfen. «Kein Grund zur Angst! Wir sind hier im besten Gebäude! Im niedrigsten Steingebäude, im sichersten!», rief Roderick Chambers.

O mein Gott, dachte Herr Cheung.

Auf der Heimfahrt am nächsten Tag wurde Herr Cheung nicht seekrank. Die Reise machte ihm Spaß, obwohl sie ein wenig lange dauerte, und mit Vergnügen lehnte er über der Reling und hielt den Blick auf die Küstenlinie gerichtet, die so schnell vorbeizuziehen schien, dass man gar nicht alles aufnehmen konnte. Die Strände waren hart wie Schiefer und nach dem heftigen Regen fast gelb, hatten sich Bretter und Zweige einverleibt und einen Firnis aus schwarzen Blättern und roten und weißen Oleanderblüten gebildet. Das Meer war flaschengrün. Unter seiner wolkigen Oberfläche blieb alles unsichtbar, und so hielt sich die *Catch* weiter draußen im tieferen Fahrwasser.

Die Lektüre des Nagasaki-Buchs, der Versuch, die Dinge zu begreifen, die Aussöhnung der zwei Gesellschaften – all das hatte sich als Fehlschlag erwiesen. Die Verwirrung war nur noch tiefer und verstörender geworden. Herr Cheung glaubte, sie hätten sich damit abfinden können, nichts über den Untergang zu wissen, wäre ihnen nicht allen klar gewesen, dass noch vor sechzig Jahren jedes Kind ihnen alles darüber hätte sagen können. «Ich gebe diese Art von Geschichtswissenschaft auf», sagte er zu Maxwell, der gerade Bobby Calvino, dem heutigen Opfer der Seekrankheit, Beistand geleistet hatte.

«Ich weiß», sagte Maxwell. «Vielleicht hält uns das nur von den praktischen Dingen ab.»

Sie fuhren an Big Pine Key vorbei, einer großen Insel, die zum größten Teil mit Reisfeldern überzogen war. Nackte Jungen sprangen auf dem Rand einer niedrigen Klippe herum, bis das von den Wellen unterspülte Erdreich nachgab und sie in den Golf purzelten; sie trieben ihren Spaß mit dem Leben und lachten ihm ins Gesicht, während ihre Eltern sie bei der Arbeit auf den Feldern wähnten. «Ist Maxwell Ihr Vorname oder Ihr Familienname?», fragte Herr Cheung.

«Es ist mein einziger Name.» Entschuldigend fügte Maxwell hinzu: «So ist es sehr einfach.» Er sank in Herrn Cheungs Achtung – man gab nicht einfach einen Teil seines Namens auf. Später überraschte er Herrn Cheung mit der Bemerkung: «Ich glaube, mein Körper ist von einer außerirdischen Lebensform bewohnt», und schließlich, als sie bereits anlegten, verscherzte er sich die Gunst des Orchesterleiters vollends, indem er ihm im Vertrauen Folgendes sagte: «Unsere ‹Gesellschaft› lehnt zu viel ab. Etwas von diesem Voodoo könnte uns weiterbringen, das glaube ich.»

Sechs

Weil er tief in Gedanken war, achtete Herr Cheung nicht auf seine Füße und nahm nicht den kürzesten Weg. Als er endlich Halt machte und um sich blickte, war er im Ostteil der Stadt gelandet, zehn Minuten zu Fuß von der Straße zur Army, seinem eigentlichen Ziel, entfernt.

Der Ostrand von Twicetown war so gut wie unbewohnt. Gelegentlich durchstreiften Gruppen von Fischern das Gebiet, um zu verhindern, dass die Desechados sich hier niederließen, und schon nach wenigen Minuten stieß Herr Cheung auf eine dieser Patrouillen. Die Männer musterten ihn aufmerksam und grüßten – «Buenas!» und «Hallo!» –, und er fragte sich, ob wohl einer von ihnen Fiskadoro kannte. Von hier bis nach Marathon hinauf zeigten alle, die zur See fuhren, Interesse füreinander. Vielleicht hätte er ihnen sagen sollen, dass der Junge zurück war.

Der Weg endete, und er lief an Eins entlang.

Das Trümmergeröll der Beton- und Backsteinhäuser, durch die Eins hindurchgepflügt war, hatte man mit den Jahren an den Rand geräumt und so eine Steinarena geschaffen, in welcher Eins sich eindrucksvoll präsentierte. Dieser freie Platz aus Sand und zerstörtem Asphalt, auf dem eine Atombombe ruhte, war zu einem Treffpunkt bei politischen und religiösen Ereignissen geworden. Starb ein großer Mann, wurde er hierher gebracht. Das Geschoss selbst hatte fast den Umfang eines Hauses. Man konnte bis sechs zählen, während der schnellste Läufer Twicetowns von einem Ende zum andern rannte. Die Außenhaut der Bombe war versengt und aufgeplatzt, an einigen Stellen noch dunkeloliv, an anderen, wo alle Farbreste fehlten, glänzte sie wie Glas. Zwei, wie die andere genannt wurde, war nur ein grasüberwachsener schwarzer Sprengkopf auf einem Feld im Norden der Stadt. Eins hingegen war von Kopf bis Schwanz intakt. Es hieß, sie sei eine amerikanische Bombe, die vom Kurs abgekommen war.

Herr Cheung hielt sich links und durchquerte ein Stück Industriegebiet, an der Flaschenfabrik und der Kerzenfabrik vorbei, die, beide geschlossen, der Zeit harrten, da ein plötzlicher Anstieg der Nachfrage irgendeinen großen Mann auf den Plan riefe, der die Bretter von den Fenstern reißen und dafür sorgen würde, dass sie den Zyklus chaotischen Lebens und frühen Todes durchliefen, dem noch keines der Geschäftsunternehmen auf den Keys entgangen war. Es gab andere Gebäude in der Umgebung, die nie Schauplatz solcher Wiederauferstehungen gewesen waren und in deren Innerem unergründlich gewaltige Maschinenleiber aufragten, sodass keiner dort wohnen mochte. Sogar Herrn Cheung beschlich im Vorbeigehen die Angst vor etwas, das darauf lauerte, Menschen zu Schmiere zu walzen.

An der Straße, die aus Twicetown herausführte, erwartete ihn Park-Smith im Schatten einer Mauer, hinter der das Gras über alte Fundamente wucherte. Er hielt einen seiner Kampfstiefel in der Hand und hatte das Gesicht darin vergraben, anscheinend um den Geruch des Leders einzuatmen.

Er hüpfte Herrn Cheung entgegen und hinkte, mit einem nackten Fuß, neben ihm her. «Glaubst du, wir bekommen die Klarinette?», fragte er.

«Es geht nicht um die Klarinette», antwortete Herr Cheung. «Es geht um meinen Schüler Fiskadoro, der jetzt wieder zurück ist.»

«Ja, ja. Aber ich hab an die Klarinette gedacht.»

Da ihm nichts einfiel, worüber sie hätten reden können, begann Park-Smith auf die Lockrufe der Händler zu hören, ließ sich immer wieder aufhalten, nur um dann doch nichts zu kaufen, bis die beiden Musiker schließlich die Stadt und ihre Händler hinter sich gelassen hatten und in die Gegend kamen, wo der Asphalt aufhörte und die staubige, von Nomaden und Bettlern stark frequentierte Verbindungsstraße quer durch eine Art Stranddschungel führte, der hier und da vom Schotter der Gebäude unterbrochen war. Park-Smith blieb stehen und zog den zweiten Kampfstiefel aus. Barfuß, in jeder Hand einen Schuh, ging er an der Seite des Orchesterleiters.

Er wünschte, Herr Cheung hätte sich über dies und jenes ausgelassen. Der Weg schien länger, wenn keine Gespräche seine Monotonie aufhoben. Der Manager war tief in Gedanken versunken; er lebte zu sehr in seinem Kopf. «Wir müssen sie darum bitten, bei ihnen zu übernachten, weißt du», sagte Park-Smith in Anbetracht der fortgeschrittenen Stunde – die Sonne stand tief im Westen. «Ist morgen nicht früh genug?»

«Es eilt. Der jüngere Bruder Drake war heute früh bei mir.»

«Ja, ja – du hast ihn ja zu mir geschickt.» Sofort war Park-Smith besorgt. «Weißt du das nicht mehr?»

Eine Stunde später hatten sie die Army erreicht. Der Zaun, der die Anlage einmal vom zivilen Florida getrennt hatte, war seit langem verschwunden, und die Kokosnuss- und Dattelpalmen, die aus jedem Quadratmeter unbewohnter Erde emporzuschießen schienen, rückten den Wohnhäusern auf den Leib, sodass die Siedlung mit der sie umgebenden Landschaft verschmolz. Jetzt ging die Sonne unter. Der Schatten unter den Bäumen war kein Schatten mehr, sondern Dunkelheit.

Hinter Fiskadoros Haus lag im unbarmherzigen, rostfarbenen Licht ein altes Fischerboot am Ufer, das die Dorfbewohner anzog. Und dort stand auch Martin, neuerdings bekannt als Cassius Clay Sugar Ray, bis zu den Knien im Wasser, eine Hand auf dem Ankerseil. Die späte Stunde verlieh dem Strand eine unbeschreibliche Blässe. Boot und Menschen schienen klein und weit entfernt.

«Hat er jetzt ein Boot?», fragte Park-Smith, als er ihren Halbbruder erkannte.

Herr Cheung blieb stehen und sah zum Ufer hinüber. «Das hätten wir uns denken können», sagte er. «Sie haben doch das Buch gegen ein Boot getauscht.»

«Das Nagasaki-Buch!»

«Das hätten wir uns ja denken können.»

Sie waren nur noch wenige Meter von Fiskadoros Haustür entfernt, warteten jedoch, um Martin zu begrüßen – der ihnen zuwinkte, während er mit einem sonnengebleichten Seesack über der Schulter durchs Wasser stapfte –, denn es war in jeder Situation das Beste, zunächst einmal herauszufinden, was Martins Anwesenheit zu bedeuten hatte.

«Der weiße Leibwächter», sagte Park-Smith, als er Martins Begleiter entdeckte.

«Ha! Ha! Ha!», rief Martin, als er zusammen mit dem Weißen näher kam. Er ließ den Seesack auf den Sand fallen, klopfte Park-Smith auf die Schulter und sagte: «Wie geht's unserem Vater?» Dann schüttelte er Herrn Cheung die Hand und fragte: «Wie geht's unserer Mutter?» Es war ein alter Scherz; die beiden waren längst tot.

Martin zeigte auf den Weißen, der ein Gewehr über der Schulter trug. «Sammy Goodman. Tony und Billy sind meine Brüder, gute Männer. Sammy Goodman ist ein guter Mann. Ich bin Cassius Clay Sugar Ray und ein guter Mann.»

Herr Cheung sagte: «Dein neuer Name ist mir schon zu Ohren gekommen.»

«Du hast bei der Marathoner ‹Gesellschaft› ein Boot getauscht?», erkundigte sich Park-Smith. Martin lächelte nur, als verstünde er die Frage nicht, und Park-Smith setzte hinzu: «Vielleicht?» Doch Martin lächelte nur.

«Warum bist du hier?», fragte Herr Cheung.

«Ich hab große Menge Interesse über den Jungen Fiskadoro, dein War-mal-Schüler», erwiderte Martin.

«Was denn?», sagte Park-Smith. «Der wurde entführt. Jetz is er zurück.»

«Irgendein Jemand erzählt mir, Fiskadoro is nich mehr wie derselbe.»

«Natürlich nicht», sagte Herr Cheung. «Eine Tortur, eine Tortur hat er hinter sich.»

«Erzählt mir, is ganz nich, gar nich mehr wie derselbe.» Martin hob sein Bündel auf, und die drei betraten das Haus.

Drinnen erstickte die Wellblechhütte unter mehreren Lagen von Gerüchen – nach Rauch, nach Schimmel, frischen und verwesten Makrelen, Obstschalen im Zustand der Gärung –, und zunächst blieb Herr Cheung in der Nähe der Tür und der frischen Luft. Die Leute vom Dorf warteten draußen in der Dämmerung und dämpften ihre Stimmen.

Martin entzündete eine Kerze neben dem Bett, lief in der Hütte herum und zündete noch weitere Kerzen an und machte um jedes Streichholz ein großes Spektakel.

Fiskadoro, die Ursache all der Aufregung, lag im Nebenzimmer, ein graues zerlöchertes Laken bis unters Kinn gezogen. Auf einem alten Autositz saß die Mutter, die Hände mit ausgestreckten Armen auf die Knie gestützt und die Schultern hochgezogen, sodass ihre Brüste verborgen waren. Sie stand unter Schock. Ebenso der Junge. Fiskadoros Haar war mit einer dicken gleichmäßigen Schlammkruste bedeckt, die ihn kahl erscheinen ließ. Um die Stirn trug er ein Band aus winzigen Muscheln. Er hatte Löcher in den Ohren, oben und unten, und durch jedes Loch war eine Schnur gezogen und zu einer Schlaufe gebunden. Herr Cheung hatte solchen symbolischen Schmuck bei den Sumpfleuten gesehen. Er trat dicht an das Bett heran und schaute hinab.

«Fiskadoro. Wir möchten das Laken hochheben und dich untersuchen.» Fiskadoro sah ihn an, zeigte aber keine Reaktion. Als Herr Cheung das Laken zurückschlug und die dicke schalentierähnliche Schorfkruste zwischen den Beinen des Jungen sah, wusste er, was passiert war.

Er hatte es halb erwartet und zuckte nicht mit der Wimper, aber Martin und Park-Smith begannen schwer zu atmen.

«Kannst du dich an einen Unfall erinnern, Fiskadoro?», fragte Herr Cheung seinen Schüler.

Der Junge antwortete nicht.

Sammy, der weiße Leibwächter, meldete sich zu Wort: «Ich garantier euch, der weiß nix mehr.» Er warf einen Blick auf die Mutter, als wolle er in ihrer Anwesenheit nicht gern darüber sprechen. «Die machen das so, dass die Jungs alles vergessen.»

«Wer?»

Martin sagte: «Sammy und ich machen bei denen Besuch. Sammy oft. Er hat's gesehn, und er weiß Bescheid.»

«Sie nehmen so n Gedächtnis-Saft», berichtete Sammy. «Erst erinners du jedes kleinste bisschen auf der Welt, und dann gar nix mehr. Bums. Aus. Nada», fügte er hinzu, offenkundig in dem höflichen Bemühen, sich restlos verständlich zu machen.

«Sie halten eine große Zeremonie ab, viele Tage lang, wenn's Zeit is für ...» Martin wies auf Fiskadoros Wunde und sog die Luft durch die Zähne ein.

«Subinzision», sagte Herr Cheung. Er zog dem Jungen das Laken wieder bis unters Kinn.

«Grauenvoll. Grauenvoll. Grauenvoll», sagte Park-Smith.

«Das geht so», sagte Sammy. «Sie nehmen die Jungs, die dran sind mit Aufschlitzen, und sagen ne Menge Sprüche auf – diese alten Männer, die sagen was für die Jungs auf, den ganzen Tag lang. Und dann jeden Tag beim Sonnenuntergang nehmen sie all dies Zeugs und mahlen das zusammen mit *irgendwas* – Blut, Herrgott, ich weiß nich, *was* alles –»

«Pilze», sagte Martin, «und eine so blaue Pille.»

«... und wenn diese Jungs das trinken, Sir, ich schwör's, die sagen das alles wieder her, die wissen jedes Wort.» Das weiße Gesicht des kleinen Mannes war voll ehrfürchtigen Staunens. «Ich mein, die brauchen doch *die ganze Nacht* dafür, aber diesen kleinen braunen Jungs, die lassen kein Wort weg. Nächste Nacht wieder dasselbe, nur andere Reden zum Lernen. Drei, vier Nächte hintereinander haben sie die Jungs da draußen, auf dem offenen Platz vorm Dorf, und fegen denen das Gehirn aus, so würd ich das sagen, und dann schnappen sie über, Sir, ungelogen, diese Jungs, die schlitzen sich selbs den Schwanz auf mit zackigen Steinen. Ungelogen. Paar Tage hinterher wissen die nich mehr, wie sie heißen, plus dass ich lieber nich groß sagen will, wie die sich anhörn, wenn sie n Schluck Wasser rauspissen.» Er blickte die Mutter an. «Nach ner Zeit heilt das zu», sagte er zu ihr.

«Und das haben Sie selber gesehen?», fragte Herr Cheung.

«Dreimal. Weiß aber nich mehr viel.»

«Haben Sie den Gedächtnis-Saft auch getrunken?»

«*Mein Gott*, nein. Glauben Sie vielleich, ich wisch zweiunddreißig Jahre von meinem Leben weg für so n Haufen Nigger? Na ja, wissen Sie», sagte er schnell zu Martin und

Park-Smith, «das *sind* Nigger – so ne tiefe Stufe ungefähr wie diese *burros*, wo die Karren über die Insel bugsieren. Also mich, mich haben die zwei Tage nich schlafen lassen, und ich musst immer ins Feuer reingucken. Wusst ich nich mehr, ob ich träum oder wach bin.»

«Ich glaub», sagte Martin, «was die da alles erinnern müssen für die Zeremonie, is n Haufen Mist. Unwichtig. Die alten Väter wolln einfach bloß, die Jungs solln vergessen. Am Ende wissen die nich mal mehr, wie sie heißen.»

«Totale Mattscheibe hier», sagte Sammy, «genau wie als hätte man ihnen den Kopf abgeschaltet.»

«Aber sprechen können sie?», fragte Park-Smith.

«Sprechen, essen, alles wie andre auch. Aber erst mal sind sie alle zwei Sekunden völlig weggetreten. Paar Wochen später is alles wieder normal, aber die Erinnerung, was vorher passiert is, vor dem ganzen Wahnsinn und der Aufschlitzerei, die kommt nich mehr.»

Davon hatte Herr Cheung noch nie gehört. «Unglaublich.»

«Grauenvoll», wiederholte Park-Smith.

«Aber wenn man jetz die Quelle rausfinden würd», sagte Martin.

«Die Quelle? Das kommt alles von den Sumpfleuten», sagte Park-Smith. «Is doch klar.»

«Ich mein aber die blaue Pille», sagte Martin, «und ich frag mich, wo is die her?»

«*Jetz* hat er n Kreuz auf der Karte gemacht», sagte Sammy. «Ich frag mich schon die ganze Zeit, was wir hier machen.»

«Wo diese blaue Pille her is, über das Problem hab ich große Menge Interesse», sagte Martin.

Er lag unter einem Betttuch auf dem Rücken. Um ihn herum waren Männer. Über seinem Gesicht kam ein schwarzes Gesicht herab und sagte: «Du warst bei den Quraisch. Weißt du, wer diese Quraisch sind? Mohammeds Familie, genau. Mohammeds Stamm von da drüben.»

«Da drüben ist zufälligerweise die halbe Welt», unterbrach ihn ein Kleiner verächtlich und kratzte sich den runden Bauch. «Du hast deine private Geschichte, deine Religion – privado, es ist deine, ganz und gar deine.»

Das Gefühl des schwarzen Mannes, in seiner Würde verletzt worden zu sein, war so stark, dass es die Luft zu färben schien. «Ich hab das studiert, überall, im Koran, in der menschlichen Bibel, im Buch der Mormon –»

«In der *heiligen Bibel.*»

«In der *menschlichen* Bibel. Die is neu in Deerfield.» Der schwarze Mann verschwand. «Guck hier! Attende. Hab ich alles in meinem Beutel.»

Jetzt verschwand der mit dem Bauch, und eine Türöffnung war zu sehen, hinter der, in einem anderen Zimmer, eine Frau saß. Begierde regte sich in ihm und brannte zwischen seinen Beinen.

Ein kleiner Dickbäuchiger erschien, der Bücher in beiden Händen hielt. «Woher hast du diese heiligen Bücher?»

Ein Schwarzer riss ihm die Bücher aus der Hand. «Deerfield is die Mitte der Zivilisation, nich Kuba. Deerfield-Maschinen *drucken* Bücher. Guck?» Der Schwarze hielt ein Buch hoch. «Menschliche Bibel aquí. Kuba macht n großes Geheimnis, aber Deerfield druckt dann für alle.»

Der andere rieb sich mit den Händen übers Gesicht. «Die Welt wiederholt sich. Die Geschichte der Welt passiert zum zweiten Mal.»

«Du nennst mich ich bin n Lumpenmann. Aber ich bring Bücher. Ich trag Wissen rum.»

Fiskadoro verfolgte ihren Wortwechsel aufmerksam, ohne etwas zu begreifen oder zu behalten.

Als Park-Smith sich entschloss, auf Martins Boot zu übernachten, folgte Herr Cheung ihm wider bessere Einsicht. Die Bewegung des Wassers wirkte beruhigend auf ihn – er hatte das Gefühl, inzwischen gegen die Seekrankheit immun zu sein –, aber niemand konnte wissen, wie viele Gegenstände auf dem Boot Gift waren. Sein Halbbruder hatte Lampen, einen Kerosin-Ofen, neues Segeltuch, Tausende von Streichhölzern aus der alten Zeit in winzigen Holzschächtelchen und keinen Mangel an Tauen und Dieselöl. Man nannte ihn einen «Reisenden» oder einen «Lumpenmann», das war die respektvolle und respektlose Bezeichnung für einen Piraten zu Lande, einen Sammler und Lieferanten radioaktiver Ware. Unterhalb von Key Largo übten nur wenige dieses Gewerbe aus; sie trugen ihre Schutzanzüge, solange sie alle möglichen nützlichen Dinge wie die Sachen auf dem Boot zusammensuchten und transportierten, und legten dann ungeachtet der Kontaminationsgefahr die Anzüge ab, bis sie ihre Waren verschachert hatten, um bei den Oberhäuptern, den Stadträten und Gesellschaften, die sie erwarben, keine Furcht zu erregen. Absolute Gewissheit, dass Martin mit Verseuchtem handelte, hatte Herr Cheung allerdings nicht. Er wusste überhaupt nur sehr wenig von seinem Halbbruder. «Du bist ein Geist, nicht wahr?», mutmaßte er, während er zusah, wie Martin seinen Ofen entzündete, um Kaffee aufzuwärmen. «Du treibst Handel zwischen den beiden Welten.»

«Is logisch. Ich bin ein Halb-und-halb. Wie der Junge.»

«Warum haben sie ihn geholt?»

«Weiß noch, wie die n Jungen von ihnen verlorn haben, am Weststrand?»

«Ja, den Jungen mit der Subinzision. Der ertrunken ist.»

«Na also», sagte Martin, der Händler. «Jetz machen sie n Tauschgeschäft.»

«Aber sie haben ihn gehen lassen – Fiskadoro, meine ich. Von sich aus hätte er nicht wiederkommen können. Warum haben sie ihn nicht bei sich behalten?»

«Kümmert die, wo er lebt? Er is jetz einer von ihnen.»

«Ja, das erklärt einiges», stimmte Herr Cheung zu, «aber nicht alles.»

Der Kaffee war warm. Martin machte den Ofen aus und gab ihm eine Tasse.

«Das wird mich am Einschlafen hindern.» Herr Cheung betrachtete mit Widerwillen den Kaffee in seinem Metallbecher. Er nippte daran; Kaffee mochte er nicht, schon gar nicht, wenn die Gefahr bestand, dass er womöglich radioaktiv war; doch eher ließ er sich kontaminieren, als unhöflich zu erscheinen. Er hielt den Becher zwischen seinen Knien und beobachtete, wie der Pegel der braunen Flüssigkeit, der leichten Schaukelbewegung des Bootes trotzend, immer in der Waagerechten blieb. «Du warst auch bei diesen Leuten?»

«Den Quraisch», sagte Martin. «Ursprünglichem erstem Stamm von Mohammed.»

«Das sind nicht die Quraisch. Das bildest du dir nur ein.»

«Ich glaub, was sie zu mir gesagt haben. Haben gesagt: Wir sind die Quraisch.»

«Was ist dir passiert, als du sie besucht hast? Sind das die Schwierigkeiten, von denen ich gehört habe?»

«Gehört? Was?»

«Nichts. Nur dass du oben im Norden Schwierigkeiten hattest.»

«Ich hatte die Oblaten. Die andern Händler wollten sie auch, aber ihre Ältesten haben gesagt, nich mehr hinter mir herhandeln.»

«Und jetzt wollen sie dich oben in North Deerfield nicht mehr», folgerte Herr Cheung.

Martin lächelte künstlich und schwenkte den Kaffee in seinem Becher. «Hier is viele Menge Geschäft für mich. Den Norden hab ich satt.»

Es war die übliche Geschichte. Herr Cheung enthielt sich eines Kommentars.

Martin setzte sich ihm gegenüber auf die Kante der zweiten Koje in der kleinen Kabine, sodass ihre Knie sich fast berührten. «Ich hab was von ihrer Oblate.»

«Oblate?»

«Ers machen sie die Flüssigkeit, Gedächtnis-Saft. Wenn der trocken is, heißt er dann Oblate. Ich hab was davon getauscht.»

«Wirkt die? Werd ich mich erinnern?»

«Du?»

Herr Cheung war selber überrascht, dass er das gesagt hatte. Aber er wollte sich an seine früheren Leben erinnern.

«Wir geben sie dem *Jungen*», sagte Martin. «Vielleicht dass ihm wieder einfällt, wo die blaue Pille her is.»

Herr Cheung spürte, wie die Begierde einen anderen aus ihm machte. «Gib sie mir!» Er war krank vor Verlangen danach. Er war wütend.

Er lag auf der Seite, halb wach an einem dunklen Ort. Als er versuchte, sich umzudrehen, weckte der Schmerz ihn ganz. Er stand auf, kämpfte sich durch den Schmerz auf der Suche nach etwas, das ihm ein Ende bereitete. Er fand jemanden, ein Kind. Er fand eine Frau und rückte näher an ihren Geruch heran, berührte im Dunkeln ihr Bein, fand ihr Knie und ließ seine Hand weiter nach oben gleiten. Sie zuckte leicht, und ihre Beine öffneten sich. Er fühlte das Haar zwischen ihren Beinen, bewegte die Finger darin, suchte dort etwas. Sie erwachte, presste mit aller Kraft die Beine zusammen und ohrfeigte ihn. Es hatte etwas Vertrautes, wie sie das Handgelenk locker hielt, sodass ihm die Finger mit voller Wucht auf die Ohren klatschten, auf die Nase – einer traf ihn am linken Auge. Er stolperte rückwärts, und wieder fuhr ihm der Schmerz zwischen die Beine. «Fiskadoro – du kanns hier nich mehr schlafen.» Es war dunkel. Er wusste nicht, wer sie war. Und nicht, wer er war.

Am nächsten Tag brachte Martin seine Brüder mit dem Boot nach Twicetown. Der Himmel war der Jahreszeit entsprechend bewölkt und hielt Regen bereit. Herr Cheung nahm sich vor, bald hierher zurückzukommen, doch fürs Erste hatte er genug Aufregung gehabt. Er mochte vor der Abfahrt nicht einmal mehr den Jungen sehen.

Auch der Mutter wäre er am liebsten aus dem Weg gegangen, doch Belinda kam durch das flutende Wasser zum Boot gewatet, um mit ihm zu sprechen.

Sie sah zu ihm hoch und klopfte einmal an die Bootswand, als meinte sie, er könne sie nicht sehen. Und genauso hatte er sich auch benommen: Jetzt war es Zeit, auf Wiedersehen zu sagen, und er hatte ihr nicht einmal hallo gesagt – noch immer grollte er Belinda, weil sie ihm die Klarinette verweigert hatte. «Wie geht es Ihnen?», fragte er.

«Ach, so ungefähr mittel», erwiderte sie. Der Motor dröhnte; ihre Worte waren kaum zu hören. Sie blickte mit zusammengekniffenen Augen zu ihm hinauf. «Ich hab was in der linken Brust, Manager. Dureza.»

Jetzt wünschte er, er wäre freundlicher zu ihr gewesen. «Das tut mir sehr Leid.»

«Is vielleich Medizin hier aufm Boot, was mich heil macht?»

Herr Cheung zuckte die Achseln und zeigte ihr die leeren Hände dessen, der nicht helfen kann.

«Scheint, dass es größer wird.»

«Oft haben diese Dinge keine Bedeutung», versicherte er ihr. «Zysten nennt man sie. Die wachsen nicht.»

«Heut nich», sagte sie.

«Sí. Heute nicht.»

«Keine Medizin?»

«Es tut mir wirklich Leid.»

«Okay. Macht nix.» Sie ging noch nicht, stand bis zur Hüfte im Wasser, die Hand flach an die Bootswand gelegt. Er wartete, während sie sich zu Sammy, dem Leibwächter, umdrehte, der im Dreck vor ihrer Hütte kauerte. Der kleine weiße Mann hatte sich in einer, wie Herr Cheung vermutete, untypischen Zurschaustellung guter Laune auf die Erde gehockt und ahmte jede Bewegung des kleinen Mike nach. Der Junge begann sich schon zu ärgern.

«Gestern nachts», sagte Belinda.

«Ja?»

«Fiskadoro, gestern nachts. Gestern nachts kommt zu mir und is lästig.»

«Gestern Nacht?»

«Jaah», sagte sie, «und bei eigner Mutter.»

Er wusste wirklich nicht, wovon die Frau sprach. «Fiskadoro ist sehr – krank.» Er hätte lieber ein anderes Wort benutzt, aber es war das einzige, das ihm einfiel. «Es wird ihm bald besser gehen. Heute noch nicht, in ein paar Tagen, ein paar Wochen. Ich besuche ihn. Oft», versprach er.

«Komm vorbei», sagte sie, drehte sich um und watete zurück zum Haus.

Einmal, mitten in der Nacht, kamen Fiskadoro, kurz bevor er wieder alles vergaß, Erinnerungen an vieles, was passiert war, und an den Ort, an dem er gewesen war. Und er erinnerte sich auch an die Leute, unter denen er gelebt hatte.

Das Leben war für sie kein Kampf, aber es kostete den ganzen Tag, meinten sie. Sie meinten alles zu haben, was sie brauchten – ein paar Pflanzen, ein paar Hütten, ein paar Zeremonien. Sie baten nie die Geister ihrer Nachbarn und Freunde um Hilfe. Sie glaubten, die Seele sei ein leeres, inhaltsloses Ding, das den ganzen Tag über nichts tat, und wenn man sie fragte, lebten überhaupt keine Geister im Dorf. Aber sie irrten sich: Die Luft war nicht zu atmen, weil die Schreie von Geistern, die Gegenwart von Geistern, die Geheimnisse von Geistern sie dick wie Sirup machte.

An sonnigen Tagen kamen die Schlangen heraus, lagen auf dem Pfad und sogen das Licht auf, und sie nahmen alle Schlangen mit zwei Köpfen außer den giftigen Korallenschlangen und aßen die lebendigen Tiere an Ort und Stelle, um sich ihre Kraft und Fremdheit einzuverleiben. Die zweiköpfigen Korallenschlangen fütterten sie mit Fröschen, die mit Pilzen voll gestopft waren, und wenn dann der Rausch die Tiere überkam, stritten die beiden Köpfe sich, bis der eine den anderen schlug und die Schlange sich selbst tötete. Die Tätowierung, die so viele von ihnen hatten, die Linie mit der Schlinge an einem Ende, die wie der Umriss eines Löffels aussah – das war die Schlange, die versuchte, mit dem zweiten Maul ihren ersten Kopf zu schlucken.

Er hatte viel Zeit gebraucht, diese Dinge über die Fremden zu erfahren, ja sie überhaupt zu sehen, denn es waren keine Leute wie er. Zuerst ähnelten sie gar nichts, weil er diesen Ort nicht kannte.

Alles, was er schon über die Welt wusste, hatte seinen Sinn verloren, als er jenseits der Dünen war. Er musste von vorn anfangen. Jeden Tag lernte er etwas Selbstverständliches dazu.

Er lernte jeden Tag etwas, aber er hatte keine Gedanken. Jedes Mal wenn er anfing, über etwas nachzudenken, kam ein anderer überwältigender Gedanke dazwischen – er hatte Hunger, Hunger, Hunger. Schlammverschmierte Hände hielten ihm Pflanzen hin, von denen widerliche Blätter baumelten, und er wusste wirklich nicht, ob sie dachten, er würde in so etwas hineinbeißen. Sie rissen große Insekten auf, denen die Augen herausquollen, und hielten ihm das fahle Fleisch vors Gesicht, und er weinte. Sie zeigten ihm, wie man aß. Er wusste, wie man aß, aber er wusste nicht, dass diese Pflanzen und Insekten Nahrung waren. Sie wussten, dass diese Pflanzen und Insekten Nahrung waren, aber nicht, dass er essen konnte. Alles war roh. Es gab zwar Feuer im Dorf, aber sie schienen der Meinung zu sein, diese Feuer seien nur dazu da, Säfte auf ihnen zu kochen. Er lernte es nicht, ihre Nahrung mit Appetit zu essen, doch er lernte, sie wie eine Medizin zu benutzen, um seinen Hunger zu heilen. Sein Kopf wurde klarer, und er sah sich in seiner Umgebung um.

Feuer brannten auf Erdhügeln in einem sumpfigen Gelände und beleuchteten von unten die Blätter der Zypressen. Zwischen den Feuern und Bäumen standen kleine Hütten aus Zweigen, und er saß im Eingang einer solchen Hütte. Die Feuchtigkeit des Bodens drang durch den Stoff seiner Hose.

Er sah sich im Geist auf den Spuren eines Mädchens aus diesen Sümpfen über die Düne klettern, aber er wusste nicht, wie viele Tage das zurücklag. Er dachte an die Orte, die er hinter sich gelassen hatte – den Weststrand, die Steeldrums und die Tänze, die Army. Er merkte, dass er nicht gern hier war. Aber der Gedanke, dass er weggehen, dass er reisen könnte, kam ihm nicht. Er nahm an, er träume und werde erst wieder woanders sein, wenn er aufwachte.

Sumpfleute gingen in den Hütten ein und aus oder kauerten vor den Feuern. Viele von ihnen sahen aus wie Desechados – waren bucklig oder armlos, bewegten sich mit einer Vorsicht, die besagte, dass sie blind waren, oder einer Trunkenheit, die besagte, dass etwas in ihrem Kopf nicht stimmte. Fiskadoro kniff fest die Augen zusammen, straffte die Sehnen seines Körpers und befahl sich aufzuwachen. Er stieß einen Schrei aus und schlug sich ins Gesicht. Als er die Augen öffnete, saß er noch immer im Eingang der Hütte, und noch immer umgaben ihn Desechados, die im Feuerschein hierhin und dorthin liefen, unter Zypressen, deren Zweige aus einem Dach der Dunkelheit herabhingen.

Er hörte kein Meer, nur den Wind in den Bäumen. Er sah weder Hunde noch Katzen. Frösche und Insekten machten Geräusche, die zu einer einzigen großen Lärmmaschine verschmolzen. Irgendjemand – mehr als einer – war in seiner Hütte, er spürte die Augen in seinem Rücken. Er rutschte vom Eingang weg, lehnte sich an die stachlige Wand des Bauwerks, legte die Arme um die Schienbeine und den Kopf auf die Knie. In dem Glauben, er brauche nur in dieser Welt einzuschlafen, um in der anderen, die er verlassen hatte, zu erwachen, entspannte er sich, so gut er konnte.

Am nächsten Morgen war die Luft so kühl und grau und feucht, dass er husten musste, als er einatmete. Eine Frau, die statt Armen und Händen nur Flossen hatte wie ein Fisch, kam und betrachtete ihn. Später stellten sich ein paar kleine Jungen vor ihn hin, sahen ihn an und lachten. Eine Weile war er allein, dann gesellten sich zwei Männer zu ihm, die sich offenbar für sehr wichtig hielten und die, wenn auch von niedrigem Wuchs, keine Desechados waren. Sie sprachen mit ihm, und wie im Traum hörte er sie nicht, und sie hörten ihn nicht, und dennoch verständigten sie sich. Er machte ihnen deutlich, dass er Durst hatte und fror. Sie brachten ihm Wasser in einer kleinen Plastikflasche, genau so einer, wie er sie von zu Hause kannte, und eine schmutzige Decke mit einem Loch in der Mitte, durch das er den Kopf stecken konnte. Sie sagten ihm, er sei nicht wie andere Männer.

Gegen Ende des Morgens wurde die Luft etwas wärmer. Die Dinge hatten jetzt deutlichere Konturen, doch das Blätterdach darüber war so dicht, dass er die Sonne nicht zu sehen bekam. Den ganzen Tag lang kamen Leute, um ihn eine Weile zu betrachten, als wäre er ein Spektakel. Sein Magen brannte vor Scham, Furcht und Abscheu. Einem kleinen Desechado-Jungen saßen die Augen seitlich im Kopf, fast dort, wo die Ohren waren. Er stellte sich erst so vor Fiskadoro hin, dass er ihn mit dem einen Auge anschauen konnte, drehte sich dann herum und schaute ihn mit dem anderen Auge an.

Nachdem der Tag bereits länger angedauert hatte als die meisten Tage seines bisherigen Lebens, tauchten erneut die beiden kleinen Männer auf.

Zunächst sagten sie nichts. Eine Frau ohne Nase mit zwei großen Nasenlöchern in der Mitte des Gesichts brachte einen ausgehöhlten Ast, einem kleinen Schiffchen gleich, mit noch mehr Blättern und noch mehr Insekten darin. Die zwei Männer knackten die Insekten auf und verzehrten das Fleisch. Als sie Fiskadoro eins hinhielten, nahm er es und knackte es auf. Sie reichten ihm Wasser aus einer Plastikflasche.

Er bat die zwei Männer, ihm zu sagen, wie er wach werden könnte.

Sie sagten ihm, er habe sich sehr verändert. Habe nichts mehr mit dem gemein, den sie früher gekannt hätten.

Er sagte, er wisse nicht, was sie meinten. Er aß noch etwas von dem fischigen Insektenfleisch, das, mit Gewürzen gekocht, vielleicht sogar ganz schmackhaft gewesen wäre.

Sie fragten ihn, ob er den Körper eines anderen angenommen habe.

Das glaube er nicht, antwortete er ihnen. Für ihn sehe er immer noch wie der alte aus.

Warum, fragten sie ihn, sei er dann nicht mehr wie andere Männer?

Er bestand darauf, dass er noch derselbe sei. Nur die Dinge und Menschen um ihn herum hätten sich verändert.

Darüber wollten sie nachdenken. Sie ließen ihn für den Rest des Nachmittags in Ruhe, und wieder kamen Desechados und andere Sumpfleute und starrten ihn an. Ihre Köpfe waren allesamt mit Helmen aus Schlamm überkrustet, und von den Löchern in ihren Ohren hingen geknotete bunte Schnüre, Metallstückchen oder helle Kiesel herab. Er wich nicht von seinem Platz vor der Hütte: Er hatte Angst, er könnte am falschen Ort erwachen, wenn er in seinem Traum herumwanderte. So weit war er in diesem Traum jetzt schon vom Meer entfernt, so weit von der wirklichen Welt, dass die Sonne hier nicht mehr unterging. Am Ende des Tages wurden die Schatten nur noch länger und unheilvoller und wuchsen unter den Zweigen der Bäume hervor in den Himmel.

Je länger er darin verweilte, desto mehr Menschen und Dinge brachte der Traum hervor. Sein Boden, der anfangs nichts als ein langweiliger Teppich mit Hüttenpilzen und Feuerbuckeln gewesen war, veränderte sich und gab seine einzelnen Merkmale preis: dickere und dünnere Bodenranken, winzige grasähnliche Pflanzen, so niedrig, dass ihre Blätter fast in der Erde steckten, Käfer und Ameisen auf ihrer zielstrebigen Wanderung über die Ranken und unterhalb der pelzigen, gezackten Blätter einer anderen Pflanze, die ebenfalls überall den Boden bedeckte. Die unscheinbaren grauen Wände des Traums entpuppten sich als ein Wald von Zypressen und, in den feuchten Senken, Mangroven sowie ein paar anderen Bäumen, deren Namen er nicht kannte, alle durch ein Gewirr von schlanken grünen Ranken miteinander verwoben, über das sich ein Gitter aus feineren, dunklen zog. Der freie Platz mit seinen Hütten und Feuern war aus dieser dichten Sumpfvegetation herausgehackt und -gebrannt worden, doch es standen immer noch so viele Bäume, dass es niemals ganz Tag wurde. Gesichter kamen und gingen, und allmählich erkannte er einige von ihnen wieder. Er bemerkte auch, dass hier alles seine Zeit hatte. Sie nahmen, wie im wirklichen Leben, dreimal täglich eine Mahlzeit ein, und etwa drei Stunden nach Einbruch der Dunkelheit wurde es still, und alle schliefen bis zum Morgen, erhoben sich im grauen Licht und versammelten sich mit noch leeren Gesichtern um die Feuer, bis sie hellwach waren und es etwas zu tun gab. Es war der erste Traum, in dem er je gepinkelt hatte. Alle, auch Fiskadoro, verrichteten ihr Geschäft in Töpfen hinter der Hütte, und jeden Morgen wurden die Töpfe geholt und irgendwo hinter den lebenden Wänden des Traums geleert.

Jeden Tag besuchten ihn die zwei Männer. Der eine hieß Zeid und hatte ein Gesicht, das man kaum ansehen konnte, so sehr glich es dem eines Tiers: schwarz und pelzig und so flach, als hätte es unter einem schweren Stein gelegen. Der ältere, ansehnlichere hieß Abu-Lahab und war für alle Feuer verantwortlich – niemand außer Abu-Lahab durfte sich um sie kümmern. Manchmal hatten sie nichts zu sagen, sondern fragten Fiskadoro nach seinem Leben in der Army und baten ihn, so gut er könne, zu erklären, was ihn derart verändert habe. Doch soweit Fiskadoro wusste, hatte er sich gar nicht verändert, seit dem Tag seiner Geburt nicht, und er verstand ihre Fragen nicht.

Um ihm ein bisschen klarer zu machen, was sie meinten, führten sie Fiskadoro eines Nachmittags hinter die Hütte und fragten ihn, ob er eine Vorstellung habe, wie er aussehe.

Er antwortete ihnen, er glaube nicht, dass er irgendwie besonders aussehe.

Aber da unten, wollten sie wissen, da unten, wo er pinkelte, da unten, wo er ein Mann war – was glaube er, wie er dort aussehe?

Er antwortete, er habe keine Ahnung, was er ihnen sagen solle.

Zeid trug einen Rock aus Jeansstoff. Er hob den Saum und zeigte Fiskadoro, dass da unten etwas nicht stimmte.

Fiskadoro wusste nicht, was er sagen sollte. Zeid tat ihm Leid, aber er konnte ja nichts daran ändern, dass dem alten Mann irgendetwas passiert war, weswegen er jetzt zwischen den Beinen genauso hässlich aussah wie im Gesicht.

Abu-Lahab und Zeid waren ratlos. Schließlich hob Abu-Lahab ebenfalls den Saum seines Rockes. Auch bei ihm stimmte etwas nicht.

Verstand Fiskadoro jetzt endlich, was sie meinten?

Ich seh, dass bei euch was nicht stimmt, sagte Fiskadoro. Eure Penisse sind ganz aufgeplatzt.

Wir sehen aus wie die anderen Männer, sagten sie zu ihm. Und du nicht.

Noch den ganzen Tag über, bis der düstere Nachmittag schwarz wurde und Fiskadoro nichts mehr sehen konnte, brachten Zeid und Abu-Lahab weitere Männer zu ihm;

und alle hoben sie den Saum ihres Rockes oder öffneten ihre Hosen und zeigten es ihm. Fiskadoro stellte fest, dass sie die Wahrheit sagten. Er war nicht wie diese anderen Männer.

Ein paar Tage nachdem Fiskadoro dies begriffen hatte, kam Abu-Lahab in seine Hütte und setzte sich neben ihn. Ob es ihm gut gehe, war die erste Frage. Fiskadoro sagte ja, es gehe ihm gut, nur nachts sei ihm kalt. Abu-Lahab war über diese Antwort hocherfreut. Wusste Fiskadoro, dass sein Name, Abu-Lahab, Vater der Flammen bedeutete? Er versprach, die Feuer von jetzt an viel höher und heißer zu machen.

Fiskadoro dankte ihm, doch Abu-Lahab ging noch nicht fort. Er räusperte sich und rutschte hin und her, als ob sich der Boden unter ihm bewegte und er sich versehentlich dort hingesetzt hätte. Dann erzählte er Fiskadoro, es habe vor vielen Jahren einmal ein Dorf gegeben, in dem die jungen Männer und Frauen unruhig geworden seien. Leute aus anderen, weit entfernten Gegenden seien ins Dorf gekommen und hätten alle möglichen Lügen über einen Ort verbreitet, an dem die Menschen angeblich immer glücklich waren und tagaus, tagein eine niemals endende Party gefeiert wurde, auf der alle tanzten, aßen, Schnaps tranken und sich liebten. Als sie erst einmal ein wenig über diese immer währende Party nachgedacht hatten, wollten alle jungen Leute dorthin. Eines Morgens, als alles noch schlief, hielten sie den Atem an, um ja keinen Lärm zu machen, und verließen gemeinsam das Dorf.

Einige Tage später hatten sie den Ort erreicht und sahen, dass die Lügen, die sie gehört hatten, beinahe der Wahrheit entsprachen: Alle tanzten und betranken und liebten sich ohne Unterlass. Aber es kannte sie niemand dort. Um unter den Fremden Mut zu fassen, tranken die jungen Leute zu viel Wein, bis einer von ihnen so betrunken war, dass er ins Meer fiel. Die anderen rannten nach Hause zu ihren Familien. Das ganze Dorf litt. Die jungen Leute schämten sich, weil sie auf Lügen hereingefallen waren und einen Freund verloren hatten. Nun ist aber das Dumme an einer Lüge, dass man ihr leichter glaubt als der Wahrheit. Nach einer Weile vergaßen die jungen Leute alles, was geschehen war, und zogen eines Morgens wieder los, als noch niemand wach war, der sie hätte zurückhalten können. Sie gingen abermals auf die Party, sahen auch diesmal, dass sie sich selbst betrogen hatten, dass sie unter diesen Leuten immer nur Fremde sein würden, und machten sich auf den Weg zurück ins Dorf. Bald bemerkten sie, dass der Freund, den sie verloren hatten, bei ihnen war, ihnen in einiger Entfernung folgte. Es war dieselbe Person, dieselbe Seele, und sie erkannten ihn. Aber eine Seele hat keinen Namen und kann nicht sprechen. Eine Seele bleibt immer und ewig wie ein Baby, das noch nicht geboren ist und noch nichts erlebt hat. Und darum hat eine Seele mit einem neuen Körper ein neues Gesicht und einen neuen Namen und neue Erinnerungen an neue Dinge. Die Seele ihres Freundes wusste nicht, wer sie eigentlich war. Sie fing an zu weinen und sprach die falsche Sprache. Damit sie nicht fortlief, mussten ihre Freunde sie mit den eigenen Händen schlagen, bis sie ruhig war. Dann trugen sie die Seele ihres guten alten Freundes – die jetzt in einem völlig anderen Körper wohnte und völlig andere Erinnerungen hatte – dorthin zurück, wo sie zu Hause war. Doch die neuen Augen der Seele hatten dieses alte Zuhause nie gesehen und erinnerten sich nicht daran. Und doch war es ganz sicher dieselbe Seele, schloss Abu-Lahab.

Fiskadoro sagte nichts, weil er für diese Vorstellung nur Verachtung übrig hatte. Überall waren Geister, die alle dieselben Namen, dieselben Erinnerungen und dieselben Freunde und Verwandten hatten wie vor ihrem Tod. Die Seele, von der Abu-Lahab sprach, war überhaupt keine richtige Seele. Ihre verdrehten Vorstellungen von diesen Dingen erklärten auch, warum sie die Geister nicht sahen, die unter ihnen waren, die durchs Dorf gingen, bei den Feuern saßen und im Dunkeln umherwanderten. Diese Sumpfleute dachten nur an die Zukunft, an Dinge, die zu einem späteren Zeitpunkt passieren würden – Zeid und Abu-Lahab sprachen die ganze Zeit davon –, eine Zeremonie, die kurz bevorstand, in der Fiskadoro und ein paar jüngere Knaben verwandelt werden sollten, bis sie so waren wie andere Männer.

Als er den weißen Händler sah, der verschiedene Hütten im Dorf aufsuchte, und ihn «North Deerfield» sagen hörte, da erkannte Fiskadoro diese Wörter und dachte an Ernest Bodine, den furchtbaren weißen Spieler, der in North Deerfield mit Cassius Clay Sugar Ray gesprochen hatte. Aber der Händler sah gar nicht so aus, wie Cassius Clay Sugar Ray die Leute aus North Deerfield beschrieben hatte: Er hatte keine Reißzähne und war nicht viel größer als Fiskadoro. Er trug hohe, blanke Stiefel, die seine Füße trocken hielten, und einen Gürtel aus Segeltuch, an dem ein Gewehr und eine Wasserflasche hingen, aber sonst sah er aus wie jeder andere auch.

Die Dorfleute schien es nicht zu stören, dass dieser Weiße überall herumlief und alle ansprach. Niemand trieb Handel mit ihm, doch man freute sich über den Zeitvertreib und über seine Geschenke. Er aß mit ihnen, schlief in einer der Hütten, ging mit den Männern hinaus auf die Pfade, um nach zweiköpfigen Schlangen Ausschau zu halten, und schien den Leuten in den Schlammsümpfen einfach einen freundschaftlichen Besuch abzustatten. Dann und wann wärmte er sich den Rücken am Feuer und schaute, ob jemand vorbeikam, der ihm seine Fragen beantworten konnte.

Schließlich stellte der Händler auch Fiskadoro dieselben beiden Fragen, die er allen stellte.

«Wills was Süßes, Junge? Weiß, wo sie die klein Pillen herhaben, Junge?»

Der Mann nannte seinen Namen, aber der Name kam ohne Ton aus seinem Mund: «———» Er lächelte aus einem kleinen, unschuldigen Gesicht heraus, hockte sich neben Fiskadoro, der am Fuß eines Baumes saß, auf die Erde und hielt ihm einen runden roten Zuckerbonbon hin.

Fiskadoro nahm den Bonbon und legte ihn sich auf die Zunge. Er schloss die Augen und schwebte auf dem süßen Geschmack davon.

«Wo kriegt ihr das ganze Zeugs her für den Saft? Das Zeugs, wo sie in Oblaten trocknen? Muss doch so was sein wie n Krankenhaus, nich?»

Fiskadoro schüttelte den Kopf, und ein Schauer überlief ihn.

«Oder vielleicht n Labor oder so was Ähnliches?»

Der Mann wartete eine Minute, erhielt jedoch keine Antwort.

«Irgendwo, wo nich total ausgebombt is.»

Fiskadoro begriff nicht, was dieser Mann mit dem Namen ——— ihm sagen wollte. Und Fiskadoro selbst sagte nichts, weil er in diesem Teil des Traumes nicht sprach.

Später, als die beiden, jeder auf einem ziellosen Gang durchs Dorf, aufeinander trafen, redete Fiskadoro den

Händler an: «Cassius Clay Sugar Ray. Cassius Clay Sugar Ray, sag, du brings mich nach Weststrand.»

Der Händler sah ihn überrascht an. «Ich könnt dich bis Key Largo bringen.»

«Wann?»

——— hakte die Flasche vom Gürtel und nahm einen Schluck. «Ich könnt jederzeit nach der Zeremonie los», sagte er zu Fiskadoro. «Wenn dein Geschäft hier erledigt is. Was meins dazu?»

Als er diese Worte hörte und die Miene des weißen Händlers sah, begriff Fiskadoro, dass seine Bestimmung in diesem Traum einzig und allein die war, die Zeremonie mitzumachen und so zu werden wie andere Männer.

Die Dorfleute sahen zwar keine Geister, aber Fiskadoro betrachtete sich als einen Geist unter ihnen, einen Geist aus der Welt des Tages; und er fing an, wie die anderen weniger sichtbaren Geister durchs Dorf zu wandern – die paar hundert Meter von einem Ende zum anderen, einen Weg, der an den dunklen Eingängen der Hütten vorbeiführte, durch Rauchwolken und einen Nebel von Stimmen hindurch, die eine unverständliche Sprache redeten. Die Kinder hatten ihn gern, und manchmal folgten sie ihm, versuchten ihn zwischen den Beinen zu berühren oder ihm etwas zu essen zu geben. Oft fühlte er sich schwer und leblos, und ängstlich fragte er sich, ob das wirklich alles ein Traum und nicht doch das richtige Leben war.

An den Abenden machte Abu-Lahab jetzt Feuer, die flammten und loderten, sodass ihr stürmisches Licht an den Schatten zerrte und Zweige, Ranken und Hütten sich furchtsam zu ducken schienen, um dann plötzlich hochzuschnellen und loszutanzen. Die Kinder blieben lange auf und trommelten mit Stöcken auf hohlen Holzstücken herum. Als das Trommeln eines Abends nach Einbruch der Dunkelheit noch stundenlang weiterging, zog Fiskadoro sich in seine Hütte zurück, obgleich er nie darin schlief und kaum je unter ihrem Dach, in ihrer übel riechenden Finsternis, zu finden war. Die beiden Bewohner der Hütte waren nirgends zu sehen. Er blieb drinnen, zusammengekrümmt auf dem Boden aus fauligen Gräsern liegend, und weinte. Etwas später kam Zeid und rief ihn heraus. Zeid war allein. Sein Gesicht war mit gelbem Lehm bedeckt, der in dem seltsamen Licht grün aussah. Fiskadoro setzte sich vor die Hütte und sah, wie Abu-Lahab von Feuer zu Feuer ging und aus einem Beutel an seiner Hüfte Hände voll Pulver in die Flammen warf, aus denen dann violette, rote und strahlend blaue Rauchwolken schossen. Zeid kniete sich neben Fiskadoro und schmierte mit zärtlichen Bewegungen und sanften Worten Schlamm auf den Kopf des Jungen und trieb dann unversehens etwas Scharfes durch Fiskadoros rechtes Ohrläppchen. Zitternd und weinend wartete der Junge ab, bis Zeid sich links neben ihn kniete und mit dem Dorn oder der Nadel das Fleisch des anderen Ohres durchstach und anschließend Schnüre durch beide Löcher zog. In einer Weise, die etwas Tröstendes hatte, ergriff er Fiskadoros Hand und erzählte ihm, einmal, vor langer Zeit, habe Mohammed gelebt. Der oberste Herrscher, Gott, der Herr, der Mächtige, der Allerhöchste gab Mohammed die Hälfte seiner Macht und sagte: «Sie ist nicht für dich. Gib diese Macht den Menschen, den Männern etwas und den Frauen etwas. Sie wird sie retten, wenn die Hölle naht.» Mohammed ging zu den Menschen, aber die meisten glaubten nicht, dass er mächtig war. Zeig uns deine Kraft, sagten sie. Mohammed bewegte einen ganzen Berg von einem Ort zum andern, aber die Leute sagten: Der

Berg war schon immer dort, wo wir ihn jetzt sehen. Zeig uns deine Kraft noch einmal. Es ist keine Kraft zum Tragen, Abreißen oder Aufbauen, sagte Mohammed zu ihnen. Es ist die Kraft weiterzuleben, wenn die Hölle naht. Die Kraft, Kinder zu haben und Generationen auf der Erde am Leben zu halten. Diese Kraft haben wir schon, sagten die Menschen und verließen Mohammed. Als sie gingen, sagte er: Nein! – Aber wenn die Erde zu Staub zermalmt wird und euer Herr mit all seinen Engeln herabkommt, an diesem Tag werdet ihr an eure Irrtümer denken, aber was wird es nützen, wenn ihr euch erinnert? Nur ein Mann glaubte Mohammed, und auch dieser Mann glaubte ihm nur ein wenig. Als die Hölle kam, war er der Einzige, der aufrecht blieb. Alle anderen starben. Der Mann ging auf einen Berg und suchte eine Frau, mit der er Kinder haben konnte, aber alle anderen waren tot. Er rief seinen Hund, aber sein Hund war tot. Da hörte er Mohammed rufen: Bist du tot? Nein, ich lebe, antwortete der Mann. Wenn ich rufe, wie du deinen Hund gerufen hast, fragte Mohammed, wirst du dann kommen? Ich komme, Mohammed, sagte der Mann. Er durchquerte ein Tal und stieg einen Berg hinauf bis zu Mohammeds Höhle. Er ging hinein, aber es war dunkel, und niemand war darin als eine Schlange mit zwei Köpfen, die ihn mit beiden Köpfen gleichzeitig ansprach. Ich bin Mohammed, sagte die Schlange. Du bist nicht Mohammed, entgegnete der Mann. Nein, aber ich bin ein Mann, sagte die Schlange. Du bist kein Mann, entgegnete ihr der Mann. Nein, erwiderte die Schlange, aber ich bin ein Teil eines Mannes. Du bist kein Teil eines Mannes, entgegnete der Mann. Nein, aber ich kann ein Teil eines Mannes sein, wenn dieser Mann die Kraft haben will, Kinder zu zeugen, sagte die Schlange. Iss mich, wenn du mich findest. Wenn ich zwischen deine Beine fahre, sei wie ich. Also spricht

Mohammed, sagte die Schlange und war verschwunden. Den ganzen Tag suchte der Mann nach dem Ausgang der Höhle und war fast verdurstet, als er ihn fand. Er ging hinaus an einen Fluss und trank die halbe Nacht daraus und schlief die halbe Nacht neben dem Fluss. Als er am Morgen aufstand und seine Hose öffnete, um sich zu erleichtern, fand er dort die zweiköpfige Schlange.

«Das ist der Mann, von dem wir, die Quraisch, abstammen.»

Fiskadoro wusste nicht, wovon Zeid sprach.

Der kleine Mann führte Fiskadoro in das lärmende Dorf hinaus, wo kleine Jungen Knallkörper in die Flammen warfen und heulten und brüllten, wenn der Krach der Explosionen sich mit dem Geräusch der Trommeln vermischte und die brennenden Holzstöße auseinander rissen und glühende Kohlen und Scheite vor sich auf den Boden schleuderten. Ältere Knaben schlossen sich Fiskadoro und Zeid an, auch sie von bemalten Männern geführt. Einige der Männer trugen ein riesiges Haupt, das mit glitzernden Perlen übersät war; schwankend überragte es den Zug, der sich gemächlich über den Buschpfad aus dem Dorf hinausbewegte, und glotzte die Knaben aus hervorquellenden Augen entrüstet an.

Zwei Tage und zwei Nächte lang gaben die Männer Fiskadoro und den anderen Knaben nur Kekse zu essen, die nach trockenem Schlamm schmeckten, und ließen sie Texte auswendig lernen, die immer länger wurden. Die Männer sprachen die Texte vor, und die Knaben sprachen sie, zu ihrem eigenen Erstaunen, im Chor nach.

Am Ende des ersten Tages fühlte sich Fiskadoro, als wäre er am Strand entlanggerannt, bis seine Augen blind und seine Beine taub waren, und wäre ins Meer gesprungen, ein Meer, das plötzlich voller Wörter war. Ihre Flut stieg ihm bis über Brust und Kehle und schwappte in seinen Mund und wieder hinaus.

Fiskadoro war der Erste. Die alten Männer umdrängten ihn und atmeten und stöhnten, dass ihn die Angst gepackt hätte, wäre er nicht vor Erschöpfung gefühllos gewesen und durch die Feuer hypnotisiert. Worte wurden über ihn gesprochen, und von magischen Gesten begleitet, senkte das Riesenhaupt sich auf seinen eigenen Kopf herab. Durch die Glasaugen des Hauptes erschien die Helligkeit des Feuers schmerzhaft gebrochen und verstärkt; sie schlugen mit Stöcken darauf, bis er halb taub war, doch immer noch hörte er den Rhythmus der Dorftrommeln, zu einem einzigen, wiederkehrenden Signal verwischt, und die Stimmen der Frauen und Kinder, die Lieder sangen ohne jeden Sinn.

Er konnte nicht richtig sehen, sein Nacken war müde, seine Stimme klang laut und hohl in seinen Ohren, wenn er sprach, und immer wieder musste er dieselbe Luft atmen. Als die Zeremonie begann, erinnerte er sich an alles, woran er sich erinnern sollte, aber er hatte vergessen, dass er einen fremden Kopf trug, dass seine Stimme nicht immer dunkel und mächtig gewesen war, hatte vergessen, wie es war, wenn man sich nicht benommen fühlte. Er glaubte jetzt, dass sein Kopf außerhalb seiner selbst war und ihn umschloss und dass seine Träume und Gedanken sich rings um seinen Kopf bewegten. Sein Inneres war wie nach außen gekehrt. Das rasende Tempo der Dorftrommler fand den Weg durch die Bäume hindurch zu seinen Ohren. Der träge Singsang der Stimmen fiel wie Regen über die Lichtung.

«Der oberste Herrscher», sagte Zeid, der im Schein des Feuers gelbrot schimmerte und durch Fiskadoros gläsernen Blick in ein Dutzend seiner selbst zersprengt war, *«der Heilige, der Friedensbringer und Glaubensbewahrer; der Hüter, der Held, der Allmächtige, der Allerhöchste; der Schöpfer, der*

Hervorbringer, der Gestalter; der Nichtgewordene, der Nichtgeborene, der Nichtgemachte; der Raum und Zeit aufhebt, der das Netz der äußeren Erscheinungen webt, unendliche Welten einatmet und ausatmet; die formlose, nichtseiende, unvergängliche und transzendente Fülle der Leere; die Leere; der Ewige Gott.

Wer hat die Kraft des Unerklärlichen, woher hat er sie, und wie erhält er sie?»

Fiskadoro sagte etwas, konnte aber seine eigene Antwort nicht hören.

«Geht über den Menschen nicht eine Zeitspanne hinweg, in der sein Leben leer ist?»

Fiskadoro wusste die Antwort und sagte sie.

«Du berührst die Menschen, und sie lösen sich auf. Es bleibt nichts außer dir. Und du erinnerst dich nicht.»

Aber in diesem Augenblick erinnerte sich Fiskadoro an alles, bloß an seinen Namen nicht. Die nächsten Minuten redete und redete er und wusste genau, was zu sagen war. Die Antwort war richtig.

«An jenem Tag werden wir die Hölle fragen: Bist du voll?»

Und Fiskadoro sagte: *«Und die Hölle wird antworten: Sind da denn noch mehr?»*

Dann war Fiskadoro an der Reihe. Seine Lippen bewegten sich. Er erinnerte sich an jedes Wort, das er von ihnen gehört hatte, und er sagte sie alle und zur richtigen Zeit. *«Nein! Aber wenn die Erde zu feinem Staub zermalmt ist und dein Herr herabkommt mit den Engeln, in Heerscharen, und die Hölle naht, dann wird der Mensch sich seiner Taten erinnern. Doch was soll ihm dann die Erinnerung?»*

Er sprach stundenlang. Jedes Wort war in seinem Mund, und in seinem Geist war sein ganzes Leben. Ein langer Tunnel hatte sich in seinem Kopf geöffnet, durch den er weit zurückblicken konnte bis zu jenem Moment, als er hungrig und voller Angst auf eine Wand aus Licht zu geboren worden und zwischen den Schenkelbergen seiner Mutter Belinda in dieser Welt erwacht und von ihren Händen wie von zwei großen Wolken durch einen sonst leeren Himmel an die Tröstlichkeit ihrer Brust gehoben worden war. Er sah seinen Vater der Hebamme einen Porzellanteller, einen Schal und einen Krug Brandy reichen. Er roch das Haar seines Vaters, das Bettzeug und hörte wieder, was sie sprachen, als sie sich über ihn beugten in jener ersten Nacht, in der er getrennt von ihnen, eingewickelt in seine eigene Decke, in einer Kiste schlief.

Die ganze Zeit über hielt er einen scharfen Stein in der Hand und wartete auf den Augenblick, in dem er wie andere Männer werden würde.

«Wenn die zwei Hüter ihn empfangen, einer zu seiner Rechten und einer zu seiner Linken sitzend, wird jedes seiner Worte von einem aufmerksamen Wächter niedergeschrieben werden.

Und wenn ihn verdientermaßen die Todesqualen überkommen, werden sie sagen:

‹Dies ist das Schicksal, das du zu vermeiden trachtetest. Und dann wird die Trompete erschallen.›» Er redete und redete. Gegen Ende sagte er immer seltsamere Wörter, Wörter wie «Ephod» und «Teraphim».

«Und des Hinaufgehens waren acht Stufen», sagte er.

Es hielt ihn nicht länger.

«Ich gehe jetzt hinab!», sagte er. *«Um zu sehen, ob sie allseits dem Ruf gehorcht haben, der zu mir gedrungen ist!»*

Er sah nicht, was unterhalb seiner Schultern war, und sah auch sonst nur seine eigene rotschwarze Feuerblindheit, sodass Zeid ihm die Hand mit dem Stein führen musste, als er sich den Schnitt zufügte.

Nachdem er den Schnitt mit dem Stein gemacht hatte, geschah eine lange Minute nichts. Nur schweres Atmen war zu hören. *«Wir werden gewiss sterben»*, sagten zwei Stimmen, *«denn wir haben Gott gesehen.»* Doch dann folgte wieder nichts als lautes Atmen.

Jemand nahm ihm das Haupt von den Schultern und führte ihn an der Hand in seine Hütte zurück. Das Sumpfdorf mit seinen Hütten und Menschen sah aus wie zuvor, nur die Feuer schienen heller zu leuchten als sonst, weil er so lange im Dunkeln gewesen war.

Fiskadoro lag in seiner Hütte, während draußen das An- und Abschwellen der Gesänge die ganze Nacht hindurch anhielt. Er fieberte. Er wusste nicht, wer abends zu ihm kam und ihm die Spitzen der Ohren durchbohrte, noch wer später erschien, um ihm die Stirn zu kühlen und einen Verband aus beißendem Leim und gekochten Blättern auf die Wunde zwischen seinen Beinen zu legen. Morgens war er am ganzen Körper steif und fühlte sich wie ein Sack voll mit nassem kaltem Sand.

Seine Enttäuschung war groß – alles hatte sich auf dieses hinbewegt, und es war ohne Belang. Sein Kopf war leer; er spürte keine Schmerzen. Jetzt war er wie andere Männer.

Als der weiße Händler mit dem Namen ——— seine Abreise vorbereitete, kam er zu Fiskadoro und fragte ihn: «Bis fertig zum Starten?»

Soweit Fiskadoro wusste, hatte er weder den Mann noch den Ort, an dem er sich befand, jemals gesehen. Was immer er ansah, tauchte zum ersten Mal vor ihm auf, ohne Erklärung und ganz und gar unbegreiflich.

«Die lassen dich gehn, wenn du gehn kannst», sagte ———. «Kanns du? Fühls dich okay?»

«Bin jetz heil», versicherte Fiskadoro dem Mann, wer immer der sein mochte. Aber er log. Es ging ihm überhaupt nicht gut. Er hatte Fieber und konnte kein Essen bei sich behalten, und die Schmerzen zwischen seinen Beinen wollten nicht aufhören.

——— sagte: «Halt dich hinter mir», und nahm Fiskadoro mit zum Wasser hinunter.

Leute, die Fiskadoro nie zuvor gesehen hatte, standen an einem Ort, an dem er nie zuvor gewesen war, und winkten ihm – ob zur Begrüßung oder zum Abschied, wusste er nicht, denn schon eine Minute nach seinem Gespräch mit ——— hatte er vergessen, ob er kam oder ging.

«Auf die Straße setz ich kein Fuß», sagte ———. «Ich fahr den Kanal lang.»

Als Fiskadoro nach diesem Fremden das Floß betrat, kehrte für eine Minute sein Gedächtnis zurück. Er erinnerte sich, dass er schlief und träumte und sein Gedächtnis kam und ging, wie es in Träumen meistens geschah.

Der Kanal, über den sie fuhren, war wie ein lang gezogenes Blechdach zwischen zwei Mangroven-Ozeanen, die bis zum Horizont reichten und die ganze Welt darzustellen schienen. Neben dem Kanal lief eine Straße entlang. Fiskadoros Unterleib brannte wie Feuer; er blieb eine ganze Zeit auf der Seite liegen, während ——— das Floß mit einer Stange vorwärts stieß.

Als sie zu einem Hain toter grauer Mangroven kamen, setzte Fiskadoro sich auf. Ein zweiter toter Hain folgte; und plötzlich waren sie an einem Ort ohne Leben. So weit er blicken konnte, sah er kahle Zweige. Er glaubte aus seinem Schlaf in einen noch tieferen Schlaf gefallen zu sein, und Panik ergriff ihn, doch er blieb regungslos sitzen, weil er sich immer weiter vom Erwachen entfernte und fürchtete, nie mehr dort anzukommen.

«Miami ef-el-ah», sagte ——.

Lange dachte Fiskadoro, während er hinschaute, es sei ein Wolkensturm; dann vermutete er, ein großes Boot käme auf sie zu, und fragte sich, was diese Leute hier wohl taten, wenn ein Boot mit ihnen zusammenzustoßen drohte. Und erst dann wurde ihm klar, dass es weit weg war und aus Häusern bestand, und er begriff, dass diese Häuser eigentlich viel zu weit weg waren, um sie aus dieser Entfernung sehen zu können, und deshalb größer sein mussten, als sein Verstand zu fassen mochte.

Fiskadoro weinte und zitterte. «Hab ich das hier schon mal gesehn?»

«Weiß nich», sagte ——.

Am Ufer standen jetzt nicht einmal mehr tote Mangroven. Da war nichts als braune und silbrige Asche, stellenweise von schwarzen Streifen durchzogen. Asche, so weit das Auge reichte.

«Seh ich das jetz?»

«Weiß nich», sagte ——. «Aber ich würd sagen, ja.»

—— ging auf dem Floß langsam vor- und rückwärts, auf der kurzen Strecke Kilometer um Kilometer abschreitend, und brachte sie mit seinen Stößen der Vision näher.

Fiskadoro sah, dass der Tag gekommen war. Nur weil er die Worte ausgesprochen hatte, wurde alles wahr. Die Erde war zu Staub geworden. Jemand war herabgekommen, um zu sehen, ob sie allseits dem Ruf gehorcht hatten, der zu ihm gedrungen war. Fiskadoro schlang die Arme um seinen Körper, und Tränen rollten ihm übers Gesicht. Heute würde er sich seiner Taten erinnern.

Vor ihnen, auf der Straße neben dem Kanal, bildeten ineinander verkeilte schwarze Autos einen Wellenbrecher aus Wrackstücken, hinter dem Fiskadoro eine sich in der Ferne verlierende Kolonne schwarz verbrannter Personenwagen und LKWs jeder Form und Größe ausmachen konnte, deren Reifen mit der Asche der Straße verschmolzen waren. Er hatte noch nie so viele gesehen, und er wusste nicht, wohin sie alle fuhren.

Während das Floß an der Kolonne vorbei auf die Gebäudewolken im Osten zuhielt, zeigte sich, dass am Steuer jedes Wagens eine Gestalt aus braunen Knochen saß; keine rührte sich oder drehte den Kopf, doch Fiskadoro wusste, dass sie ihn alle bemerkt hatten. In jedem Wagen, klein oder groß, saßen Leute, zu verschiedenen Formen verzerrt und alle aus braunen Knochen bestehend. Jetzt erkannte er, dass er in diesem Traum war, um zu sterben. Er schluchzte so heftig und so voller Scham, dass ihm die Stimme versagte, als er ——— fragen wollte, was die Todes-Zeremonie mit «Taten» meinte.

«Die sind alle hier stecken geblieben, als die ganzen Everglades rundrum verbrannt sind», sagte ———.

Da war ein Streifenwagen mit der roten Leuchtsirene auf dem Dach. Selbst die Polizisten waren Skelette.

«Raus konnten sie nich, und drinbleiben auch nich.»

Fiskadoro hörte das ferne Echo dieser Worte, als wären sie an einem andern Ort gesprochen worden, morgen, wenn er wach sein würde. Er wartete auf die zwei Hüter, die ihn empfangen sollten, auf den Wächter, der jedes Wort niederschrieb, und auf den Trompetenschall. Er heulte laut um sein verlorenes Leben. Sein Gedächtnis verließ ihn, und mit Trauer und Bestürzung blickte er wieder und doch zum ersten Mal auf die gigantische Verwüstung.

Als er nur wenige Minuten später alle diese Dinge vergessen hatte, war Fiskadoro froh. Es war Mitternacht, er lag in seinem Bett, hörte zu, wie der Golf wieder und wieder den

Saum der Insel umspülte, und erinnerte sich an das Erinnern dieser Erlebnisse, und das war schlimm genug. Dann, als trügen die plätschernden Irrungen des Wassers sie mit sich fort, war auch seine Fähigkeit, sich überhaupt zu erinnern, erneut verschwunden. In der Dunkelheit richteten seine Augen sich zur Decke, doch da er nicht wusste, dass dort die Decke war, ging sein Blick weiter und immer weiter hinaus ins Nichts.

«**Ich glaube**, wir sollten in den Hof gehen», sagte Herr Cheung zu Fiskadoro.

«Warum?»

«Der Geruch.» Herr Cheung verzog das Gesicht. «Entschuldige, es ist dein Zuhause, aber ich mag diesen Geruch nicht.»

Fiskadoro erhob keinen Einwand und folgte seinem Lehrer in den Hof vor der Hütte.

Auf dem Hof blickte der Junge sich mit einiger Neugier um. Herr Cheung vermutete, dass er den Schuppen, die drei Zaunpfähle ohne Zaun und selbst den Golf von Mexiko schon wieder vergessen hatte, seit er vor zehn Minuten im Eingang gestanden und beobachtet hatte, wie Herr Cheung, ebendiesen Schuppen und den Golf im Rücken, durch ebendiese Zaunpfähle hindurch und die kaputten Stufen heraufgekommen war und gesagt hatte: «Ich bin Herr Cheung» – ein Name, den der Junge wahrscheinlich ebenfalls vergessen hatte. «Setz dich doch», sagte jetzt Herr Cheung. «Weißt du, wer ich bin?»

«Wer?»

«Ich bin dein Lehrer, Anthony Cheung. Ich zeige dir jetzt ein paar Sachen, die ich hier in meinem Beutel habe.» Er schüttelte den Kopfkissenbezug, den er in der Hand hielt, sodass sein Inhalt klapperte und klirrte. «Setzen wir uns doch, bitte», sagte er und versuchte es sich auf dem Boden bequem zu machen.

Der Junge setzte sich in den Sand, lehnte sich zurück und stützte sich auf die Ellbogen, die Beine mit gekreuzten Fußgelenken von sich gestreckt, und schien es für einen Witz zu halten, als Herr Cheung einen Amethyst aus dem Beutel holte und ihn fragte: «Was ist das?»

«Is n Stein.»

«Ja, richtig. Ein Stein.» Herr Cheung beschloss, seinen Versuch auf wenige Objekte zu beschränken, denn die meisten der mitgebrachten Stücke waren Steine aus seiner Sammlung – jeder mit einem eigenen Namen zwar, doch wie er sich hätte denken können, war für den Jungen ein Stein wie der andere. «Gut, du kannst es nennen, wie du willst», sagte er leicht enttäuscht.

«Bueno, ich nenn das Stein», erklärte Fiskadoro.

«Und das?»

«Is n Fadendings», sagte der Junge.

«Eine Spule. Du hast Recht, da kommt Faden drauf. Wir wickeln ihn rundherum, so – hm? Ja – eine Spule.»

«Espule», sagte Fiskadoro.

Jetzt umschloss Herr Cheung die Spule mit seiner Faust. «Was hab ich hier?»

«Espule.»

«Hast du das Wort schon einmal gehört?»

«Klar. Ganze Zeit.»

Herr Cheung legte die leere Spule neben den Amethyst und griff in seinen Beutel. «Und das ist ein Huhn.»

«Nee!» Fiskadoro zog die Beine an und beugte sich vor, um genauer hinzusehen. «Is n Messer, nich n Huhn.»

Der Lehrer legte das Klappmesser neben die Spule. «Ich will dich nur testen.»

Er zog eine kleine, jahrzehntealte und sehr kostbare chinesische Messingglocke heraus und ließ sie an seinen Fingern baumeln, sodass sie leise zu läuten begann.

«Is ne Glocke.»

«Richtig. Zähl mir jetzt alle vier Sachen auf. Zeig darauf.» Herr Cheung machte es ihm vor. «Eine Glocke, ein – was?»

«Das da Glocke, das da Espule, und du has n Messer und du has n Stein.»

«Sehr gut. Jetzt mach die Augen zu, leg die Hände –» Herr Cheung zeigte es ihm, und der Junge bedeckte seine Augen mit den Händen. «Kannst du mir jetzt sagen, was ich habe?»

«Glocke. Espule. Messer. Stein.»

«Ausgezeichnet. Gut. Ich lege alles zurück in den Beutel. Meine Glocke, meine Spule, mein Messer. Da – mein Stein – alles im Beutel.»

«Sí», sagte Fiskadoro.

«Weißt du, wer ich bin?»

«No», sagte Fiskadoro.

«Weißt du, wo wir sind?»

Der Junge rieb sich übers Gesicht und sah plötzlich krank und verängstigt aus. «Kann sein. Ich denk mal nach. Frag später.»

«Nein, ich frage dich nicht mehr», versicherte ihm Herr Cheung. «Es ist gar nicht wichtig.» Er war sehr darauf bedacht, den Jungen nicht aufzuregen. Er hatte sich Gedanken gemacht, Gedanken darüber, wie es sein musste, sich von einem Tag zum andern, vielleicht von einer Stunde zur andern oder gar, wie es bei Fiskadoro möglich schien, von einer Minute zur andern an nichts zu erinnern. Daran musste ein Mensch doch zerbrechen. Das musste doch die Seele verkümmern lassen.

Wenn er nun aber auch keine Erinnerung mehr daran hatte, je Erinnerungen besessen zu haben?

Wo blieb denn dann überhaupt die Seele – war sie ausgelöscht? Die schwer kranke Mutter dieses Jungen musste Nacht für Nacht ihre Tür verriegeln, denn sonst kroch er zu ihr ohne mehr Skrupel als ein kleiner Hund oder ein Kater, denn wie Hund und Kater wusste er nicht, wer die eigene Mutter, sondern nur noch, dass sie weiblich war. Doch selbst ein Hund verhielt sich ja so, als gäbe es Menschen, Orte und Dinge, die er wieder erkannte – bedeutete ein solches Verhalten, dass er sich an sie erinnerte? Wenn das so war, dann hatte der Junge weniger Seele als ein Hund.

«Was habe ich in meinem Beutel?», fragte er Fiskadoro.

«Sachen von dir.»

«Kannst du mir sagen, was für Sachen? Zähl vier auf.» Er hielt vier Finger hoch.

Fiskadoro zuckte die Achseln. «Paar Sachen. Was du so brauchs.»

«Weißt du noch, wann ich sie in meinen Beutel getan habe?»

«Klar. Einmal; weiß ich noch.»

«Wann?»

«Viel früher mal.» Fiskadoro deutete mit dem Kinn in die Ferne.

«Damals, als du noch ein kleiner Junge warst?»

«Hmm. Vielleicht noch früher, glaub ich.»

Herrn Cheungs Schätzung nach waren kaum fünf Minuten vergangen. «Wie heißt du?», fragte er Fiskadoro.

«Ich heiß Fiskadoro.» An seinen Namen erinnerte er sich jederzeit. Alles andere entfiel ihm.

«Ich bring dich wieder in die Hütte, Fiskadoro. Dann mache ich einen Spaziergang. Das hilft mir beim Nachdenken.» Er führte den Jungen zu seinem ihm vollständig unbekannten Zuhause, wo ihm die Mutter, die er nie vorher gesehen hatte, zu essen geben würde. «Da drinnen ist eine Frau. Sie ist nicht für dich. Lass sie bitte in Ruhe.»

Es war trockener als sonst um diese Jahreszeit. In der Mittagssonne, die direkt über ihm stand, war das Wasser kompakte Schwärze, nichts Flüssiges mehr. Die Hände auf dem Rücken, tauchte er mit gesenktem Kopf unter das hohe Palmendach der Army. Als er auf dem Pfad weiterging, bemerkte er, wie unter seinen Füßen Licht mit Schatten wechselte. Würde Fiskadoro das sehen? Wenn er in hellem Licht auf die eigenen Füße hinabschaute, würde er sie im Schatten wieder erkennen? Würde Fiskadoro überhaupt, wenn er auf seine Füße hinabschaute, den Rest seines Körpers, seine Hände, seinen Kopf wieder erkennen? Wenn er, sobald er draußen war, vergessen hatte, wie das Innere seiner Hütte aussah, vergaß er dann auch das Draußen, die bloße *Tatsache* eines Draußen, sobald er im Haus war? Und wenn man ihm für wenige Minuten die Augen verbände, würde er dann vergessen, was es hieß, sehen zu können? Dass es so etwas wie «sehen» überhaupt gab?

Auf der Lichtung um den Brunnen standen mit schweißglänzenden Gesichtern die Nachbarsfrauen beieinander, tratschten und klärten Reis, indem sie über Strohmatten jeweils eine Hand voll davon in die Luft warfen, damit der Wind Staub und Spreu davontrieb. Respektvoll verstummten sie, als der Denker vorbeischritt.

Martin und Martins Freund Sammy hatten ihm versichert, Fiskadoros Gedächtnis würde bald zurückkommen – wobei sie allerdings nicht glaubten, dass er sich je wieder an seine Vergangenheit würde erinnern können –, aber im Augenblick sah der Junge jeden Sonnenaufgang zum ersten Mal.

Daran war etwas Beneidenswertes. In einer Welt, die nichts Vertrautes hatte, war alles neu. Und wenn man sich der früheren Etappen einer Reise nicht erinnert, muss man dann nicht annehmen, man habe sich gar nicht von der Stelle bewegt? Wenn man sich nicht erinnert, gestern gelebt zu haben, ist das Leben dann nicht nur einen Tag lang?

Herr Cheung löste die hinter seinem Rücken verschränkten Hände und begann zu gestikulieren. Er lief wieder und wieder um eine Dattelpalme herum, immer durch dieselben Flecken von Licht und Schatten hindurch. Er hätte nicht sagen können, warum ihn plötzlich solche Panik ergriff.

Im Laufe der folgenden Wochen kehrte Fiskadoros Fähigkeit, sich an neue Ereignisse zu erinnern, zurück. Seine Erinnerung an die Vergangenheit, an die Zeit vor seiner Heimkehr, war für immer ausgelöscht. Sein Gedächtnis reichte bis zu dem Augenblick zurück, als er in der Dunkelheit gelegen und das Dorf der Sumpfleute vor sich gesehen hatte; soweit er wusste, hatte sein Leben in dem Moment begonnen: als er im Bett lag und sich erinnerte, dass er gestorben war.

Da war etwas Wirkliches an ihm, das aus der Erinnerung kam und nicht fortgehen wollte. Es verheilte allmählich, aber immer noch schrie er jedes Mal, wenn er pinkeln musste. Jeden Tag, wenn er erwachte, war es immer noch oben aufgeplatzt wie ein frisch gesäuberter Fisch.

In dem Traum musste er unbedingt die Zeremonie mitmachen und wie alle anderen Männer werden, weil er sich in dem Traum von allen anderen Männern unterschied.

Jetzt war er wach und anders als alle anderen Männer, die wach waren. Jetzt brauchte er die Zeremonie nicht über sich ergehen zu lassen, aber jetzt war es zu spät.

Alle sagten, dass er schon einmal gelebt hätte, in einer andern Welt, die dieser ganz ähnlich war. Warum nur konnte er sich nicht daran erinnern?

Herr Cheung wollte nicht nur, dass er die Klarinettenmusik lernte. Herr Cheung wollte, dass er die Oblate aß, sich an Dinge erinnerte und Cassius Clay Sugar Ray erzählte, woher die blauen Pillen kamen. «Ich weiß nich, wo die blauen Pillen kommen», sagte er Herrn Cheung immer wieder.

«Aber die Oblate würde dir helfen, dich zu erinnern.»

«Ich kann nich erinnern, Manager, weil ich ja nich weiß.»

«Wie kannst du denn wissen, dass du dich nicht erinnern würdest, wenn du dich nicht daran erinnerst, was du weißt?»

«Ich erinner, dass ich nich weiß.»

Beide wurden fast wahnsinnig, wenn sie darüber sprachen. Herr Cheung war stark, und er strengte sich an, durch die vielen Wörter durchzukommen, aber er blieb immer wieder an denselben hängen. «Eines Tages wirst du dich erinnern, wer du bist.»

«Ich will nich erinnern, wer ich bin. Bin ich ja schon jetz ich, jetz heut. Wenn ich erinner, dann bin ich wer anders.» Während dieser Gespräche tat Fiskadoro der Kopf weh, und seine Gedanken drehten sich im Kreis, aber alle Wörter änderten nichts daran, dass er unten zwischen den Beinen nicht war wie andere Männer, und so konnte ihm niemand etwas befehlen: Denn wenn sie mit ihm sprachen, sprachen sie mit jemandem, der zum Teil in einem Traum lebte. Sie schickten ihre Stimmen an einen anderen Ort, wo die Worte aus ihrer eigenen Sphäre wirkungslos waren.

Schließlich gab Herr Cheung den Versuch auf, ihn dazu zu bewegen, die Oblate der Erinnerung zu essen. Cassius Clay Sugar Ray tauschte sie in Marathon gegen irgendetwas ein, und was derjenige, der sie erwarb, durch ihren Verzehr herausfand, blieb dessen Geheimnis; niemand erfuhr je, was er wiedergefunden hatte, welches Wissen von Dingen, die verloren gewesen waren.

Herr Cheung hatte nicht lockerlassen wollen: «Du musst die Medizin noch einmal nehmen, damit du dich daran erinnerst, wer ich bin, wer du bist und wer diese Frau ist.»

Aber er hatte sich geweigert; er wusste ja schon, dass dieser Mann, Anthony Terrence Cheung, sein Klarinettenlehrer und Manager des Miami Sinfonieorchesters war. Und er wusste, wer diese Frau war – seine Mutter. Sie war keine Frau für ihn, und nachts musste er sie in Ruhe lassen. Er begriff, erinnerte sich aber nicht daran, dass seine Mutter in der Welt vor seinem Traum und vor seinem Tod alles für ihn gewesen war, dass sie erst allmählich nur ein Teil der Welt, wenn auch deren größter Teil, und schließlich einfach eine Person innerhalb dieser Welt geworden war, wenn auch diejenige, die er am meisten liebte. Es störte ihn nicht, das zu wissen, aber er wollte sich nicht daran erinnern. Seine Mutter war krank. Sie wurde kleiner und kleiner. Wenn sie die Augen schloss, würde ein Loch in der Luft sein, wo sie gewesen war, und dann nichts mehr, nur noch die Luft. Er wollte die Oblate nicht essen. Er wollte nicht, dass das Loch in der Luft ein Loch in Fiskadoro war. Er wollte sich nicht daran erinnern, was er verlor.

Fiskadoro war stolz, weil er jetzt wirklich lernte, auf der Klarinette zu spielen – Herr Cheung sagte, dass er vergessen hatte, wie man *nicht* spielte. Die Noten strömten vom Blatt in seine Augen und aus dem Instrument als Musik hinaus in die Welt. Er konnte jetzt auch die Wörter viel besser lesen. Manchmal, nicht immer, wenn Fiskadoro Herrn Cheung aus den Büchern vorlas, die der Lehrer mitbrachte, sah er anstelle der Zeichen auf einer Seite Bilder in seinem Kopf.

Wenn sein Bruder Drake ins Haus kam, erzählte Fiskadoro ihm manchmal vom Lesen und versuchte, ihn für ein Buch zu interessieren, aber Drake war Fischer. Er liebte Boote, nicht Bücher. Die Leute sagten, Drake sähe aus wie ihr Vater. Mike, der Jüngste, sah noch nicht aus wie irgendjemand. Er hatte nichts dagegen, wenn man ihm vorlas, hörte aber nicht besonders aufmerksam zu. Er war viel bei den Nachbarn; Belinda wurde allmählich zu schwach, um sich um ihn zu kümmern. Fiskadoro war mit beiden Brüdern nur wenig zusammen.

Die meiste Zeit verbrachte er damit, gesund zu werden. Belinda hatte die Schnüre aus seinen Ohren entfernt, und die Löcher hatten sich mittlerweile zu zwei Punkten geschlossen. Die Wunde zwischen seinen Beinen war verheilt, aber er würde nie mehr so sein wie andere Männer.

Das Gefühl, anders zu sein als die anderen, brachte ihn manchmal dazu, weit den Strand hinunterzulaufen, dorthin, wo die riesigen grünen Fliegen und die stinkenden Schwaden aus der Abfallgrube und die kreischenden Möwen waren, die anscheinend weder den Gestank scheuten noch jemals eine der Fliegen fraßen. Hierhin würde man nach ihrer Verbrennung Belindas Asche schütten.

Die Möwen zankten ihn aus, wenn er ihren Nestern im unkrautbewachsenen Sand rings um die Grube zu nahe kam. Sie flogen in Scharen auf, sodass ihre Schatten ihn überall auf dem Sand umwirbelten. Weiter strandaufwärts sah er sie in kleinen Gruppen herumstolzieren, ohne Notiz voneinander zu nehmen, weise und selbstgefällig nirgendwohin blickend. Sie erinnerten ihn an Herrn Cheung.

Mehr als einmal traf er hier auf Gestalten, die auch nicht so waren wie andere: Geister, die aus dem Meer kamen – Geister von den Wracks, vom Ende der Welt, Geister der Seuchen, der kalten Zeit, des Tot-Machers – ertrunkene Seeleute und erfrorene Kinder, junge Mädchen, denen das Blut an den Beinen herablief, alte kranke Männer und krebszerfressene Fischfrauen, die bar jeder Hoffnung die Nähe des Ortes zu suchen schienen, wo man sie verbrennen würde; aber alle lächelten, und kein Schmerz berührte sie mehr.

Die Tage waren jetzt kühler und meistens grau, oder sie lagen unter gewaltigen weißen Wolken, deren Schatten über den Golf eilten; und doch zogen sich Schweißspuren durch den Staub auf Towandas Brust und Schultern, als sie Belinda besuchte. Towanda brachte einen Penny-Krug voll Kartoffelschnaps, eine zerbeulte Aluminiumkanne mit stark verblasstem Muster.

Belinda blieb in ihrem Stuhl sitzen. Um ihre tief eingesunkenen Augen lagen braune Ringe, und der Rest von ihr hatte die Farbe von abgestandenem Fischfleisch.

Towanda lächelte und nickte der kranken Frau aufmunternd zu. Doch als Belinda einen Schluck von dem Schnaps getrunken hatte und ihr die Kanne zurückgab, wirkten ihre Bewegungen so angestrengt und so schwach, dass Towanda es aufgab, fröhlich auszusehen, sondern nur noch dasaß und wünschte, alles würde einfach weggehen.

Belinda bemerkte, wie die Nachbarin mit dem Daumen über den Rand der Kanne wischte, bevor sie daraus trank.

«Ihr müss mich dann verbrennen», sagte Belinda.

Towandas Gesicht war verzerrt und ihre Stimme ein Flüstern und Quieksen. «Ja, ja, du sags es.»

«Manchma brenn ich schon», sagte Belinda. «Das saust runter wie lektrisch oder rauf – *schsch*, wie Benzin.»

«Tut schon die ganze Zeit weh?», flüsterte Towanda.

«Manchma, nich immer.»

«Is noch nich vorbei.»

«Nee, nee», sagte Belinda. «Bisschen Zeit hab ich noch. Heut passiert nix.»

«Aber wird n bisschen schlimmer und immer noch n bisschen schlimmer?»

«O ja», sagte Belinda. «Wird schlimmer.» Plötzlich strömten ihr die salzigen Tränen aus den Augen. «Der läss nix aus, Towanda!»

«O Gott, Belinda!» Towanda wischte sich mit dem Handrücken über Nase und Augen. «Wir müssen dich verbrennen!»

«Muss sein», sagte Belinda. Ihr Kopf zitterte, so sehr weinte sie.

«Ja. Muss sein. Is nu ma richtiges Leben», stimmte Towanda zu.

Sie tranken aus der Schnapskanne. Belinda hustete und fing an zu lachen, während sie sich noch die Tränen aus den Augen wischte. Auch Towanda musste lachen.

«Komm ich mir blöd vor, dass ich jetz lach», sagte Belinda. «Ich weiß gar nich, warum ich jetz lachen muss.» Sie lachte noch lauter.

«Du, ich auch!», rief Towanda, und beide packte ein so erbarmungsloses Gelächter, dass sie kaum Luft holen konnten.

Erst, bevor sie es aufgab, betete sie noch zu Oberstmajor Overdoze, dem mächtigsten Loa von allen. Fiskadoro verstand sie nicht, aber es war ihm gleich. Er wollte nur bei ihr sein und alles sehen, was sie sah. Irgendwann wurden ihre Reden irrer: Oberstmajor Overdoze machte, was er wollte; er gab ihr den Sohn zurück, aber innen ganz leer wie ein Baby; Schreine hatten keine Macht über ihn – er konnte sie verbrennen, wenn er wollte; Oberstmajor Overdoze nahm ihr den Tumor nicht weg, er machte ihn größer und gab ihm Kinder und setzte sie alle in Brand. Die Gewächse in ihrem Körper schmerzten so sehr, dass Belinda vor Überraschung zu schreien vergaß. Sie versuchte, eine bequemere Lage zu finden, doch das Gefühl, von dem sie manchmal sagte, es schmerze, und dann wieder, es versenge ihr die Knochen, ließ sie nicht los. Sie drehte und wand sich, um sich von ihm zu befreien, deckte sich zu, um sich vor ihm zu verstecken, warf sich im Bett herum, um es abzuschütteln, doch es hielt sie fest wie mit Haken, überflutete sie wie Wasser, fiel wie Funken auf sie herab. Es hörte nie auf. Oberstmajor Overdoze drehte es höher und höher, bis sie wusste: Sie fühlte nicht *es*, sie sah *ihn*, immer näher kommend, immer heller werdend, und sie konnte die Augen nicht schließen. Oberstmajor Overdoze brauchte kein Flugzeug zum Fliegen und keine Bomben, um die Schreine zu verbrennen, die ihn in ihre Gewalt bringen wollten. Ganz ohne Hände und Finger und Augen, ja, ohne Gedanken, konnte er es höher und höher drehen, bis es gar nichts mehr sein konnte – keine Dunkelheit, kein Licht –, außer *er* selber. Als ihr die Nachbarsfrauen selbst gekochte Getränke gegen die Schmerzen zu bringen begannen, sagte sie zu Fiskadoro, dass die Zeit jetzt bald gekommen sei. Sie schrie und weinte nicht mehr vor Schmerzen, sondern schaute nur noch von weit innen heraus, mit jedem Tag aus größerer Ferne, und schien nichts mehr von dem zu glauben, was sie sah.

Fiskadoro wachte an ihrem Bett und hielt ihre Hand. Es kümmerte ihn nicht, ob er sich ansteckte, und manchmal hoffte er es sogar. Er merkte, dass er anfing, ein bisschen verrückt zu werden. Das kam vor in so einer Situation. Er weinte viel und wurde so wütend, dass er jemanden hätte umbringen können. Aber da war auch die ganze Zeit etwas Besonderes um sie, als ob er und die Frau, während sie das alles zusammen durchmachten, mitten in der Sonne stünden, ohne zu verbrennen. Als sie starb, war es tiefe Nacht; seine Brüder schliefen, und das Dorf schlief, aber das Meer war wach, und Belinda war wach, und ihr ältester Sohn war wach und hielt ihre Hand, während er an ihrem Bett saß.

Schweiß strömte an ihr herunter. Sie verlangte ein paar Mal die Pfanne, merkte dann aber, dass sie gar kein Wasser lassen musste. «Jimmy!», sagte sie. «Jimmy!» Sie begann mit denen zu reden, die vor ihr gegangen waren – ihrer Mutter, ihrem Vater, ihrem älteren Bruder. «Tut jetz nich mehr weh», sagte sie. Sie holte tief Atem; dann starb sie.

Sieben

Am Tag, als die Israeliten kamen, um ihn zu holen, hatte Herr Cheung hundert Einwände parat, und er war ernsthaft entschlossen, kaum dass er sie erblickt hatte, die Anzahl guter Gründe aufzuzählen, die ihn daran hinderten, heute oder sonst irgendwann mit ihnen zu gehen.

Flying Man und die zwei jungen Wilden, die links und rechts von ihm in Herrn Cheungs Tür standen, lächelten und waren heiter und gelassen – sehr viel ruhiger, als er es für möglich gehalten hatte.

«Nachricht is da», erklärte Flying Man ohne Umschweife.

«Das dachte ich mir.»

«Nachricht sagt, heut.»

«Ja», sagte Herr Cheung völlig verängstigt. «Das dachte ich mir.»

«Wird gut. Wird gut gut gut.» Flying Man faltete die Hände über seinem Kopf. Er strömte über vor Glück und Wohlwollen.

Das Haupthindernis bestand für Herrn Cheung darin, dass seine Frau Eileen bei den Händlern war und er seine greise Großmutter Wright nicht allein zu Hause lassen konnte. «Der größte Teil des Orchesters kann leider nicht kommen. Aber Fiskadoro muss jede Minute hier sein.» Er rang die Hände. «Ich glaube trotzdem nicht, dass es eine gute Idee ist. Meine Großmutter ist hier, sie kann nicht allein bleiben.» Er blickte von einem zum anderen, in der schwachen Hoffnung, auf einem der Gesichter einen kleinen Funken von Verständnis zu entdecken.

«Orcksär», sagte Flying Man. «Jahwe! Nachricht is da.»

Hinter den dreien sah Herr Cheung noch weitere bunt bemalte, mit Federn behängte Gestalten auf dem Pfad stehen.

Was Herrn Cheung letzten Endes davon abhielt, ihren Wünschen nicht zu folgen, war weniger die Furcht vor ihrem Zorn als ein starkes Widerstreben, das ruhige Wasser ihrer Zufriedenheit zu kräuseln.

Er hatte für diesen Tag keine Vorbereitungen getroffen, die übrigen Mitglieder des Orchesters waren ahnungslos, und er hatte auch sonst niemandem etwas gesagt. Dass Fiskadoro heute kam, war ein glücklicher Zufall – er hatte an diesem Tag Unterricht.

Herr Cheung hoffte, es würde sich keine Tragödie abspielen. Er hoffte sehr, dass diese Zeremonie weder den Genuss von rohem Fleisch noch sexuelle Perversionen, noch irgendeine Art von Blutopfer einschloss.

«Ich glaube, es wäre besser, wenn ich meine Großmutter auch mitnähme», sagte er. «Könnten wir sie tragen?» Um ihnen zu zeigen, was er meinte, legte er die Hände zusammen, als wiege er ein Kind.

Fiskadoro war über die Strandroute nach Twicetown unterwegs, den Aktenkoffer namens Samsonite fest an die Brust gedrückt. Links von ihm war nichts als der Strand, an den sich ein schmaler, von Zypressen und Buschwerk dicht bewachsener Streifen Land anschloss. Jenseits davon, parallel zum Strand und durch das Gehölz den Blicken entzogen, lag die Straße nach Twicetown. Obwohl er sich verspätet hatte, beeilte er sich nicht. Er ging über den nassen Sand nah am Wasser und drehte sich immer wieder um, neugierig, wie seine Fußspuren, kleiner und kleiner werdend, aussahen.

Endlich kam er zu der Stelle, wo verschiedene Pfade über primitive Brücken aus aufgehäuften Steinen vom Golf fort und durch den Sumpf nach Twicetown führten. Er war schon einmal mit Herrn Cheung anlässlich einer seiner Geschichtsstunden hier entlanggegangen. Sein Lehrer hatte ihm erzählt, dass die Stadt – und das war sie in vielerlei Hinsicht geblieben, auch wenn einige ihrer Teile jetzt leblos dalagen – in der anderen Zeit den Namen Key West getragen hatte. Während des Endes der Welt aber war sie zweimal verschont geblieben, und das hatte ihr diesen neuen Namen beschert. Eine intakte Rakete ging hoch wie ein Knallkörper, aber ein Blindgänger brachte nur Glück.

Das alles hatte Herr Cheung ihm erklärt, aber er hatte ihm noch nicht gesagt, wo er sich befand – ob dies das Land des Todes war, ein Land, das hinter dem Land des Todes lag, oder ein völlig anderer Ort.

Er ließ den öderen Teil Twicetowns hinter sich; schon kamen die ersten Stände, und das Spießrutenlaufen durch die Reihen der Verkäufer begann. Das Angebot war groß, aber man hatte Fiskadoro noch nicht gesagt, ob er irgendetwas davon haben durfte.

Hinter einem der Tische erkannte er einen Jungen, der Sanchez hieß, an den Rest des Namens konnte er sich nicht erinnern. Sanchez hielt auf seinem Klapptisch eine Menge kostbarer Dinge feil – Messer von Sporttauchern, Kampfstiefel, Tennisschuhe, Uhren, drei Bratpfannen, eine in der anderen in der anderen – und schwenkte über allem den Stab eines Geigerzählers, der offenkundig keine Kraft hatte und gar nichts zählte. Die Leute hielten sich von dem Tisch fern. Nur wenige gestatteten sich, Interesse zu zeigen, und verlangsamten den Schritt, ohne jedoch stehen zu bleiben.

Fiskadoro hatte Sanchez in diesem Leben erst zweimal

gesehen – einmal am Morgen nach einem Fest, mit dem die Geburt eines Army-Babys gefeiert wurde; da hatte er Sanchez schlafend auf dem staubigen Boden eines Pfades gefunden, mit Sand in den Mundwinkeln und getrocknetem Blut um die Nasenlöcher; und dann bei dem Fest zu Belindas Verbrennung, als dieser Sanchez vor allen Leuten ins Feuer gepinkelt hatte und später ins Meer gefallen war und herausgezogen werden musste. Sanchez' Mutter hatte geweint, und sein Vater hatte ihn weggejagt und ihm verboten, in die Army zurückzukommen.

Fiskadoro stand vor Sanchez und versuchte sich an seinen ganzen Namen zu erinnern.

«So», sagte Sanchez in einem aalglatten Ton, der Fiskadoro zuwider war.

«Siehs heute besser aus», sagte Fiskadoro zu ihm. «Kein so dreckiges Gesicht.»

«Frag ich nich», gab Sanchez zurück. «Ich frag, was wills, wie viel, und los, jetz bis du dran.»

Fiskadoro nahm eine Hand vom Aktenkoffer und klopfte auf den Tisch wie an eine Tür. «Has n Name, wenns drauf ankommt?»

Sanchez hatte Fiskadoro offensichtlich erkannt. Er war jetzt nüchtern, und über sein Gesicht huschte so etwas wie ein Ausdruck der Entschuldigung. «Ich heiß Harvard Sanchez», sagte er und fügte dann, schon wieder mit einigem Stolz, hinzu: «Verwandt mit *Los-Desechados*-Familie Sanchez, sogar Leon Sanchez. Is mein Vater, Leon.» Harvard Sanchez sah ihn mit zusammengekniffenen Augen an, als stünde Fiskadoro am anderen Ende der Straße. «Ich erinner dich nich so gut», gestand er.

«Ja, ich ess irgend so was, dass alle mich vergessen», erklärte ihm Fiskadoro.

«Frag ich dich nich. Ich hab Plaketten. Wie viel wills?» Er

meinte die strahlenempfindlichen Abzeichen, mit denen man durch verseuchtes Gebiet reisen konnte.

Er ließ den Stab seines Geigerzählers über ein Häufchen Plaketten wandern, die wie viele, viele Münzen glitzerten.

Fiskadoro gefiel einfach die Art nicht, wie der Mann redete. Es lag etwas Herausforderndes darin. «Andermal. Heut nich», sagte Fiskadoro.

«*Heut* nich», antwortete Harvard Sanchez verächtlich. «Heut is so ungefähr der letzte Tag. Quarantäne is jede Minute vorbei. Bob Marley kommt, Jahwe kommt, alle kommen. Jetz muss kaufen.»

«Ich mein, was ich sag. Bald.» Fiskadoro wünschte, er könnte schon morgen in die verseuchten Gebiete gehen und dem Mann zeigen, wer von all den Leuten hier bereit war für Gefahren. Er wusste, dass jeder, der die Stadt sah, groß und bedeutend wurde. «Sogar morgen», setzte er plötzlich hinzu. «Ich geh morgen.»

«Mañana!», sagte Harvard Sanchez. «Dann brauchs Plaketten. Wie viel? Komm – alle gehn schon zum Strand. Viel los heut. Mach schon. Kein Zeit. Jetz muss kaufen.» Er zeigte auf die Leute, die vorbeikamen. Alle schienen in dieselbe Richtung unterwegs zu sein. Überall packten die Verkäufer ihre Tische zusammen.

«Ich hab Plaketten in mi casa. Ich *hab* Plaketten», sagte Fiskadoro und ging rasch, fast gegen seinen Willen, weiter.

Er fühlte sich ganz und gar elend, als Harvard Sanchez ihm nachrief: «Fisch-Mann!» Nicht zuletzt, weil das ja sein Name war.

Vor dem Haus seines Lehrers waren eine Menge Israeliten, Schwarze mit bemalten Gesichtern, das Haar zu wirren, schwarz glänzenden Zöpfen geflochten – gefiederte, tierhäutige Israeliten, die nicht reden konnten; sie trugen die Großmutter in ihrem roten Schaukelstuhl aus dem Haus. Herr Cheung lenkte sie mit behutsamen Worten und Gesten. Fiskadoro blieb auf der Straße stehen.

Sein Lehrer bemerkte ihn und kam auf ihn zu. «Fiskadoro», sagte er.

«Sí», sagte Fiskadoro.

Sein Lehrer faltete die Hände über dem Bauch, löste sie wieder voneinander und warf die Arme hoch. «Diese Israeliten bereiten eine Zeremonie vor. Ich habe versprochen, dass wir ein paar Stücke spielen.»

«Wir haben ja die Musik», sagte Fiskadoro.

«Richtig. Ganz richtig. Du verstehst das.» Herr Cheung sah leicht beschämt aus.

Jetzt kamen die Israeliten mit Großmutter Wright in ihrem roten Schaukelstuhl vorbei, drei auf jeder Seite. Großmutter blickte stur geradeaus. Ihre herunterhängenden Füße steckten in dicken blauen Socken.

«Wir *spielen* gleich para ti», sagte Fiskadoro zu den Israeliten. Er und Herr Cheung folgten ihnen.

Die sechs Israeliten, die Großmutter Wright trugen, schienen keine Müdigkeit zu kennen; doch als sie alle gemeinsam Twicetown hinter sich gelassen hatten, die alte Frau zwischen ihnen in der Luft schwebend, dahinter Herr Cheung und Fiskadoro, denen sich in einer spontanen Prozession fast alle Händler angeschlossen hatten, fand der Orchesterleiter für seine Großmutter Platz in einem Eselskarren, und sie hievten sie hinein.

Großmutter schaute hinten aus dem Karren hinaus, schaukelte mit jedem Schritt des *burro* vor und zurück und umklammerte die Armlehnen ihres Stuhls, wie sie den

Rand der Koje auf jenem Schiff umklammert hatte, mit dem sie vor fast neunzig Jahren aus den Wellen gerettet worden war, und wie die metallenen Seitenträger der Bahre, auf der man sie vom Boot heruntergetragen hatte, und wie die Gitterstreben des Bettes im Marinekrankenhaus von Sangley Point auf den Philippinischen Inseln, in dem sie nicht hatte einschlafen können.

Heute war einer ihrer klareren Tage. Sie rief sich all das willentlich ins Gedächtnis zurück, warf sich diesen Erinnerungen entgegen wie dem sicheren Land, während wilde Männer sie bis zum Ufer verfolgten – denn der Geruch des Ozeans und die Geräusche des Wassers überwältigten sie. Es war besser, sich an ein Grauen zu erinnern, das hinter ihr lag, als sich, verwirrt, wie sie war, diesen salzigen Wellen und ihren höchst ungewissen Absichten auszusetzen.

Die Israeliten kannten den richtigen Ort. Er war nur wenige hundert Meter strandabwärts von ihrem kleinen Dorf entfernt, einer Ansammlung von Bretterbuden, die ihr gestrandetes Schiff umgaben. Drei oder vier von ihnen traten kräftig auf den hinteren Teil des Karrens, sodass er kippte, und fingen den Schaukelstuhl auf. Vor dem Wattschlamm, in einiger Entfernung vom Wellenspiel, setzten sie Großmutter Wright unsanft ab.

Es waren mehr Leute am Ufer, als Herr Cheung jemals beisammen gesehen hatte. Vermutlich fehlte keiner. Seine Frau Eileen war mit dem Schwarm der Händler gekommen, die ihre Tische zurückgelassen hatten und herbeigeeilt waren, um zu schauen und nichts zu verkaufen. Eileen gab ihm einen Kuss und verschwand in der Menge. Nach und nach entdeckte er jedes einzelne Mitglied des Miami Sinfonieorchesters, aber alle gaben vor, ihn nicht zu sehen. Mindestens zwei Dutzend Fischerboote, deren Ankerseile wie Sprossen aus dem Schlamm emportrieben, lagen nebeneinander aufgereiht dort, wo die Ebbe sie abgesetzt hatte, und die Armybewohner waren fast vollzählig erschienen; auch Fiskadoros kleinere Brüder, der jüngere auf des größeren Schultern. Herr Cheung glaubte auch Fiskadoros Mutter zu sehen, bis ihm wieder einfiel, dass sie ja gestorben war. Die Leibwächter seines Halbbruders Martin tauchten hier und dort am Rand der Menge auf; Martin selbst sowie Park-Smith, beide ebenfalls bemüht, die zwei Klarinettisten zu meiden, trafen sich und gingen wieder auseinander.

Nur Herr Cheung und Fiskadoro spielten für die Israeliten, die sich über die Größe des Ensembles jedoch keineswegs enttäuscht zeigten, sondern wie gebannt zuhörten. Sie standen mit geneigten Köpfen und geschlossenen Augen ausnahmsweise einmal ruhig an einer Stelle und lauschten, als käme die Musik von weit her oder als weckte sie zärtliche Erinnerungen an eine Zeit ihres Lebens, die vernünftiger und schöner gewesen war als die jetzige.

Der Orchesterleiter und sein Schüler trugen Improvisationen nach den *Sydney-Bechet*-Übungen vor. Fiskadoro spielte besser als sein Lehrer: Sobald er das Blatt auf der Zunge spürte, vergaß er sich selbst und wurde Musik. Es war Ebbe, und ihre Melodien flogen über das Watt und verloren sich über den Wellenkräuseln. Als sie nach einer Stunde Pause machten und Herr Cheung mit einem Stück Tuch sein Mundstück reinigte, sagte er zu Flying Man: «Ich wüsste sehr gern, worum es hier eigentlich geht.»

Flying Man nickte, machte zwei Tanzschritte und schüttelte alle seine Federn. «Bobbylon jetz vorbei. Zeit für nächster Planet – Planet Isra-hel!»

Herr Cheung sah, dass ein Schleier von Schweißtröpfchen Großmutter Wrights Stirn bedeckte. Er hätte sie ihr gern abgewischt, aber mit seinem einzigen Lappen hatte er bereits das Mundstück gereinigt. Die Stadt hinter ihnen lag verlassen, er war sicher, dass keine Menschenseele dort geblieben war. Und doch hatte er ein ungutes Gefühl dabei, sie hierher gebracht, sie den Elementen ausgesetzt zu haben. Er hoffte, seine Großmutter würde, was immer hier geschah, lebend überstehen.

Großmutter dachte an ihre Flucht aus Vietnam zurück, und an den Absturz, der sie beendet hatte.

Als der Helikopter ins Meer stürzte, ging von denen, die überhaupt wieder an die Oberfläche kamen, der Leutnant als Erster unter – er hatte die Schuhe zu spät ausgezogen, weil er seine Füße vor den Haien schützen wollte. Bei dem Versuch, sich in Kampfstiefeln mit schweren Sohlen über Wasser zu halten, hatte er seine Kräfte erschöpft. Als die Sonne unterging, war er hinabgetaucht, um die Riemen zu lösen, bereit, den Verlust seiner Schuhe, ja, wenn nötig, seiner Füße hinzunehmen, nur um eine Minute länger zu leben, noch ein paar Mal Atem zu holen. Aber es war zu spät, die verlorenen Kräfte zurückzugewinnen, und schon bald war er immer öfter unter den Wellen verschwunden, hustend wieder aufgetaucht, hatte, wie später auch Marie, mit Armen und Beinen gerudert – nicht um zu schwimmen, sondern um einen Halt zu finden, den festen Grund, der doch irgendwo sein musste –, war wieder und wieder untergegangen, bis auch die neue Energie der Panik verbraucht war und er versank und nicht wieder hochkam. Sie sahen ihn dann wenige Meter entfernt mit dem Gesicht nach unten an der Oberfläche treiben, und Marie betrachtete den Körper nur noch als etwas, das man packen könnte, um sich selber über Wasser zu halten, doch sie war zu schwach, um hinzuschwimmen. Er hatte seine Kräfte verschwendet, um seine Schuhe zu behalten – aber weder sein Paar Schuhe noch seine Furcht vor den Haien war schuld an seinem Tod. Er starb, weil er nicht gerettet wurde.

Er hatte sich unbedingt bessere Überlebenschancen verschaffen wollen und die Schwimmweste schon fast in der Hand, als sie abstürzten – sobald Kapitän Minh mit ihm gesprochen hatte und in Panik an den Hebeln und Messinstrumenten des Helikopters zu rütteln begann, hatte sich der Leutnant auf seinem Sitz herumgedreht und den Zugang zur Servicebox freigemacht, indem er die Leute mit vorgehaltener Pistole zwang, sich unmöglich eng aneinander zu drängen, während er selber aufstand; und Marie wusste, er würde sie erschießen, wenn sie nicht zurückwich, und tat ihr Bestes, den hinter ihr Stehenden die Knochen zu brechen, um ihm Platz zu machen. Mit der Hand, die die Pistole hielt, hatte er den Deckel des Fachs gerade zehn Zentimeter angehoben, mit der anderen Hand durch die Öffnung gefasst und die Schwimmweste gepackt, als die Maschine sehr langsam auf der Wasseroberfläche niederging.

Sie wurden von einer Welle hochgehoben, und Marie fragte sich schon, wie lange sie hier auf dem Wasser treiben würden, bevor Rettung kam oder sie verhungerten, als Kapitän Minh aus der Tür sprang, durch die jetzt, zwei Sekunden nach dem Aufprall, das Wasser hereinkam. Maries Herz schlug doppelt schnell, während sie wartete, dass die Leute zwischen ihr und der Tür ebenfalls springen würden; dann brach sie durch die Menge und stürzte sich ins Meer, das ihr plötzlich bis zum Kinn reichte.

Sie schwamm ein Stück weit, und als sie sich, wassertretend, umwandte, war der Helikopter verschwunden.

Um sie herum trieben aufwärts gewandte Köpfe in einer

grünen Wüste. Zwischen den Windstößen, die über das Wasser fegten, war nichts zu hören als das Wasser selbst. Der Schock, sich hier wiederzufinden, war nicht größer als der, von diesem sündigen Geheimnis besudelt zu sein, den Geräuschen, die der Ozean ganz allein aus seiner Mitte hervorstieß. Seine unzähligen Salzbläschen flüsterten und zischten, und der Wasserspiegel überschlug sich und beleckte sich selbst und hüstelte leise.

So war das Chinesische Meer mit nichts mehr zu vergleichen. Hier lag der Unterschied zwischen etwas Großem – wie man es vom Flugzeug aus sah, von Horizont zu Horizont – und etwas Ungeheurem, Verschlingendem, Verstandraubendem, das sich nur stückweise, Woge für Woge, offenbarte, im Letzten zu voll von sich selbst, um Gnade zu gewähren, seinen Namen zu kennen oder einen Gedanken zu fassen. Es war, als hätte sie, plötzlich nass geworden, erstaunt Luft geholt, um zu sagen: «Schaut, was passiert ist!», und wäre dann im Erstaunen stecken geblieben, sodass sie nicht ausrufen, ja nicht einmal mehr ausatmen konnte.

Kurz darauf schoss wasserüberströmt ein weiterer Kopf aus den Wellen empor, Augen geschlossen, schwarzes Haar am Schädel klebend, und holte wie ein eben geborenes Baby tief Luft. Sie kannte ihn nicht – aber es war der Leutnant, unkenntlich geworden ohne seine Mütze, die er verloren hatte wie seinen Rang, seinen Namen und seine Persönlichkeit. Der Leutnant hatte keine Schwimmweste und keinen Revolver.

Ihr Rock und ihre Bluse waren schwer. Sie ließ sich sinken, riss ihre Bluse auf, stieß sich nach oben, sank wieder und zog die Bluse aus, tauchte auf, verlor erneut die Welt der Luft, während sie an den Knöpfen an der Seite ihres Rockes zerrte und ihn sich herunterzog, und kam erst wieder dorthin, wo man atmen konnte, als sie ihre Knie von der

Fessel des Rocks befreit und ihn sich von den Fußgelenken getreten hatte. Sie dachte an nichts. Sie wollte nur einen Platz, an dem sie stehen, ausruhen, Luft essen und Luft trinken konnte.

Sie hielt den Kopf zwischen den anderen Köpfen hoch, verlor sie aus den Augen und sah sie wieder, als eine Woge sie emporhob und fallen ließ.

Am Anfang hatten sie alle Wasser getreten, ungeachtet des Kräfteverschleißes. Innerhalb weniger Minuten war Marie so erschöpft wie noch nie zuvor, und danach hatte sie keine Gedanken mehr, nur noch den Wunsch, sich hinlegen zu können.

Kapitän Minh drehte sich als Erster auf den Rücken. Die anderen machten es ihm sofort nach. Es verschaffte ihnen eine Art Erholung, mehr Atem und mehr Zeit; und wenn es ihre Rücken auch einer riesigen flüssigen Welt aussetzte und so an ihren Nerven zerrte, nahm es ihnen doch zugleich den Blick auf ein Meer, das höher war als sie selbst, und zeigte ihnen etwas Größeres – den Himmel.

Der Himmel war eine Entdeckung, weil er ein Element der Hoffnung enthielt, das sie zum Sprechen brachte. Marie sagte etwas auf Englisch, dann auf Französisch, nur um gehört zu werden. Die anderen antworteten ernsthaft, interessiert, obwohl etwa die Frage, wie spät es sei, keinerlei Antwort erforderte, und stellten dann ihrerseits Fragen – «Wo könnten wir wohl sein?» –, die einen auf Französisch und andere auf Vietnamesisch, taten ihre Meinung kund und schauten in den Himmel. Kapitän Minh organisierte einen Versuch zusammenzubleiben, veranlasste die anderen, ihre Kleider auszuziehen, Ärmel und Hosenbeine zu packen und eine Kette zu bilden. Der Leutnant weigerte sich, seine Hosen herzugeben, weil er die Schuhe anbehalten wollte. Ein paar von den andern redeten ihm auf Französisch zu, und

Kapitän Minh attackierte ihn auf Vietnamesisch. Bereits atemlos, schrie der Leutnant: «Leck mich, kleiner Idiot!»

Das Sprechen ging über in die Arbeit des Atmens, und sie waren jetzt stimmlos, außer wenn sie husteten oder nach Luft schnappten. Marie antwortete den anderen nur kurz, fragte nur: «Où êtes-vous?», und drehte gelegentlich den Kopf, um nach jemandem zu sehen. Man sprach nur, um sich innerhalb der Gruppe – anscheinend waren sie jetzt neun – zu orientieren. Mittelpunkt der Gruppe waren ein Mann und eine Frau, die einander häufig irgendetwas zuriefen, «Hier bin ich!» und «Ja, ich seh dich!», vermutete Marie. Weil diese zwei sich am häufigsten meldeten, nahmen die Übrigen sie als Markierungen im Ozean und hielten sich in ihrer Nähe, die Kleiderkette möglichst schlaff hängen lassend, um nicht gegen den Sog der anderen ankämpfen zu müssen. Marie benutzte die beiden ingrimmig, überließ ihnen die Mühe des Rufens und sparte die eigenen Kräfte, um ihr Gesicht von den Wellen wegzudrehen, die über ihrem Kopf zusammenschlugen, wenn sie ihn nicht, sobald sie heranwogten, leicht darüber hinaushob.

Die Anstrengung, sich auf diese Art über Wasser zu halten, war nicht allzu groß, aber ihr Nacken schmerzte, und schon bald fühlte sich ihr Hinterkopf flach und taub an, und ihr Rückgrat brannte, alles von dem wiederholten Bemühen, den Kopf anzuheben. Der Wasserspiegel, der von oben so schwarz und schwer, dessen Bewegung so harmlosblubbernd und zufällig gewirkt hatte, erwies sich nun als aktiv, belebt und einfallsreich, er schleuderte Generationen von Fingern hoch, die ihr übers Gesicht kratzten, Würmer, die ihr durch Mund und Nase jagten und sie erstickten, kleine wirbelnde Münder, die ihr Haar schluckten und wieder fahren ließen. Es war windig. Die Schaumkronen, von oben scheinbar so breit gestreut, waren jetzt überall und zerstoben in den kleinen Windstößen zu Regenbogen. Der Dunst schnürte ihr die Kehle zu. Ihre Lippen waren rissig und wund vom Salz, ihre Augen brannten, und bald schmerzte ihr Gesicht wie von Schlägen. Sie weinte. Sie glaubte schon nicht mehr, dass sie so lange schwimmen könne, bis sie hier herauskam und sich wieder der Aufgabe des Lebens widmen konnte, sondern war jetzt so weit, dass sie schwamm, weil ihre Lebensaufgabe nichts anderes war als Schwimmen, weil es das war, was sie zu tun hatte, bis sie starb.

Sie sahen, wie der Leutnant unterging. Er ließ ihre improvisierte Rettungsleine fahren und kämpfte, um seine Schuhe loszuwerden, dann seine Hose. Er kämpfte, während er mehrmals sank, und bat die andern um Hilfe, doch bald war er starr und wortlos und ganz allein, obgleich mitten unter ihnen, und dann war er verschwunden.

Vor Anbruch der Nacht ließ der Wind nach, die Wogen wurden kleiner und freundlicher, und das Leben besserte sich. Doch dann kam die Nacht, und es gab kein Sehen mehr in diesem Leben.

In der Dunkelheit blieben sie nahe beisammen, hielten sich in der Nähe, wenn einem von ihnen die Rettungsleine entglitt, obwohl es gefährlich war, sich aneinander zu klammern; sie riefen und gaben einander Antworten – warum, wurde nie gefragt. Es verstand sich, dass man zusammenblieb, auch wenn Marie schon vergessen hatte, wer sie waren, wie viele und wie sie aussahen; Hände wurden gesucht, Stimmen mit kostbarer Kraft gejagt, Hände verloren sich wieder, Stimmen verhallten. Schweigen, Keuchen, ersticktes Atmen. Ihr kam der Gedanke, dass die anderen womöglich dabei waren einzuschlafen. Ihr eigener gleich bleibender Zustand war eine Lähmung, die sich irgendwie löste, wenn das Wasser in ihre Nasenlöcher schwappte und sie in Panik geriet, schnaubte und hustete und ruderte. Sie war nicht mehr wach, schlief aber auch nicht. Dabei hätte sie kaum sagen können, wo der Unterschied lag. Für eine Weile waren ein paar Sterne da und ein verschwommener Halbmond, doch sie verschwanden wieder, ohne dass sie es mitbekam, und dann war sie ganz allein, in einer freischwebenden Dunkelheit, die keiner bestimmten Dimension angehörte, aber angefüllt war mit leisem, ziellosem Geräusch. Einförmig, unendlich und immer während zischte es, und entlang den Maschen dieses Geräuschs gurgelte und quietschte, strömte und spuckte es. Im Getriebe des Wassers trillerte und sang es. Es sprach; es rollte Wörter über Wörter. Es wusste – und wie im Schock hörte es auf; im Eifer des Wassers überlegte es noch einmal; es verschaffte sich Klarheit und schlug die Augen auf und sah sich selbst.

Wasser füllte ihre Ohren, ihre Zunge war so geschwollen, dass der Mund sich nicht mehr ganz darüber schloss, aber immer noch schmeckte und hörte sie das Meer. Ihre Nasenlöcher waren fest verschlossen, und sie wusste nicht, ob ihre Augen offen waren oder nicht. Ihr wurde klar, dass die Sterne vielleicht gar nicht verschwunden waren, sondern das Salz sie vielleicht geblendet hatte.

Irgendwann, in der Dunkelheit, klammerten sich zwei Hände an sie und hielten sie fest, irgendwer, der versuchte, über Wasser zu bleiben. Sie stach ihm in die Augen und biss in die Finger, die sich in ihre Arme gruben. Sie trat ihm in den Bauch und riss sich los. Ein wenig später, als sie anfing, sich sinken zu lassen, weil sie keinen Unterschied mehr merkte zwischen der Schwärze der Luft und der Schwärze des Wassers, berührte etwas Farnähnliches ihre Wange, und etwas Schwereres stieß gegen ihre Schulter – ein Mensch –, und sie packte es am Nacken, hielt sich am Kragen eines Unterhemds fest. Sie spürte keinen Widerstand; der Mensch war tot. Der Körper ging immer wieder unter, aber sie konnte ihn dazu benutzen, sich ein wenig über Wasser zu halten. Sie legte ihren Kopf auf seinen Rücken, bis er tiefer sank, und ließ ihn nicht los, setzte sich eine Weile rittlings darauf und stellte sich schließlich sogar sekundenweise hin, sodass ihr Kinn über den hohen Wellen blieb, während er mehrmals wegsackte und wieder hochkam, ihren Füßen einen leichten Halt bietend, bis sie ihn endgültig verlor.

Als am ersten Tag die Sonne aufging, war ihr Licht unglaublich. Es lag Kraft darin, und Marie fühlte sich gerettet. Die Zeit im Wasser schien jetzt länger als das Leben, das hinter ihr lag. Ihr früheres Leben war Vorbereitung auf dieses Wasser gewesen, und die Sonne, die endlich ein voller Kreis wurde, über das Wasser stieg und zum Himmel hinaufflog, war Lohn und Erklärung für alles. Sie lachte und fühlte sich stark. Ihr Magen tat weh, und als die Sonne ihre Lippen berührte, war der Durst plötzlich verhängnisvoller als das Verlangen nach Luft. Sie trank etwas Wasser. Ihre Kehle war fest zugeschwollen, und die Zunge hatte sich zur Hälfte aus ihrem Mund hinausgezwängt. Sie konnte kaum mehr schlucken.

Kapitän Minh war in der Nähe. Zwischen ihnen trieben ein Mann und eine Frau. Sonst war niemand zu sehen. Das Meer hob sie hoch, hielt sie fest und ließ sie los, wieder und wieder.

Die Frau versuchte, den Kopf des Mannes über Wasser zu halten, als er das Bewusstsein verlor. Sie trat Wasser, stieß sich mehrmals hoch und schlug ihm ins Gesicht, doch er kam nicht zu sich. Sie schloss ihre Hand um sein Kinn und versuchte ihn mit sich zu ziehen, ihr Gesicht, das zerschlagene, verschwollene Gesicht einer Geprügelten, dem Himmel zugewandt. Nach einer Weile entglitt er ihr. Als er unterging, strömte das Wasser mit einem schmatzenden Geräusch in seinen Mund. Die Frau trieb weiter und sah zum Himmel hinauf. Marie wandte sich ab und schaute zur Sonne.

Langsam zogen Wolken auf, und dann begann es zu regnen.

Der Regen, ein starker Regen, fiel ihr sehr unsanft auf Gesicht und Zunge. Das Wasser auf ihrer Zunge war neu, und seine Reinheit auf ihren Lidern weckte sie zum Leben. Dann spürte sie, wie das frische Wasser die Zellen ihres Magens erreichte; es fühlte sich an, als würde jede einzeln durchbohrt. Sie ließ ihre Füße sinken, trat einmal unter sich, hob den Kopf und schaute sich um.

Sie war allein. Der Regen trieb eine dünne Nebelschicht über den Wasserspiegel, und sie glaubte, nicht sehr weit sehen zu können, aber sie hatte keine Ahnung, wie weit sie sah, wo nichts zu sehen war. Eine Woge kam auf sie zu und zerfiel in zwei Teile, einer davon eine Leiche, die ihr direkt in die Arme schwamm. Es war der Mann, der vor einiger Zeit, wann, wusste sie nicht, untergegangen war. Sie klammerte sich an den Körper und ruhte, wie sie es schon einmal getan hatte, sekundenweise darauf aus, bis die Mühe, seinen sinkenden Halt zu suchen, größer wurde als die Mühe, aus eigener Kraft oben zu bleiben. Der Regen zog vorbei, und jetzt war sie erholt genug, sich wenigstens klar zu machen, dass sie hier war.

Doch nur wenige Minuten später war sie bereits wieder nicht mehr ganz bei sich, hatte nicht genug Kraft zu denken und nicht genug Klarheit zu begreifen, ob sie sich über oder unter Wasser befand. Aber wenn sie auch keinen Gedanken hatte, ihre Sinne sagten ihr, dass dieses Leben jetzt schon einen Tag und eine Nacht und einen Tag dauerte und dass es nur dieses Leben gab und nie etwas anderes gegeben hatte und dass sie, so dahintreibend, auf dem Grund aller Dinge angekommen war. Aber sie irrte sich.

Der Stempel der Endlosigkeit, der ihrem Geist aufgeprägt war, wurde gelöscht, abgespült, als sie das erste Mal ganz das Bewusstsein verlor und einschlief, wie die anderen es getan hatten, und unter die Wellen glitt. Sie erwachte im Nirgendwo, den Mund voll Wasser, ungläubig und erschrocken, mit der Verantwortung beladen, Atem zu holen. Der Schock, hier zu erwachen, wo sie schon immer gewesen war, kam ihr vor wie eine Geburt. Es wurde zur gewohnten Folter ihrer Existenz, dass sie schlief, keine Luft mehr bekam, erwachte und in die Fron des Dahintreibens zurückkehrte. Allmählich erlebte sie diesen Prozess immer mehr als den Versuch, sich nicht über Wasser, sondern in der Luft zu halten, nicht auf den Boden zu stürzen. Dann fiel ihr ein, dass es ja gerade der Boden war, wo sie sein wollte, wo sie sich niederlegen und atmen könnte; und dann erwachte sie, bereits ertrinkend.

Die Vorstellung, sich auf die Erde zu legen und tief Atem zu holen, war so wunderbar, dass man sie nur aufschieben konnte, als etwas, worauf zu warten sich lohnte, etwas, das man gleich genießen würde, gleich – und gleich.

Atmen war Leben. Es war ein Leben, das niemand bestritt und das dieser Niemand doch mit Willen und Absicht bestreiten musste, weil sie nicht beides – schlafen und atmen – konnte. Sie konnte sich nicht vergessen, ohne zu sterben. Und dennoch vergaß sie sich.

Sie vergaß sich und ließ sich treiben, spürte nicht mehr das Wasser, sondern etwas, das darin enthalten war, etwas Vollkommenes, Einzigartiges, ein Geröll aus Schätzen, das vom Boden der Welt aus wer weiß welch unauslotbaren Tiefen heraufwuchs, bis es unter ihr war, sie berührte und hochhob, sodass ihr Gesicht die Luft fühlte; und dann ließ es sie wieder los und zog sich in seinen Ursprung zurück, sodass sie erneut versank, doch nicht im Wasser, sondern in schwarzem, stechendem, untröstlichem Mitleid. Aber es kam zurück, stieg aus dem Nichts vom Boden des Lebens herauf und hob sie hoch. Es war nicht nur das Kostbarste all dessen, was war und geschah; es war ihr Atem; es war das Einzige, was war und geschah.

Als die Sonne unterging, war sie bloß noch ein Säugling, ohne Gedanken, schwerelos dahintreibend; wachte auf, um zu husten und zu weinen, trieb durchs Wasser und weinte, schlief und sank, erwachte, um das Wasser aus ihrem Mund zu husten, und wimmerte, nicht mehr zu unterscheiden von dem, was sie sah, dem grauen Himmel, der ohne Erwartung, Identität oder Gedanken war. Jetzt hatte sie den Grund aller Dinge erreicht, jetzt, da sie weder wusste, was sie erreicht noch wer es erreicht hatte, noch dass es überhaupt erreicht worden war.

Die Himmel schienen heute riesig, als schösse ihre Bläue über alle Grenzen, ja über die Zeit selbst hinaus, denn ihre unendlichen Weiten beherbergten Wolken groß wie Ungeheuer, die dort oben ihre selbstvergessenen, vorgeschichtlichen Träume lebten. Aber Herr Cheung fragte sich, wer hier zuschaute und wer schlief. Hinter den Wolken, im Süden, wuchs ein heller Fleck heran, und schon bald würde Leere den Himmel einnehmen. So war es nun mal, ein Traum von Tagen, und dann Leere; eine riesige Wasserwüste, die die Sandkörner drehte und wendete – und keiner von ihnen wusste, wer groß war und wer klein. Herrn Cheung war unbehaglich und traurig zumute. Er würde sterben, und das ruhige Messer dieser Tatsache ließ sich weder durch das Zusammenspiel der milchigen und tintigen Trübungen im Atlantik unter diesen Oktoberwolken noch durch seine Gebete, besten Wünsche oder seine Trauer umstimmen.

Seine Schwermut schwoll an, und die Manöver des Windes über dem Strand schienen voller Kraft.

Seit dem Tod seiner Mutter Belinda war Fiskadoro verwirrt. Wenn jeder in dieser Welt um ihn herum einmal gestorben war, so wie er selbst, wohin war dann Belinda gegangen, als sie zum zweiten Mal starb? Und wie viele Welten gab es?

Um sich diesen Fragen zu nähern, vertraute er Herrn Cheung an: «Ich hab diese Skelette gesehen, in den Wagen, die nich fahren.»

«Du wirst ein großer Führer der Menschen sein», sagte Herr Cheung.

Fiskadoro verstand nicht, was sein Lehrer sagen wollte, so wie er überhaupt nur selten verstand, was die Leute sagten.

«Ich bin nicht wie andere Männer», gab er zu bedenken.

«Ja, das weiß ich. Du warst in ihrer Welt und bist jetzt in dieser Welt, aber du hast keine Erinnerungen, die dich wahnsinnig machen. Man wird nicht davon verrückt, dass man unterm Vollmond schläft, sondern davon, dass man erwacht, sich an die Vergangenheit erinnert und sie für wirklich hält.»

«Ich hab gesehn, wie ihre Asche die Wagen fährt, für immer und immer», sagte Fiskadoro.

«Heute passiert etwas Wichtiges. Ich wünschte, es wäre gestern», sagte Herr Cheung. «Ich wünschte, es wäre fünf Minuten vor dieser Minute jetzt, als ich herumging und mich hundert Jahre zurückwünschte. Siehst du», sagte er, «ich weiß nicht, wie sehr ich mich schon in dieser Vergangenheit, nach der ich mich sehne, nach der Vergangenheit gesehnt habe.»

Das alles führte sie nur weg von dem, was Fiskadoro wissen wollte. Ihm war nicht ganz wohl dabei, so direkt zu sein, aber er kam ohne Umschweife zu seiner Frage. Er wies weit hinaus auf den nördlichen Horizont, so weit wie das Auge reichte, zog den Finger im Bogen durch die Räume des Himmels über dem Ozean und zeigte gen Süden.

«Ich weiß nich, was is», sagte er.

Sein Lehrer schien zu verstehen, was er meinte. «Ich auch nicht», antwortete er, «aber wir sind hier.»

«Erinners nich?»

«Ich hab's noch nie gewusst.»

«Weiß sonst jemand?», fragte ihn Fiskadoro.

«Meine Großmutter vielleicht», sagte Herr Cheung.

Der Leutnant war untergegangen. Kleine Kinder waren untergegangen. Das Ehepaar, das so lange ausgehalten hatte, war untergegangen und fiel wahrscheinlich noch immer durchs Wasser dem Grund entgegen, und alle waren untergegangen, die in Panik um sich geschlagen hatten, während ihr Leben sinnlos an ihnen hing, gesunken an Gesichtern von Menschen vorbei, die genauso wild darauf waren zu leben. Marie war die Letzte von dreien, die aus dem Wasser geholt wurden – Kapitän Minh war gerettet worden und eine Frau, und jetzt das Mädchen Marie. Gerettet, nicht weil sie ausgehalten hatte, nicht dank irgendetwas, das sie getan oder zu tun beschlossen hatte, denn es war nichts von ihr übrig, das etwas beschließen konnte; gerettet, nicht weil sie nicht aufgegeben hatte, denn das hatte sie ja, sie erinnerte sich kein bisschen an die zweite Nacht und konnte bis zum heutigen Tag nicht glauben, dass sie zwanzig Stunden damit verbracht hatte, am Leben zu bleiben, Atemzug für Atemzug, ohne genug Bewusstsein, überhaupt leben zu wollen; gerettet, nicht weil sie lange genug ausgehalten hatte, denn wie hätte man sagen können, was lange genug war; gerettet, weil Rettung kam, weil ein Seil geworfen wurde, auch wenn sie nicht mehr danach greifen konnte; gerettet, weil ein Matrose vom Schiff sprang, dessen nackte weiße Füße unter der Khakihose hervorschauten, und sie zur Strickleiter zog; gerettet, nicht weil sie die Hände ausstreckte, sondern weil Hände von oben nach ihr ausgestreckt wurden und sie retteten.

Die Klarinette in einer Hand, stand Herr Cheung am Ufer. Tatsächlich standen er und Fiskadoro zwischen zwei Zivilisationen – am südlichen Rand der Menschenschar und am nördlichen Rand der Möwenschar, die gekommen war, um zu sehen, was hier vor sich ging, mit Augen, die zu klein waren für Fragen. Die Möwen, ganz Bäuche und Schnäbel, schritten am Wasser hin und her und warfen sich mit einem Ausdruck unverhohlenen Dünkels in die Brust wie kleine Professoren. Fiskadoros Blick wanderte zwischen den Möwen und Herrn Cheung hin und her, und Herr Cheung glaubte zu wissen, was er sah.

Die Kubaner werden kommen, sagte der Manager sich vor, die Quarantäne kann nicht ewig dauern. Alles, was wir haben, alles, was wir sind, wird zu Ende gehen, wird überwunden, aufgenommen, weggespült werden. Aber es ist schon einmal alles zu Ende gegangen. Jetzt wird es wieder passieren. Nicht nur einmal. Wieder und wieder. Etwas kommt, und etwas verschwindet – aber das ist nicht entscheidend. Entscheidend ist, dass ich mich nie in diesen Möwen erkannt habe.

Auf dem Schiff hatte sie sich mit beiden Händen an die rechte Kante ihrer Koje geklammert und sie nicht ein einziges Mal losgelassen. Bei jeder Aufwärts- und jähen Abwärtsbewegung des Schiffes schreckte sie aus dem Schlaf.

Im Krankenhaus wachte sie augenblicklich wieder auf, sobald sie auch nur eingenickt war.

Das Letzte, der Grund, auf den sie gesunken war, indem sie über Wasser blieb, hätte nichts bedeutet, wäre sie nicht auch am Leben geblieben. Dieser Grund offenbarte nur dann seinen Sinn, wenn man einen Namen hatte, wie Marie, und einen Körper wie diesen alten, aufgezehrten, und einen Ort wie diesen Schaukelstuhl, und Atem wie den, den sie jetzt einsog.

Inzwischen waren alle Wolken an ihnen vorübergezogen, und die blaue Lufthülle schien so dünn, dass Herr Cheung erwartete, blasse Sterne dahinter zu erblicken. Obwohl es sonnig war, kam ein Dunst übers Wasser, sodass es schien, als führe der Strand zum Ende aller Gedanken. Ein paar Fuß jenseits des züngelnden Wasserrands war nichts. Von dorther kamen Klänge ohne Sinn – Hörner im Zwiegespräch, Stimmen im unsteten Wechselgesang und etwas, das zu tief und zu leise war, um gehört zu werden, und doch viel deutlicher als die übrigen Geräusche. Die Menschen am Ufer schwiegen. Herr Cheung hatte Angst.

Eines Tages würden die Jahre der Quarantäne zu Ende sein, und die Kubaner würden kommen. Wenn dieser Tag heute war, dann war dieses schemenhafte Gebilde, der weiße Schatten dort draußen hinter dem Ende aller Gedanken in seinem Kranz matter Schwerter aus Licht, eine kubanische Flotte.

Schiff oder Schatten, es kam langsam herein wie die Flut.

Eines Tages würden sie alle sterben. Wenn dieser Tag heute war, gab es keinen Zweifel mehr. Jetzt waren die Klänge und Bilder und Ahnungen, die vom Ende aller Gedanken zu ihnen vorrückten, Wirklichkeit. Jetzt kam das weiße Schiff der Israeliten, oder war es eine Wolke aus dem Nebel ihres Glaubens, um sie zu holen. Aller Wahrscheinlichkeit nach war es ein Geisterschiff, und die Israeliten waren Geister, und auch der Mann am Bug, der sie holen wollte, war ein Geist, kein Zweifel, so wie es dahinzog, dieses weiß-weiße Schiff – wenn das Licht nicht täuschte, berührte es das Wasser gar nicht –, kein Zweifel, so majestätisch, wie es daherkam; man hätte glauben können, es schwimme in der Luft und nicht in den Gewässern der Welt, schwimme im Herzen Allahs, des Grundgütigen, des Erbarmers.

Unter dem Baldachin ihrer Erinnerungen nickte sie kurz ein, fuhr wieder hoch und sah im frühen Dunst des zweiten Morgens und dritten Tages die Form wieder – einen Fels, einen Wal, irgendeinen weißen Ort, an dem sie sich festhalten konnte, und schlafen und atmen. Und wach, wie sie war, fuhr sie hoch und erwachte. Und aus diesem Erwachen wachte sie auf.